Paulo Coelho

Hipis

Książka dla Tych i o Tych,
którzy zmieniają świat
na lepszy -
Krzysiowi z Miłością
Lidzia i Janusz

24 grudnia 2018 roku

tytuł oryginału
Hippie

koncepcja graficzna okładki
© Alceu Nunes

zdjęcie Autora
ze zbiorów prywatnych

mapa w tekście
Christina Oiticica

redakcja i korekta
Bogna Piotrowska

adaptacja polskiej wersji okładki i przygotowanie do druku
Katarzyna Marzec

DRZEWO BABEL
UL. LITEWSKA 10/12 • 00-581 WARSZAWA
listy@drzewobabel.pl
www.drzewobabel.pl

ISBN 978-83-64488-93-1

Paulo Coelho

Hipis

przełożyła Teresa Tomczyńska

O Maryjo bez grzechu poczęta,
módl się za nami, którzy
do Ciebie się uciekamy!
Amen

Oznajmiono Mu:
„Twoja Matka i bracia stoją na dworze
i chcą się widzieć z Tobą"

Lecz On im odpowiedział:
„Moją matką i moimi braćmi są ci,
którzy słuchają słowa Bożego i wypełniają je"

Ewangelia według św. Łukasza 8 20:21

Zdawało mi się, że wędrówka moja
dobiega do końca po kres mojej mocy,
że droga zamknęła się przede mną,
że wyczerpały się moje zapasy i że nadszedł czas,
aby się schronić w cichem zapomnieniu.
Atoli widzę, że nie ma końca ze mną Twa wola.
A gdy na języku dawne mrą wyrazy,
z serca nowe dobywają się melodie;
a gdzie się dawne gubią ślady, tam z swymi
się cudy nowa odsłania ziemia.

Rabindranath Tagore, *Gitanjali. Pieśni ofiarne*
(tłum. Jan Kasprowicz)

Dla Kabira, Rumiego, Tagore'a, Pawła z Tarsu, Hafeza,
którzy mi towarzyszą, odkąd ich odkryłem. Są autorami
tej części mojego życia, o której opowiadam w książce
– wielokrotnie ich słowami.

Opisane tu historie stanowią część moich osobistych przeżyć. Zmieniłem kolejność wydarzeń, nazwiska i szczegóły dotyczące bohaterów, skróciłem także niektóre sceny, ale wszystko, co tu napisałem, to prawda. Opowiadam w trzeciej osobie, ponieważ dzięki temu zabiegowi moi bohaterowie, opisując swoje życie, mogą przemawiać własnym głosem.

We wrześniu 1970 roku dwa miejsca ubiegały się o tytuł centrum świata: Piccadilly Circus w Londynie i plac Dam w Amsterdamie. Nie wszyscy by się z tym zgodzili: gdyby spytać, większość typowałaby Biały Dom w Waszyngtonie i Kreml w Moskwie. Tak odpowiedzieliby ludzie czerpiący wiedzę z gazet, telewizji, radia, a zatem z mediów, które wówczas traciły na znaczeniu i nigdy nie miały go już odzyskać.

We wrześniu 1970 roku na niewyobrażalnie drogie bilety lotnicze stać było tylko elity. Oczywiście nie należała do nich rzesza młodych ludzi, których opis w mediach ograniczał się wyłącznie do wyglądu zewnętrznego: długowłosi, w pstrokatych strojach i ponoć niedomyci (co akurat było wierutną bzdurą, ale zainteresowani gazet nie czytali, a starsi wierzyli we wszystko, co mogło zdyskredytować tych, którzy stanowili „zagrożenie dla społeczeństwa oraz dobrych obyczajów" i narażało całe pokolenie poważnych młodych ludzi, dając im gorszące przykłady libertynizmu oraz idei „wolnej miłości", jak mawiano z pogardą). Otóż ta rosnąca z dnia na dzień gromada miała swój własny system przekazywania informacji, którego nikt, absolutnie nikt, nie był w stanie namierzyć.

Niewidzialny Goniec raczej nie służył do reklamowania nowego modelu volkswagena czy rewelacyjnych proszków do prania – nowości na światowym rynku. Informacje jakich poszukiwano w zasadzie ograniczały się do tego, jaki będzie kolejny wielki szlak przemierzany przez zuchwałych zarośniętych obdartusów, zwolenników wolnej miłości, noszących ciuchy, których żadna szanująca się osoba o dobrym guście nigdy by na siebie nie włożyła. Dziewczyny z wplecionymi we włosy kwiatami, w długich spódnicach i kolorowych bluzkach – oczywiście bez stanika pod spodem – z naszyjnikami i bransoletkami o różnych kolorach i różnej proweniencji, chłopcy z włosami i brodami niestrzyżonymi od miesięcy, w wytartych, poprzecieranych dżinsach, noszonych przez wiele lat. W tamtych czasach dżinsy były bardzo drogie – niemal wszędzie na świecie, z wyjątkiem Stanów Zjednoczonych, gdzie wyszły z dzielnic robotniczych i szturmem podbiły tłumy uczestniczące w koncertach w San Francisco i okolicach.

Niewidzialny Goniec istniał dzięki bywalcom tychże koncertów, którzy dzielili się opiniami, gdzie należy bywać oraz jak odkrywać świat bez korzystania z turystycznych autokarów z przewodnikiem opisującym zabytki i krajobrazy w tak monotonny sposób, że młodzi ziewali z nudów, a starsi przysypiali. I tak, dzięki wieściom przekazywanym z ust do ust, wszyscy wiedzieli, gdzie się odbędzie kolejny koncert, czy jaki jest kolejny modny szlak na mapie świata. Nie istniały ograniczenia finansowe, ponieważ ulubionym autorem tej społeczności nie był Platon czy Arystoteles, ani żaden ze słynnych obieżyświatów, którzy dzięki swoim opisom zyskali renomę. Księgą, bez której prawie nikt nie wyruszał na Stary Kontynent, była *Europa za pięć dolarów dziennie* Arthura Frommera. Praktyczny poradnik, z którego można było się dowiedzieć, jak tanio znaleźć dach nad głową i zjeść, gdzie można spotkać podobnych sobie ludzi, a gdzie posłuchać muzyki na żywo, nie wydając ani grosza.

Jedynym błędem Frommera było ograniczenie przewodnika wyłącznie do Europy. Czy poza nią nie było innych interesujących miejsc? Czy ludzie nie woleliby pojechać do Indii zamiast do Paryża? Za parę lat Frommer naprawi co prawda swój błąd, ale na razie *Niewidzialny Goniec* zajmował się promocją szlaku w Ameryce Południowej, prowadzącego do zagubionego dawnego miasta Inków – Machu Picchu. Jednocześnie ostrzegał, żeby nie rozpowiadać o tym ludziom spoza kręgu hipisów, bo wkrótce tym miejscem zawładną obwieszeni aparatami fotograficznymi barbarzyńcy, słuchający rozwlekłych komentarzy (które zresztą błyskawicznie zapomną), jak to zgraja Indian zbudowała miasto tak ukryte, że można je było zobaczyć jedynie z góry, a to jest raczej niemożliwe, bo przecież ludzie nie latają.

Bądźmy sprawiedliwi: istniała także druga, gruba księga, może nie tak popularna jak przewodnik Frommera, ale pochłaniana przez ludzi, którzy przeszli już fazę socjalistyczną, marksistowską, anarchistyczną – wszystkie zakończone głębokim rozczarowaniem systemem wymyślonym przez tych, którzy głosili „nieuniknione przejęcie władzy na świecie przez klasę robotniczą" i twierdzili, że „religia to opium dla mas" – tym samym dowodząc, że ten, kto wypowiada tak idiotyczne zdanie, niewiele wie o masach, a jeszcze mniej o opium. Ponieważ ci młodzi obdartusi poza wszystkim innym wierzyli również w Boga, i w bogów, w boginki, anioły oraz inne tego typu rzeczy. Jedyny kłopot, że ta księga, zatytułowana *Poranek Magów* autorstwa Francuza Louisa Pauwelsa i Rosjanina Jacques'a Bergiera, chemika, byłego szpiega, uczestnika Ruchu Oporu i niezmordowanego tropiciela okultyzmu, głosiła prawdy całkiem odmienne niż traktaty polityczne: świat jest złożony z przeciekawych i zgoła niepojętych spraw, pełen alchemików, magów, katarów, templariuszy. Nigdy nie stała się sukcesem kasowym, bo ze względu na wygórowaną cenę jeden egzemplarz czytało co najmniej dziesięć osób. Machu Picchu również znalazło się w tej książce i wszyscy pragnęli dotrzeć do Peru. Przybywali tam młodzi ludzie z całego świata (z całego to pewna przesada, bo mieszkańcy bloku wschodniego nie mogli swobodnie podróżować).

•

Ale wróćmy do meritum: młodzież ze wszystkich zakątków świata, która posiadała przynajmniej to jedno nieocenione dobro, jakim jest paszport, spotykała się na tak zwanych szlakach hipisowskich. Nikt dokładnie nie wiedział, co znaczy słowo „hipis", ale to nie miało znaczenia. Być może oznaczało „wielkie plemię bez przywódcy", czy też „nieagresywny margines społeczny" lub wszystkie definicje przedstawione na początku tego rozdziału.

Paszporty, małe drukowane książeczki wydawane przez urzędy państwowe, trzymane w przytroczonych do paska saszetkach razem z pieniędzmi (nieistotne, czy było ich mało, czy dużo), miały podwójne znaczenie. Pierwsze, dobrze wszystkim znane, to możliwość przekraczania granic – chyba że celnicy dali się zwieść wyczytanym w prasie informacjom i odsyłali okaziciela paszportu z granicy tylko dlatego, że raził ich jego niechlujny strój, długie włosy, i jeszcze kwiaty, kolorowe koraliki, a na dodatek uśmiech, który sprawiał wrażenie, jakby trwał w wiecznej ekstazie – powszechnie, choć niesłusznie przypisywanej szatańskim narkotykom, które, jak twierdziły media, ci cudacy zażywali w coraz większych ilościach.

Druga rola paszportu to ratowanie jego posiadacza z opresji, kiedy kończyły się pieniądze i nie było szans na ich zdobycie. *Niewidzialny Goniec* zawsze śpieszył z informacją, gdzie można zbyć ten ważny skądinąd dokument. Cena zależała od kraju pochodzenia posiadacza. Paszport szwedzki, a więc kraju wysokich niebieskookich blondynów, był niewiele wart, ponieważ można go było sprzedać jedynie wysokim niebieskookim blondynom, a tacy na ogół nie musieli kupować paszportów. Natomiast paszport brazylijski na czarnym rynku był wart fortunę, gdyż oprócz wysokich niebieskookich blondynów w Brazylii mieszkali także wysocy lub niscy czarnoskórzy o ciemnych oczach, skośnoocy Azjaci, Mulaci, Indianie, Arabowie, Żydzi... Krótko mówiąc, ów wielki tygiel kulturowo-rasowy tłumaczył, dlaczego brazylijski dokument był jednym z najbardziej pożądanych na ziemi.

Po zbyciu paszportu jego były właściciel zgłaszał się do rodzimego konsulatu i udając przerażenie lub załamanie nerwowe, oświadczał, że go napadnięto i obrabowano, i nie ma ani dokumentów, ani środków do życia. Konsulaty zamożniejszych krajów oferowały swoim pokrzywdzonym obywatelom nowe paszporty oraz bezpłatny bilet do domu. Z biletu oczywiście od razu rezygnowano, ponieważ rzekomo obrabowany twierdził, że „ktoś jest mi winien mnóstwo kasy i najpierw muszę odebrać to, co moje". Biedne kraje – zazwyczaj były to rządy totalitarne
bądź dyktatury wojskowe – urządzały istne przesłuchania, żeby sprawdzić, czy skrzywdzony petent nie jest przypadkiem na liście terrorystów ściganych za działalność wywrotową. Dopiero kiedy stwierdzano, że dziewczyna (czy chłopak) mają czystą kartotekę, urzędnik konsulatu chcąc nie chcąc wydawał nowy paszport. Oczywiście nie oferowano biletów powrotnych, bo państwo nie było zainteresowane powrotem odmieńców, którzy mogliby mieć zły wpływ na społeczeństwo szanujące tradycyjne wartości: Boga, rodzinę i prywatną własność.

•

Powróćmy jednak do ówczesnych szlaków: po Machu Picchu nadeszła kolej na Tiahuanaco w Boliwii. Następnie Lhasę w Tybecie, dokąd trudno było się dostać, ponieważ według *Niewidzialnego Gońca* trwały tam walki między mnichami a wojskiem chińskim. Wprawdzie trudno było sobie wyobrazić tę wojnę, ale nikt nie zamierzał ryzykować tak długiej wyprawy po to, by dostać się w niewolę mnichów czy żołnierzy chińskich. Na dodatek najsłynniejsi filozofowie tamtej epoki, Beatlesi, którzy rozstali się dokładnie w kwietniu 1970 roku, nieco wcześniej ogłosili, że największa mądrość ludzkości kryje się w Indiach. To wystarczyło, żeby młodzież z całego świata ruszyła do tego kraju w poszukiwaniu mądrości, wiedzy, guru, życia w ubóstwie, oświecenia, czego zwieńczeniem miało być spotkanie z *My Sweet Lord*.

A przecież *Niewidzialny Goniec* ostrzegał, że potężny guru Beatlesów, Maharyszi Maheś Jogi, próbował uwieść Mię Farrow, aktorkę, która przeżyła kilka nieszczęśliwych związków i pojechała do Indii na zaproszenie Beatlesów, zapewne po to, by leczyć związane z tym traumy, które ponoć prześladowały ją jak zła karma.

Wszystko jednak wskazuje na to, że karma Mii Farrow podążyła za nią do Indii, tam, gdzie przebywał John, Paul, George i Ringo. Zgodnie z jej relacją medytowała w jaskini wielkiego guru, kiedy ten rzucił się na nią i próbował zgwałcić. W tym czasie Ringo już powrócił do Anglii, jego żonie bowiem nie służyła hinduska kuchnia, a Paul postanowił opuścić aśram przekonany, że te praktyki donikąd go nie zaprowadzą.

A więc tylko George i John pozostali w aśrmie Maharyszi, kiedy Mia, zalana łzami, odnalazła ich i opowiedziała o swojej niemiłej przygodzie. Natychmiast obaj spakowali walizki i kiedy Oświecony spytał, co się dzieje, Lennon odpowiedział mu ostro:

– Skoro jesteś tak oświecony, to, do cholery, chyba sam powinieneś wiedzieć!

•

Otóż we wrześniu 1970 roku świat podbijały kobiety – a raczej młode hipiski. Faceci podążali za nimi potulnie i byli świadomi, że to, co je pociąga, to nie moda

– w tych sprawach były znacznie lepsze od mężczyzn – a zatem postanowili pogodzić się na dobre z faktem, że są zależni od kobiet. Wyglądali dość żałośnie, niczym niema prośba „zaopiekuj się mną, jestem taki samotny, nie mam nikogo, chyba świat o mnie zapomniał i nigdy nie zaznam już miłości". Dziewczyny wybierały sobie mężczyzn i nie w głowie było im małżeństwo, myślały tylko o tym, żeby miło spędzać czas i dobrze się bawić. Oczywiście ważny był seks w dużych ilościach, świeży i odkrywczy. Zarówno w sprawach ważnych, jak i błahych decydujący głos należał do kobiet. Dlatego, kiedy *Niewidzialny Goniec* rozpowszechnił informację o napaści seksualnej na Mię oraz o ripoście Lennona, natychmiast postanowiono zmienić trasę.

Powstał kolejny hipisowski szlak: z Amsterdamu do Katmandu kursował autobus za niecałe sto dolarów, po drodze mijając ciekawe kraje: Turcję, Liban, Iran, Irak, Afganistan, Pakistan i kawałek Indii (nawiasem mówiąc, trasa wiodła z dala od aśramu Maharyszi). Podróż trwała trzy tygodnie, przemierzano jakąś niebotyczną ilość kilometrów.

Karla siedziała na placu Dam, zastanawiając się, kiedy w końcu pojawi się facet, który miał jej towarzyszyć w magicznej (jej zdaniem, oczywiście) wyprawie. Porzuciła pracę w Rotterdamie, oddalonym zaledwie o godzinę jazdy pociągiem, ale ponieważ liczyła każdy grosz, podróż stopem zajęła jej prawie cały dzień. W pewnej gazecie alternatywnej, tworzonej w pocie czoła, z miłością i oddaniem przez ludzi, którzy wierzyli, że mają coś do przekazaniu światu (pisemka te kosztowały grosze i rozchodziły się momentalnie), wyczytała, że można dotrzeć do Nepalu autobusem.

Po tygodniu czekania zaczęły jej puszczać nerwy. Zaczepiła kilkunastu chłopaków z całego świata, dla których szczytem marzeń było posiedzieć na tym zgoła nieciekawym placu, gdzie jedyną atrakcję stanowił obelisk o fallicznym kształcie, co powinno pobudzić ich do wykazania się męstwem i odwagą. Nic podobnego, żaden z nich nie był gotów, żeby wybrać się w tak odległe miejsce, o którym było tak niewiele wiadomo.

Nawet nie chodziło tu o odległość: większość z nich przyleciała ze Stanów, z Ameryki Południowej, Australii czy innych dalekich krajów. Wydali więc krocie na bilety lotnicze, przekroczyli wiele przejść granicznych, gdzie łatwo mogli być zawróceni i wysłani do kraju pochodzenia i w konsekwencji nie poznaliby jednego z dwóch najważniejszych miast świata. Przyjeżdżali, zasiadali na tym nijakim placu, uradowani, że mogą palić marihuanę pod okiem stróżów prawa i byli dosłownie zniewoleni przez wyznawców rozlicznych sekt, których pełno kręciło się po mieście. Zapominali, przynajmniej na pewien czas, o słowach, których musieli w kółko wysłuchiwać: „Synu, musisz obciąć włosy i iść na studia. Nie możesz przynosić nam wstydu, bo inni (jacy inni?) powiedzą, że źle cię wychowaliśmy. To, czego słuchasz, to nie jest muzyka. Pora już znaleźć pracę. Spójrz na swojego brata (albo siostrę), młodszy (młodsza) od ciebie i już się usamodzielnił. Sam (sama) zarabia na swoje przyjemności. O nic nas nie prosi".

Teraz z dala od wiecznego zrzędzenia rodziców czuli się wolni. Europa była bezpiecznym miejscem – oczywiście o ile nie przyszło komuś do głowy, żeby zapuścić się za żelazną kurtynę, co równało się „napaści" na jakiś komunistyczny kraj. Czuli się szczęśliwi, bo jak wiadomo podróże kształcą – ale wytłumaczyć to rodzicom, to całkiem inna sprawa.

„Tato, wiem, że chciałbyś, żebym skończył studia. Ale dyplom mogę zdobyć w każdej chwili, teraz potrzebuję coś przeżyć, zebrać doświadczenia".

Oczywiście żaden ojciec nie potrafił tego zrozumieć, więc jedynym wyjściem było zebrać trochę pieniędzy, coś sprzedać i uciec z domu, kiedy cała rodzina śpi.

Tak więc Karlę otaczali ludzie wolni i zdecydowani przeżyć życie w sposób, w jaki większość nie miała odwagi. Czemu więc nie wyruszyć autobusem do Katmandu? „Bo to nie Europa", odpowiadali, „a to wielka niewiadoma".

– Ale przecież jeśli coś się stanie, zawsze można pójść do konsulatu i poprosić o odesłanie do kraju – tłumaczyła Karla, która co prawda nie znała nikogo, kto przeżył tę przygodę, ale krążyła taka legenda, a często powtarzana legenda staje się rzeczywistością.

Po pięciu dniach oczekiwania na tego, którego wyznaczy na „towarzysza podróży", wpadła w rozpacz

– wydawała pieniądze na noclegi, a przecież równie dobrze mogła spać w Magic Busie (tak się nazywał autokar, który przemierzał tysiące kilometrów do Katmandu za 100 dolarów). Postanowiła pójść do wróżki, której dom mijała w drodze na plac Dam. U wróżki było jak zwykle pusto – we wrześniu 1970 roku wszyscy posiadali zdolności nadprzyrodzone albo je właśnie w sobie rozwijali. Karla zaś była kobietą praktyczną i choć medytowała codziennie, i była przekonana, że właśnie rozwija w sobie trzecie oko – niewidoczny, wewnętrzny punkt na czole między brwiami – do tej pory wpadała tylko na nieodpowiednich facetów, nawet gdy intuicja jej podpowiadała, że to ci właściwi.

Z tego powodu postanowiła zwrócić się po radę do wróżki, ponieważ to oczekiwanie bez końca (minął prawie tydzień, niemal wieczność!) skłoniło ją do rozważenia podróży w damskim towarzystwie, a taki wybór mógł się okazać samobójstwem. Trasa wiodła przez wiele krajów, gdzie dwie samotne kobiety były w najlepszym wypadku źle widziane, w najgorszym – jak twierdziła jej babcia – sprzedane jako „białe niewolnice". To określenie, zdaniem Karli, miało lekko erotyczny wydźwięk, ale wolała nie doświadczać tego na własnej skórze.

Wróżka miała na imię Layla i była niewiele starsza od Karli. Spowita w biel i z błogim uśmiechem na ustach, jak ktoś, kto żyje w stałym kontakcie z Wyższym Bytem powitała ją uniżenie (pewnie pomyślała: „w końcu zarobię na czynsz"). Poprosiła, żeby usiadła, co też Karla zrobiła. Spotkała ją za to pochwała, bo instynktownie wybrała miejsce mocy. Karla udawała nawet przed sobą, że naprawdę udało jej się otworzyć trzecie oko, choć podświadomość jej podpowiadała, że Layla tak mówi wszystkim – to znaczy tym nielicznym, którzy do niej przychodzili.

Ale wróćmy do rzeczy. Layla zapaliła kadzidełko, zaznaczając, że jest „z Nepalu", choć Karla wiedziała, że wyprodukowano je gdzieś w okolicy. Kadzidełka, jak i wisiorki, kwieciste koszule, naszywki z pacyfkami czy z napisem „Flower Power" należały do sztandarowych produktów przemysłu hipisów.

Layla potasowała talię kart, poprosiła Karlę o przełożenie i wybranie trzech, po czym zaczęła je objaśniać w sposób jak najbardziej tradycyjny.

– Nie po to tu przyszłam – przerwała jej Karla. – Chcę się tylko dowiedzieć, czy znajdę towarzystwo w podróży do miejsca, z którego jak pani twierdzi... – słowa „jak pani twierdzi" powiedziała z naciskiem, bo wolała nie prowokować złej karmy. Gdyby powiedziała „chcę udać się do miejsca, gdzie wyprodukowano kadzidełko", być może trafiłaby do fabryki na przedmieściach Amsterdamu – ...jak pani twierdzi, pochodzi to kadzidełko.

Layla uśmiechnęła się, choć w środku aż wrzała z wściekłości, że jej przerwano w tak podniosłym momencie.

– Oczywiście, że znajdziesz – zapewniła, bo jedną z powinności wróżek i kabalarek jest mówienie tego, co klient pragnie usłyszeć.

– Tylko kiedy?

– Nim minie jutrzejszy dzień.

Obie były zaskoczone.

Karla, bo po raz pierwszy odkąd tu weszła poczuła, że wróżka mówi prawdę. Powiedziała to tonem tak pełnym empatii i pozytywnej energii, jakby jej głos dobiegał z innego wymiaru. I Layla przestraszyła się, bo miewała wizje tylko w rzadkich momentach. Bała się, że spotka ją kara za bezceremonialne wtargnięcie w świat, który wydawał się jej zarazem prawdziwy i nierzeczywisty, choć nocami usprawiedliwiała sama siebie w modlitwach, że robi to tylko dla dobra innych, że daje nadzieję tym, którzy tej nadziei potrzebują.

Karla poderwała się z „miejsca mocy", zapłaciła za poradę i szybko wyszła, żeby nie przeoczyć tak wyczekiwanego towarzysza podróży. „Nim minie jutrzejszy dzień" to dość ogólnikowe stwierdzenie, mogło przecież chodzić o dzień dzisiejszy. Tak czy siak wiedziała, że teraz czeka na kogoś konkretnego.

Wróciła na swoje stałe miejsce na placu Dam, otworzyła *Władcę pierścieni* J.R.R. Tolkiena, książkę, którą niewielu wówczas znało, dzięki czemu mogła uchodzić za kultową. Opowiadała o mitycznych miejscach, które ona też pragnęła poznać. Karla nie zwracała uwagi na chłopców, którzy zakłócali jej spokój, zadając idiotyczne pytania, żeby nawiązać jeszcze bardziej błahą rozmowę.

Paulo i Argentyńczyk wyczerpali już wszystkie tematy i wpatrywali się teraz w nizinny krajobraz za oknem pociągu. Myślami byli daleko, bo razem z nimi podróżowały wspomnienia, imiona i ciekawość, a przede wszystkim niezmierny lęk przed tym, co ich może spotkać na granicy holenderskiej, oddalonej o jakieś dwadzieścia minut.

Paulo próbował ukryć swoje długie włosy pod kołnierzem kurtki.

– Myślisz, że to zmyli celników? – spytał Argentyńczyk. – Oni się znają na takich sztuczkach. Dla nich to normalka.

Paulo dał sobie spokój. Spytał, czy Argentyńczyk się nie denerwuje.

– Pewnie, że się denerwuję. Mam już dwa holenderskie stemple graniczne w paszporcie. Podejrzliwie traktują takich, co się za często kręcą. To może oznaczać tylko jedno.

Przemyt. Ale, o ile Paulo wiedział, narkotyki były w Holandii legalne.

– Nie wszystkie. Za opiaty grożą straszne kary. Za kokę też. LSD, wiadomo, nie da się wykryć tak łatwo, wystarczy nasączyć roztworem stronę książki albo skrawek materiału. Potem pociąć na małe kawałki i sprzedawać. Za wszystko, co da się wykryć, możesz trafić do paki.

W tym miejscu Paulo wolał uciąć rozmowę, chociaż korciło go, żeby się dowiedzieć, czy Argentyńczyk coś przemyca. Jednak sam fakt, że byłby tego świadom, czyniłby go wspólnikiem przestępstwa. Już raz go aresztowano, mimo że był czysty jak łza, w kraju, który na lotniskach witał przyjezdnych sloganem: „Brazylia: kochaj albo rzuć".

Ale jak to zwykle bywa ze złymi myślami, które próbujemy odegnać, efekt bywa odwrotny – negatywna energia jeszcze bardziej przyciąga szatańskie moce. Na samo wspomnienie wydarzeń z 1968 roku serce zabiło mu mocniej i na nowo przeżywał w najdrobniejszych szczegółach tamtą noc w recepcji hotelu w Ponta Grossa w stanie Parana znanym z wydawania paszportów blondynom o jasnych oczach.

Właśnie wracał ze swojej pierwszej dalekiej podróży po modnym hipisowskim szlaku razem ze swoją ówczesną dziewczyną. Była jedenaście lat od niego starsza, urodziła się i wychowała w reżimie komunistycznym w Jugosławii. Pochodziła z arystokratycznej rodziny, która straciła wszystko, lecz zdołała ją wykształcić, dzięki czemu córka mówiła w czterech językach. Uciekła do Brazylii, wyszła za mąż za milionera bez rozdzielności majątkowej. Była z mężem w separacji, odkąd odkryła, że uznał ją za „starą" w 33 wiośnie życia i prowadza się z dziewiętnastolatką. Wynajęła wziętego adwokata, który wywalczył dla niej wysokie alimenty, wystarczające, by nie musiała pracować do końca życia. Razem z Paulem wyruszyli do Machu Picchu, korzystając ze środka transportu zwanego Pociągiem Śmierci, składu kolejowego różniącego się znacznie od tego, w którym teraz jechał.

– Pociąg Śmierci? Skąd taka nazwa? – spytała dziewczyna konduktora. – Przecież trasa nie prowadzi nad przepaściami.

Paula wcale nie interesowała odpowiedź, która jednak padła.

– Dawniej pociągiem tym wożono trędowatych, chorych i ciała ofiar epidemii żółtej febry, która wybuchła w Santa Cruz.

– Mam nadzieję, że porządnie odkażono wagony...

– Od tamtej pory, z wyjątkiem paru górników, którzy załatwiali jakieś swoje porachunki, nie było ofiar śmiertelnych.

Górnicy, o których wspomniał konduktor, nie pochodzili z Minas Gerais w Brazylii – chodziło o tych, którzy harowali od świtu do nocy w kopalniach cyny w Boliwii. Cóż, byli w cywilizowanym świecie i miał nadzieję, że nikt nie będzie załatwiał swoich porachunków właśnie dzisiaj. Na szczęście, większość pasażerów stanowiły kobiety w charakterystycznych melonikach i barwnych strojach.

•

Dotarli do La Paz, stolicy Boliwii, położonej na wysokości 3610 metrów, ale po wyjściu z pociągu prawie nie odczuli działania rozrzedzonego powietrza. Przed budynkiem dworca zobaczyli chłopaka w stroju świadczącym o tym, że należy do tej samej grupy ludzi co oni. Siedział na ziemi i sprawiał wrażenie zagubionego. Spytali, co się z nim dzieje („Nie mogę złapać oddechu"). Przechodzący obok mężczyzna poradził, żeby miejscowym zwyczajem żuli liście koki, która pomaga tubylcom znieść dużą wysokość. Można je kupić na ulicznych straganach. Chłopak poczuł się nieco lepiej i powiedział, że da już sobie radę sam – jeszcze tego samego dnia zamierzał wyruszyć do Machu Picchu.

•

Recepcjonistka z hotelu, który wybrali, zawołała jego dziewczynę na bok, coś jej szepnęła na ucho i wpisała ich nazwiska do księgi gości. Weszli do pokoju, ale zanim zasnęli, Paulo spytał, co powiedziała recepcjonistka:

„Żadnego seksu przez pierwsze dwa dni”.

Logiczne. Zresztą zupełnie się do tego nie nadawali.

Spędzili w La Paz dwa dni nie uprawiając seksu. Nie mieli żadnych dodatkowych sensacji spowodowanych niedoborem tlenu, czyli tak zwaną chorobą *soroche*. Oboje przypisywali to terapeutycznemu działaniu liści koki, co tak naprawdę w ich przypadku nie miało żadnego znaczenia. *Soroche* występuje przy gwałtownej zmianie wysokości – inaczej mówiąc, gdy przylatuje się samolotem – ponieważ organizm nie ma czasu się przystosować. Oni pokonywali wysokość przez siedem długich dni Pociągiem Śmierci. Do zmiany wysokości przywykali powoli, co jest dużo bezpieczniejsze. Na lotnisku Santa Cruz de la Sierra Paulo widział pomnik wzniesiony „ku chwale bohaterskich pilotów linii lotniczych, którzy spełniając obowiązek poświęcili życie”.

W La Paz spotkali pierwszych hipisów, którzy, jako globalne plemię, świadome wzajemnej odpowiedzialności i solidarności wszystkich członków wspólnoty, używali jako znaku rozpoznawczego odwróconej runy wikingów. W Boliwii, gdzie wszyscy nosili barwne poncza, kamizelki, bluzy i koszule, gdyby nie ta naszywka z „pacyfką” na spodniach lub kurtce, trudno by się było zorientować, kto jest kim.

Tymi pierwszymi hipisami byli dwaj Niemcy i Kanadyjka. Niemcy od razu zaprosili dziewczynę Paula, która znała niemiecki, na przechadzkę po mieście. Paulo i Kanadyjka patrzyli na siebie, nie mając pojęcia, o czym rozmawiać. Pół godziny później, kiedy tamta trójka wróciła ze spaceru, postanowili wszyscy zgodnie, że szkoda tracić pieniądze w La Paz – czas ruszać w drogę. Plan był taki: dotrzeć nad Titicaca, najwyżej położone słodkowodne jezioro na świecie, przepłynąć statkiem na drugi brzeg już w Peru, a stamtąd udać się prosto na Machu Picchu.

Wszystko by poszło zgodnie z planem, gdyby na brzegu jeziora Titicaca nie stanęli na wprost starej budowli zwanej Bramą Słońca. Wokół, trzymając się za ręce siedzieli hipisi, odprawiający jakiś rytuał, w którym Paulo z przyjaciółką mieli wielką ochotę uczestniczyć, ale nie chcieli przeszkadzać.

Dostrzegła ich jakaś dziewczyna i skinieniem głowy zaprosiła, by do nich dołączyli.

Nie trzeba było tłumaczyć ich obecności w tym miejscu. Brama Słońca mówiła sama za siebie. U góry widniało w kamieniu pęknięcie, spowodowane pewnie uderzeniem pioruna, ale reszta pozostała nienaruszona. Pokrywające kamień płaskorzeźby przedstawiały historie dawno zapomniane, ale jakby dopominające się, żeby o nich pamiętać i odkrywać na nowo. Wyryte u góry anioły, bóstwa, symbole zaginionej kultury według tubylców opowiadały, jak odzyskać świat zniszczony przez ludzką chciwość. Za Bramą w oddali widać było jezioro Titicaca. Paulo rozpłakał się, czuł niemal namacalną obecność dawnych budowniczych, ludzi, którzy opuścili to miejsce w pośpiechu, zanim prace dobiegły końca, może w obawie przed czymś lub przed kimś, kto zmusił ich do ucieczki. Dziewczyna, która zaprosiła ich do kręgu – cała we łzach – uśmiechnęła się. Pozostali siedzieli z zamkniętymi oczami, pogrążeni w niemej rozmowie z dawnymi ludami, próbując się dowiedzieć, co ich tu przywiodło, a jednocześnie chyląc głowę przed tajemnicą.

Jeśli chcesz pojąć magię, najpierw uważnie rozejrzyj się wokół siebie. Bóg wystawia na nasz widok wszystko, co chce nam przekazać – to słynna Tradycja Słońca.

Tradycja Słońca jest bardzo demokratyczna – nie została stworzona dla mędrców czy bezgrzesznych, tylko dla zwykłych śmiertelników. Moc tkwi w najdrobniejszych szczegółach, które tworzą naszą drogę życiową. Świat jest jak klasa szkolna. Najwyższa Miłość wie, że istniejesz i będzie twoim nauczycielem.

Wszyscy siedzieli w milczeniu, wyczuleni na to cudowne zjawisko, którego wprawdzie nie potrafili pojąć umysłem, ale przyjmowali je na wiarę. Jedna dziewczyna zaintonowała pieśń w języku, którego Paulo nie rozumiał. Chłopak – na oko najstarszy z nich – wstał, rozpostarł ramiona i wzniósł modlitwę:

Oby nasz Pan Najwyższy dał nam
Tęczę po każdej zawierusze,
Uśmiech za każdą przelaną łzę,
Błogosławieństwo po każdej przeciwności,
Wiernego druha za każdą chwilę samotności,
Odpowiedź na każdą modlitwę

Dokładnie w tej samej chwili usłyszeli buczenie syren statku zbudowanego w Anglii, rozebranego na części, przewiezionego do Chile, a potem transportowanego na grzbietach mułów aż do jeziora położonego na wysokości 3800 metrów.

Wszyscy weszli na pokład statku i odpłynęli w kierunku starożytnego zaginionego miasta Inków.

Spędzili tam niezapomniane dni. Mało kto docierał tak daleko, jedynie dzieci Boga, ludzie wolni duchem, gotowi bez lęku wyruszyć na spotkanie z nieznanym.

Nocowali w opuszczonych, pozbawionych dachów domostwach. Wpatrywali się w gwiazdy, kochali się, jedli to, co przywieźli ze sobą, codziennie kąpali się nago w rzece płynącej u stóp góry, zastanawiali się, czy bogowie tak naprawdę mogli być astronautami, którzy wylądowali właśnie tam. Wszyscy czytali tę samą książkę pewnego Szwajcara, według którego rysunki inkaskie przedstawiały przybyszy z pozaziemskiej cywilizacji. Czytali też namiętnie Lobsanga Rampę, tybetańskiego mnicha, który opowiadał o otwarciu Trzeciego Oka. Potem pewien Anglik zdradził zgromadzonym na głównym placu Machu Picchu, że ów mnich naprawdę nazywał się Cyril Henry Hoskin i był angielskim hydraulikiem. Jego prawdziwa tożsamość została ostatnio ujawniona, a Dalajlama potwierdził te doniesienia.

Hipisów ta wiadomość rozczarowała, tym bardziej, że i Paulo, i każdy z nich byli przekonani, że na czole między brwiami naprawdę istnieje gruczoł zwany szyszynką, której funkcje nie zostały jeszcze poznane przez naukowców. Dlatego trzecie oko istnieje, choć nie w takiej formie, jak opisał je Lobsang Cyril Rampa Hoskin.

Trzeciego dnia dziewczyna Paula oznajmiła, że wraca do domu, a Paulo ma jej towarzyszyć. Nie żegnając się i nie oglądając za siebie, wyruszyli jeszcze przed wschodem słońca. Przez dwa dni zjeżdżali wschodnim zboczem kordyliery autobusem pełnym ludzi, zwierząt domowych, wiktuałów i rękodzieła. Korzystając z okazji, Paulo kupił pstrokatą torbę, którą można było złożyć i schować na dnie plecaka. Przysiągł sobie wtedy, że nigdy więcej nie będzie podróżował autobusem dłużej niż jeden dzień.

Z Limy pojechali stopem do Santiago de Chile. Świat był jeszcze bezpieczny, samochody zatrzymywały się, nawet jeśli wygląd i strój tej pary budził pewne obawy. W Santiago, po dobrze przespanej nocy poprosili kogoś o naszkicowanie mapy drogi prowadzącej do tunelu, łączącego Chile z Argentyną. Z Argentyny ruszyli w kierunku Brazylii, znowu autostopem, ponieważ jego dziewczyna uznała, że pieniądze, jakie jej zostały, mogą się przydać w razie choroby lub wypadku. Zawsze była rozsądna, mądrzejsza, przesiąknięta zmysłem praktycznym nabytym w reżimie komunistycznym. Z tego samego powodu nigdy nie była w pełni na luzie.

W Paranie, w stanie, gdzie większość posiadaczy paszportów ma blond włosy i niebieskie oczy, zarządziła nowy postój.

– Zwiedzimy Vila Velha. Podobno to piękne miejsce.

Nie byli świadomi niebezpieczeństwa.

Nie przewidywali piekła.

Nie mieli pojęcia, co ich czeka.

Poznali mnóstwo wspaniałych miejsc, absolutnie wyjątkowych, ale zapierające dech w piersiach piękno tych miejsc już zapowiadało przyszłe ich zniszczenie przez hordy turystów, dla których wszystko jest na sprzedaż i którzy porównują wszystko z tym, co mają u siebie. Z tonu głosu swojej dziewczyny wyczytał, że nie ma miejsca na sprzeciw – taka już była.

To oczywiste, trzeba zobaczyć Vila Velha, bo to cudowny zakątek, wyjątkowy, gdzie można podziwiać niezwykłe formacje skalne wyrzeźbione przez wiatr. Władze miejskie za wszelką cenę próbowały wypromować to miejsce. Wydały fortunę. Wszyscy wiedzieli o istnieniu Vila Velhi, ale jedni, gorzej poinformowani, trafiali na noszącą tę samą nazwę plażę w pobliżu Rio de Janeiro, inni z kolei uważali, że może to i ciekawe, lecz szkoda czasu, by jechać taki szmat drogi.

Paulo i jego dziewczyna byli jedynymi gośćmi. Zdumiały ich kształty, jakie potrafi wyczarować przyroda: kielich, żółw, wielbłąd. A raczej jak człowiek potrafi wszystkiemu nadać nazwę, choć rzeczony wielbłąd w gruncie rzeczy jego ukochanej przypominał owoc granatu, a jemu pomarańczę. Wreszcie, w przeciwieństwie do tego, co widzieli w Tiahuanaco, rzeźby w arenicie można było dowolnie interpretować.

Do Ponta Grossa, najbliższego miasta, pojechali stopem. Jego dziewczyna, wiedząc, że ich podróż dobiega końca, postanowiła – bo w gruncie rzeczy ona o wszystkim decydowała – że tę noc spędzą po raz pierwszy od wielu tygodni w hotelu, a na kolację zamówią mięso! Mięsa, jednej ze specjalności tego regionu, nie jedli, odkąd wyruszyli z La Paz – zawsze wydawało im się za drogie.

Zameldowali się w hotelu z prawdziwego zdarzenia, wzięli prysznic, kochali się, a potem zeszli do recepcji, żeby zapytać, gdzie jest dobre *rodízio,* restauracja, w której można się najeść mięsa do syta.

Kiedy czekali na recepcjonistę, zbliżyli się do nich dwaj mężczyźni i poprosili, aby wyszli z nimi na zewnątrz. Obaj trzymali ręce w kieszeniach, jakby mieli tam broń i chcieli, żeby to było jasne.

– Spokojnie – powiedziała jego dziewczyna, pewna, że padli ofiarą napadu rabunkowego. – Na górze mam pierścionek z brylantem.

•

Ale mężczyźni złapali ich pod ręce i wywlekli na zewnątrz. Na pustej ulicy parkowały dwa samochody bez tablic rejestracyjnych i znaków, a przy nich stało jeszcze dwóch mężczyzn. Jeden z nich celował do nich z pistoletu.

– Nie ruszać się. Żadnych podejrzanych ruchów. Musimy was przeszukać.

Brutalnie ich zrewidowali. Dziewczyna próbowała jeszcze coś powiedzieć, natomiast przerażony Paulo zapadł w jakiś dziwny trans. Zdołał tylko rozejrzeć się dookoła i sprawdzić, czy nie ma świadków, którzy powiadomią policję.

– Zamknij się, dziwko! – rzucił jeden z mężczyzn.

Wyrwali im przytroczone do pasa saszetki z paszportami i pieniędzmi. Potem wepchnęli ich na tylne siedzenie – każde do innego samochodu. Paulo nawet nie zdążył zobaczyć, co się dzieje z jego dziewczyną. Ona też nie wiedziała, co robią z nim.

W środku siedział jeszcze jeden mężczyzna.

– Włóż to na głowę – rozkazał, podając mu worek. – I kładź się na podłodze.

Paulo posłuchał rozkazu – jego mózg przestał samodzielnie reagować. Auto gwałtownie ruszyło. Chciał powiedzieć, że jego rodzina jest zamożna, że może zapłacić każdy okup, ale nie potrafił wydusić z siebie słowa.

Pociąg zaczął zwalniać. To mogło oznaczać, że zbliżają się do holenderskiej granicy.

– Wszystko w porządku, stary? – spytał Argentyńczyk.

Paulo skinął głową. Szukał jakiegoś tematu do rozmowy, żeby odsunąć złe myśli. Minął rok od wydarzeń w Ponta Grossa i na ogół udawało mu się ujarzmić demony w głowie. Jednak zawsze na widok słowa „policja”, choćby na mundurze zwykłego funkcjonariusza straży granicznej, wpadał w popłoch. Tylko tym razem panice towarzyszyła cała historia, jaką zdążył opowiedzieć kilku przyjaciołom, choć zawsze starał się zachować dystans, tak jakby był tylko obserwatorem. Teraz po raz pierwszy opowiadał tę historię samemu sobie.

– Jeśli nas nie wpuszczą, pojedziemy do Belgii i przejdziemy w innym miejscu – pocieszał Argentyńczyk.

Paulo nie miał ochoty na rozmowę. Paranoja wróciła. A jeśli jego kumpel naprawdę przemycał narkotyki twarde? Co będzie, jeśli uznają go za wspólnika i wtrącą do więzienia, póki nie udowodni, że jest niewinny?

Pociąg stanął. To jeszcze nie była granica, tylko mała stacyjka w szczerym polu, gdzie wsiadły dwie osoby, a wysiadło pięć. Widząc, że Paula nie da się wciągnąć do rozmowy, Argentyńczyk postanowił dać mu spokój, zostawić go zatopionego we własnych myślach. Martwił go jednak zmieniony wyraz twarzy Paula.

– Wszystko okej, stary? – spytał jeszcze raz.

– Odprawiam egzorcyzmy.

Argentyńczyk zrozumiał i zamilkł na dobre.

Paulo wiedział, że w Europie takie rzeczy się nie zdarzają, a raczej, należą do odległej przeszłości. Zawsze go zastanawiało, dlaczego ludzie gnani do komór gazowych w obozach koncentracyjnych albo ustawieni w rzędzie nad rowami, w których leżały ciała ofiar zastrzelonych przez pluton egzekucyjny, nie reagowali, nie próbowali uciekać, nie rzucali się na swoich oprawców.

To proste: kiedy człowieka ogarnia panika, jest jakby nieobecny. Mózg blokuje wszelkie działanie. Znika groza i przerażenie. Pozostaje tylko dziwna niemoc, bezsilne poddanie się wydarzeniom. Uczucia i emocje znikają, człowiek wpada w otchłań, gdzie wszystko dzieje się poza nim. Działa mechanizm do dziś niewyjaśniony naukowo. Lekarze definiują to jako „czasową schizofrenię wywołaną stresem" i nie zawracają sobie głowy próbami wyjaśnienia, jakie są dokładne skutki tak zwanego *flat affect* – zobojętnienia emocjonalnego.

Być może po to, żeby uporać się z widmami przeszłości, odtworzył historię aż do końca.

Siedzący na tylnym siedzeniu mężczyzna wydawał się bardziej ludzki niż ci, którzy zatrzymali ich w hotelu.

– Nie martw się. Nie mamy zamiaru was zabijać. Leż spokojnie na podłodze.

Paulo nie martwił się niczym. Jego mózg przestał funkcjonować. Tak jakby przeniósł się do równoległej rzeczywistości. Jego mózg wypierał to, co się działo.

– Czy mogę przytrzymać się pana nogi? – spytał tylko.

– Jasne – odpowiedział mężczyzna.

Paulo wczepił się kurczowo w jego nogę. Może mocniej niż tamten się spodziewał. Mogło go nawet zaboleć, ale nie dał tego po sobie poznać, nie odepchnął Paula. Wiedział, co chłopak czuje. Nie sprawiało mu żadnej satysfakcji, że młody, pełen życia człowiek musi przez to przechodzić. On tylko wykonywał rozkazy.

Auto jechało zdawać by się mogło bez końca. A im dłużej jechali, tym Paulo nabierał większej pewności, że wiozą go na egzekucję. Dotarło do niego wreszcie, o co tu chodzi: porwali go żołnierze z oddziałów paramilitarnych i oficjalnie zaginął. Tylko co mu dawała ta wiedza?

Samochód zatrzymał się. Wywleczono go brutalnie i wepchnięto do ciemnego korytarza. Potknął się o jakiś stopień.

– Błagam... wolniej... – poprosił.

Dostał pierwszy cios w głowę.

– Zamknij mordę, podły terrorysto!

Przewrócił się. Kazano mu wstać i rozebrać się do naga – ostrożnie, tak żeby nie ściągnąć worka z głowy. Zrobił, jak kazali. Od razu przystąpili do bicia, a że nie widział, skąd padnie kolejny cios, nie mógł się nań przygotować, napiąć mięśni. Odczuwał większy ból niż w jakiejkolwiek bójce, w której uczestniczył jako nastolatek. Znowu upadł. Tym razem zamiast ciosów posypały się kopniaki. Trwało to może dziesięć minut, może kwadrans. Wreszcie ktoś rozkazał: „Starczy!".

Był przytomny, ale nie wiedział, czy ma połamane kości. Z bólu nie mógł się poruszać. Ten sam głos, który krzyknął: „Starczy!", kazał mu wstać. Zasypał go gradem pytań: o partyzantkę, o kolaborację z komunistami, o to, co robił w Boliwii, czy kontaktował się z towarzyszami Che Guevary, gdzie ukrył broń. „Wyłupię ci oczy, jak tylko będę miał dowody, że jesteś winny!", wrzeszczał. Inny głos, tak zwanego „dobrego

policjanta", obrał inną taktykę. Radził się przyznać do udziału w napadzie na miejscowy bank; w ten sposób wszystko się wyjaśni, a Paulo za to przestępstwo trafi do więzienia, ale uniknie dalszego bicia.

Kiedy z trudnością podnosił się z podłogi, otrząsnął się z letargu i odzyskał to, co zawsze uważał za jedną z podstawowych cech ludzkich: instynkt przeżycia. Musiał jakoś się z tego wyplątać. Musiał przekonać ich, że jest niewinny.

Zapytali, co robił w poprzednim tygodniu. Opowiedział ze szczegółami, chociaż był świadomy, że nigdy nie słyszeli o Machu Picchu.

– Nie próbuj robić nam wody z mózgu! – przerwał mu „zły policjant". – Znaleźliśmy mapę w waszym pokoju hotelowym. Widziano ciebie i tę blondynę w pobliżu miejsca napadu.

„Jaka mapa?".

Przez szparkę w worku zobaczył plan, który ktoś mu naszkicował w Chile ze wskazówkami, jak trafić do tunelu kolei transandyjskiej.

– Komunistom się wydaje, że wygrają następne wybory. Że złotem otrzymanym od Moskwy Allende przekupi całą Amerykę Łacińską. Ale grubo się mylą. Jakie zajmujesz stanowisko w tej waszej organizacji? Z kim się kontaktujecie w Brazylii?

Paulo błagał, przysięgał, że to nieprawda, że jest tylko młodym człowiekiem, który chce podróżować, poznawać świat. Dopytywał się o swoją dziewczynę.

– Tą, którą przysłali komuniści z Jugosławii, żeby zniszczyła demokrację w Brazylii? Ma to, na co zasłużyła – odpowiedział „zły policjant".

Znowu ogarnęło go przerażenie. Musiał się opanować, musiał znaleźć sposób, jak zakończyć ten koszmar. Musiał się przebudzić.

•

Ktoś umieścił jakąś skrzynkę z elektrycznymi przewodami i dźwignią między jego nogami. Ktoś inny dodał, że to tak zwany „telefon". Wystarczy podpiąć przewody do ciała, przekręcić dźwignię, a przeżyje wstrząs jakiego „żaden facet nie wytrzyma".

Słysząc te słowa, uznał, że ma tylko jedno wyjście: przestał być pokorny i podniósł głos:

– Naprawdę myślicie, że się boję elektrowstrząsów?! Że się przestraszę bólu?! Spokojna głowa! Sam, własnoręcznie poddam się tej torturze. Byłem już w psychiatryku, i to nie raz, nie dwa, ale trzy razy. Wielokrotnie leczono mnie elektrowstrząsami. Mogę was wyręczyć. Zresztą pewnie o tym wiecie, bo chyba już znacie cały mój życiorys.

Powiedziawszy to, zaczął się drapać do krwi, ranić. Wrzeszczał przy tym, że przecież wszystko wiedzą, że mogą go nawet zabić. Już mu wszystko jedno. Wierzy w reinkarnację i jeszcze po nich wróci. Wróci z zaświatów, po nich i ich rodziny.

Ktoś podszedł i złapał go za ręce. Paulo czuł, że są przerażeni jego reakcją, choć nikt tego na głos nie powiedział.

– Dajże już spokój, Paulo – łagodził sytuację „dobry policjant". – Opowiedz nam lepiej o mapie.

Wrzeszcząc jak w ataku szału, tłumaczył, że w Santiago potrzebowali wskazówek, jak dotrzeć do tunelu między Chile z Argentyną.

– A moja dziewczyna?! Gdzie ona jest?! Co z nią?!

Krzyczał coraz głośniej w nadziei, że ona usłyszy. „Dobry policjant" próbował go uciszyć. Najwyraźniej w pierwszych „latach ołowiu" w Brazylii represje jeszcze nie były tak brutalne jak później.

Uspokajał go, że skoro jest niewinny, nie ma powodu do obaw. Tylko najpierw trzeba zweryfikować jego zeznania, zatem muszą go jeszcze na jakiś czas zatrzymać. Nie powiedział na jak długo, ale poczęstował go papierosem. Paulo zauważył, że inni wyszli z sali. Już się nim nie interesowali.

– Poczekaj, aż wyjdę i zamkną się drzwi. Wtedy możesz ściągnąć worek. Ilekroć ktoś przyjdzie i usłyszysz szczęk zamka, masz założyć worek na głowę. A kiedy będziemy mieli wszystkie informacje, wyjdziesz na wolność.

– A moja dziewczyna?! – wykrzyczał.

Nie zasługiwał na to. Może i był złym synem, pewnie nieraz przyprawiał rodziców o ból głowy, ale na to nie zasłużył. Był niewinny i gdyby wtedy miał w ręku broń, powystrzelałby ich wszystkich. Nie ma nic gorszego niż kara za coś, czego się nie zrobiło.

– Nie martw się. Nie jesteśmy potworami ani oprawcami. Musimy tylko rozprawić się z tymi, którzy chcą rozwalić nasz kraj.

Mężczyzna wyszedł, trzasnąwszy drzwiami. Paulo ściągnął worek. Znajdował się w celi dźwiękoszczelnej, stąd w wejściu wysoki próg, o który się potknął. Po prawej stronie było wmurowane wielkie lustro, które służyło zapewne do obserwowania zatrzymanych. W ścianie dojrzał kilka dziur po kulach, z jednej z nich sterczał kosmyk włosów. Udawał, że nic go to nie obchodzi.

Obejrzał swoją skórę, wszystkie rany, z których sączyła się krew. Obmacał całe ciało i stwierdził, że nic mu nie połamali. Jego oprawcy mieli wprawę w niepozostawianiu śladów. Może dlatego wystraszyła ich jego reakcja.

Domyślał się, że skontaktują się z Rio de Janeiro, żeby potwierdzić historię jego pobytów w zakładzie psychiatrycznym, terapii elektrowstrząsowej, sprawdzić jaki tryb życia wiedli dotąd on i jego dziewczyna. Jej zagraniczny paszport mógł być dla niej wybawieniem albo wyrokiem, jako że pochodziła zza żelaznej kurtyny.

Gdyby kłamał, pewnie by go torturowali przez kolejne dni. A skoro mówił prawdę, prawdopodobnie dojdą do wniosku, że jest naćpanym hipisem, synalkiem z bogatej rodziny i go wypuszczą.

Paulo nie kłamał. Modlił się więc, żeby jak najszybciej się o tym przekonali.

Nie wiedział, ile czasu minęło. Nie było okien, światło paliło się przez cały czas. Gdzie on właściwie był? W ośrodku tortur? W koszarach? Na komisariacie? Jedyną twarzą, którą widział, była twarz fotografa, który kazał mu zdjąć worek i ustawić się profilem. Umieścił aparat blisko niego, żeby nie było widać, że więzień jest nagi. Zrobił mu jedno zdjęcie i wyszedł bez słowa.

Nawet walenie do drzwi nie podlegało żadnej rutynie. Czasem tylko krótka chwila dzieliła śniadanie od obiadu, za to na kolację trzeba było czekać w nieskończoność. Kiedy musiał iść do łazienki, zakrywał głowę workiem i pukał w drzwi, póki obserwujący go przez lustro weneckie nie domyślili się, o co chodzi. Czasami próbował nawiązać rozmowę z człowiekiem, który prowadził go do toalety, ale odpowiedzią była zawsze cisza.

Przez większość czasu spał. Pewnego dnia, a może nocy, przyszło mu do głowy, że może wykorzystać to doświadczenie do medytacji i skoncentrować na czymś bardziej wzniosłym. Przypomniał sobie, że święty Jan od Krzyża mówił o „ciemnej nocy duszy", pamiętał, że mnisi przebywali latami w jaskiniach na pustyni w całkowitym odosobnieniu. Mógłby za ich przykładem wykorzystać własne położenie i stać się lepszym człowiekiem. Domyślił się, że doniósł na nich portier w hotelu (on i jego dziewczyna byli tam przecież jedynymi gośćmi). Czasami roiło mu się, że po wyjściu na wolność wróci i go zabije. Kiedy indziej dochodził do wniosku, że najlepszy sposób służenia Bogu to przebaczyć donosicielowi, bo nie wiedział, co czyni.

Przebaczenie to jednak bardzo trudna sztuka, a on szukał kontaktu z Wszechświatem poprzez swoje podróże i nie zamierzał, przynajmniej w tym momencie życia, tolerować tych, którzy naśmiewali się z jego długich włosów, czasem zaczepiali go na ulicy i pytali, kiedy się ostatnio mył, szydzili, że jego pstrokate stroje świadczą o jego orientacji seksualnej i pytali, ilu facetów przewinęło się już przez jego łóżko. Mierzili go również ci, od których stale słyszał: „przestań się włóczyć, rzuć narkotyki, poszukaj jakiejś przyzwoitej pracy i pracuj dla dobra kraju".

Nienawiść, poczucie niesprawiedliwości, pragnienie zemsty i niemożność przebaczenia nie pozwalały mu się skupić i medytację przerywały niegodziwe myśli, choć jego zdaniem usprawiedliwione. Czy zawiadomili jego rodzinę?

Rodzice nie wiedzieli, kiedy planuje wrócić, ale pewnie niepokoiła ich jego przedłużająca się nieobecność. Mieli mu za złe, że spotyka się z dziewczyną o jedenaście lat starszą, która, ich zdaniem, wykorzystuje go, by zaspokoić swoje lubieżne żądze, bo znudziła jej się monotonia próżniaczego życia elit; z cudzoziemką zza żelaznej kurtyny, manipulatorką i uwodzicielką młodych chłopców, którzy potrzebowali zastępczej matki, a nie prawdziwej partnerki. Tak jak jego rodzice myśleli wszyscy jego przyjaciele, wszyscy wrogowie, wszyscy ludzie, którzy szli przez życie nie stwarzając nikomu problemów, nie wymagając, by rodzina musiała się za nich tłumaczyć, nie narażając rodziców na oskarżenie, że nie potrafią wychować swoich dzieci na porządnych ludzi. Siostra Paula studiowała na wydziale Chemii Przemysłowej i była jedną z najlepszych studentek, ale dla rodziców to nie był powód do dumy. Bardziej zależało im, by syn powrócił do ich świata i żył tak jak oni.

Ostatecznie, po długich rozmyślaniach Paulo doszedł do wniosku, że zasługuje na to, co go spotkało. Niektórzy z jego przyjaciół podjęli walkę zbrojną z pełną świadomością tego, co ich czeka. Natomiast konsekwencje, jakie on poniósł, wyglądały na karę niebios. Był powodem takich cierpień i smutku, że zasłużył sobie w pełni na liche posłanie w zimnej celi, gdzie w ścianie widniały trzy dziury po kulach (policzył je). Mimo wszystko szukał w sobie, bezskutecznie zresztą, jakiejś siły, pociechy duchowej, czy choćby głosu, który by przemówił do niego, tak jak się to stało w Bramie Słońca.

Mógł tylko spać – z nadzieją, że się obudzi z sennego koszmaru, choć zawsze budził się w tym samym miejscu, na tej samej podłodze. Za każdym razem myślał, że najgorsze już minęło i znowu budził się zlany potem, przerażony, ilekroć słyszał walenie do drzwi. A może nie potwierdzono jego zeznań i znowu zaczną się tortury, jeszcze okrutniejsze?

Nagle ktoś załomotał do drzwi – Paulo właśnie zjadł kolację, ale wiedział, że mogą mu już podać śniadanie, żeby zupełnie go zdezorientować. Włożył worek na głowę, usłyszał, jak ktoś otwiera drzwi i rzuca jakieś rzeczy na podłogę.

– Ubieraj się. Tylko ostrożnie, żeby ci się worek nie zsunął.

To był głos „dobrego policjanta", a raczej „dobrego oprawcy", jak go w myślach nazywał. Stał obok, kiedy Paulo się ubierał i zakładał buty. Potem wziął go pod ramię, przypomniał, żeby uważał na próg (Paulo przechodził tamtędy już wielokrotnie, ale pewnie tamten chciał być miły). Dodał jeszcze, że jedyne blizny na jego ciele, są po ranach, które sam sobie zadał.

Szli kilka minut, kiedy Paulo usłyszał inny głos:

– Variant czeka na dziedzińcu.

Variant? Potem zrozumiał, że chodziło o model samochodu, ale wtedy pomyślał, że to zaszyfrowana wiadomość, na przykład „Pluton egzekucyjny w gotowości".

Zaprowadzili go do samochodu, wcisnąwszy uprzednio pod worek długopis i kartkę. Nawet jej nie przeczytał. Podpisze, co każą, każde zeznanie, które zakończy to doprowadzające go do szaleństwa odosobnienie. „Dobry policjant" wyjaśnił jednak, że to tylko lista rzeczy skonfiskowanych w hotelu.

– Plecaki są w bagażniku – dodał.

Plecaki! Liczba mnoga. Był tak oszołomiony, że nawet tego nie zauważył.

Zrobił, co kazali. Otworzyły się drzwiczki z drugiej strony. Przez szparę w kapturze rozpoznał ubranie – to była ona! Poprosili ją, żeby podpisała dokument, ale ona najpierw chciała przeczytać. Jej głos nie zdradzał paniki, jakby przez cały czas panowała nad emocjami. Funkcjonariusz posłusznie zgodził się, żeby przeczytała. Skończyła czytać, podpisała. Dopiero wtedy wzięła Paula za rękę.

– Tylko bez kontaktu fizycznego – powiedział „dobry oprawca".

Nie posłuchała. Paulo przez moment zaniepokoił się, że ich z powrotem zawloką do celi i ukarzą za nieposłuszeństwo. Próbował wyswobodzić dłoń, ale ona przytrzymała ją mocniej i już nie puściła.

„Dobry oprawca" zamknął drzwi i wydał rozkaz odjazdu. Paulo spytał dziewczynę, czy dobrze się czuje. W odpowiedzi usłyszał tyradę oskarżeń na to, jak ich potraktowano. Ktoś z przedniego siedzenia roześmiał się. Paulo błagał, żeby na miłość boską zamilkła. Przecież jeszcze się nagadają, jak nie teraz, to innego dnia, gdziekolwiek ich wiozą, może do prawdziwego więzienia.

– Nie kazaliby nam podpisywać oświadczenia o zwrocie naszych rzeczy, gdyby nie mieli zamiaru nas wypuścić – odpowiedziała.

Z przodu znowu usłyszeli śmiech, najwyraźniej ktoś siedział obok kierowcy.

– Zawsze słyszałem, że kobiety są odważniejsze i inteligentniejsze od mężczyzn – skomentował jeden z nich. – Mamy tu na to najlepszy dowód.

Drugi kazał mu siedzieć cicho. Jechali jeszcze przez jakiś czas. W końcu zatrzymali się. Pasażer z przodu pozwolił im zdjąć worki z głów.

Był to jeden z ludzi, którzy ich zatrzymali w hotelu, z pochodzenia Azjata, tym razem uśmiechnięty od ucha do ucha. Wysiadł razem z nimi, otworzył bagażnik, wyjął plecaki i podał im, choć mógł je rzucić na ziemię.

– Jesteście wolni. Skręćcie w lewo na najbliższym skrzyżowaniu, za jakieś dwadzieścia minut dojdziecie do dworca autobusowego.

Wsiadł do samochodu, który ruszył bez pośpiechu, jakby to, co zaszło było bez znaczenia. Taka była nowa rzeczywistość w Brazylii: oni byli u władzy i nie można było na nich wnieść skargi.

Paulo popatrzył na dziewczynę, ona na niego. Objęli się i długo całowali, potem ruszyli w kierunku dworca autobusowego. Uważał, że lepiej się wynieść jak najdalej od Ponta Grossa. Wyglądało na to, że nic się nie zmieniło, jakby te dni – tygodnie, miesiące, a może lata? – stanowiły zaledwie krótką przerwę w ich wymarzonej podróży. Przeważały miłe wspomnienia, których nie mogły przyćmić ostatnie wydarzenia. Przyśpieszył kroku, starał się jej nie obwiniać, nie oskarżać, że to wszystko przez jej zamiłowanie do zwietrzałych kamieni, że gdyby pojechali dalej, nic złego by im się nie przytrafiło. Choć prawdę mówiąc to nie była wina ani jej, ani Paula, ani nikogo ze znanych im ludzi.

Ależ on był żałosny i słaby. Nagle poczuł straszliwy ból głowy, tak nieznośny, że nie mógł zrobić kroku, uciec do rodzinnego miasta ani wrócić do Bramy Słońca, żeby spytać o radę dawnych, zapomnianych mieszkańców tych ziem. Oparł się o ścianę, plecak ześliznął mu się na ziemię.

– Wiesz, co się z tobą dzieje? – spytała dziewczyna i sama sobie odpowiedziała. – Ja wiem, bo tak się czułam, kiedy spadały bomby na mój kraj. Aktywność mózgu spadła, krew nie krążyła po całym ciele, nie zasilała wszystkich komórek. Przejdzie za parę godzin. Na dworcu kupimy aspirynę.

Podniosła jego plecak, objęła go wpół i zmusiła do marszu – najpierw szli noga za nogą, potem trochę przyśpieszyli.

Co za kobieta! Wspaniała kobieta! Szkoda, że kiedy zaproponował wspólny wyjazd do dwóch miast – centrów świata – na Piccadilly Circus i plac Dam, powiedziała, że ma dosyć włóczęgi i szczerze mówiąc, już go nie kocha... Każde z nich poszło własną drogą.

Pociąg stanął. Zobaczył budzący strach napis w kilku językach: „Odprawa celna".

Celnicy weszli do pociągu i przechodzili z wagonu do wagonu. Paulo uspokoił się trochę. Zakończył już egzorcyzmy, choć jedno zdanie z Księgi Hioba wciąż tkwiło mu w głowie: „Bo spotkało mnie, czegom się lękał, bałem się, a jednak to przyszło".

Musiał się opanować, strach wyczuwa się z daleka.

Spokojnie. Jeśli, jak twierdzi Argentyńczyk, w najgorszym wypadku nie wpuszczą ich, to nie ma sprawy. Są jeszcze inne przejścia graniczne. A jeśli i to zawiedzie, jest drugi środek świata – Piccadilly Circus.

Po odtworzeniu strasznych przeżyć sprzed półtora roku odczuwał bezmierny spokój. Tak jakby ze wszystkim należało się zmierzyć odważnie, przyjąć jako kolejny epizod z życia. Nie zawsze mamy wpływ na to, co nam się przydarza, ale zawsze mamy wybór, co z tym zrobimy.

Zrozumiał, że aż do tej pory jego ciało astralne toczył rak niesprawiedliwości, rozpaczy czy niemocy, teraz był już wolny.

Zaczynał od nowa.

Celnicy weszli do przedziału zajmowanego przez Paula, Argentyńczyka i czterech nieznanych pasażerów. Tak jak się spodziewał, kazali im dwóm wysiąść. Na zewnątrz było chłodnawo, choć jeszcze nie zapadła noc.

Przyroda podlega cyklom, tak samo jak ludzka dusza: roślina rozkwita, wabi pszczoły, które zapylają kwiaty, dzięki czemu powstają owoce. Owoce mają pestki, z nich wyrastają rośliny przywabiające pszczoły, które zapylają kwiaty, znowu rodzą się owoce i tak w kółko przez całą wieczność. Witaj jesieni, chwilo, kiedy trzeba pożegnać się z tym, co było, z dawnymi lękami – i pozwolić, by nadeszło nowe.

Kilkunastu młodych ludzi, chłopców i dziewcząt, weszło do budynku kontroli celnej. Nikt się nie odzywał. Paulo starał się trzymać z dala od Argentyńczyka, który to zauważył i przestał się mu narzucać. Pewnie zrozumiał, że młody Brazylijczyk coś podejrzewa. Przed chwilą jeszcze widział, jak twarz Paula pokrywa cień, a teraz znowu promieniał. Może powiedzieć „promieniał" to lekka przesada, ale przynajmniej znikł głęboki smutek malujący się na jego twarzy jeszcze niedawno.

•

Wzywano ich pojedynczo i nikt nie wiedział, o co pytają, bo wychodzili drugimi drzwiami. Paulo był trzeci w kolejce.

Za stołem siedział umundurowany strażnik. Poprosił Paula o paszport i zaczął kartkować wielką księgę pełną nazwisk.

– Zawsze marzyłem o poznaniu... – zaczął Paulo, ale zaraz go uciszono, żeby nie przeszkadzał w pracy celnikowi.

Serce zaczęło mu szybciej bić. Walczył z samym sobą. Chciał uwierzyć, że już nadeszła jesień, zaczynają opadać suche liście. Z tego, który do tej pory był kłębkiem nerwów, rodził się nowy człowiek.

Złe emocje przyciągają jeszcze więcej złych emocji. Starał się zachować spokój, zwłaszcza gdy zauważył kolczyk w uchu celnika, nie do pomyślenia w żadnym ze znanych mu krajów. Próbował oderwać się od swoich myśli, rozglądał się po sali pełnej dokumentów, z portretem królowej i plakatem z wiatrakiem na ścianie. Urzędnik odłożył księgę i wcale nie chciał wiedzieć, co Paulo ma zamiar robić w Holandii, tylko czy ma dość pieniędzy na powrót do domu.

Paulo potwierdził. Wiedział już, że aby wjechać do jakiegoś kraju, trzeba mieć bilet powrotny. Kupił więc bardzo drogi bilet w obie strony do Rzymu ważny przez rok. Już sięgał do przytroczonej do pasa saszetki z dokumentami, kiedy urzędnik machnął ręką, że nie trzeba. Chciał tylko wiedzieć, ile ma pieniędzy.

– Jakieś tysiąc sześćset dolarów. Może trochę więcej, nie wiem dokładnie, ile wydałem w pociągu.

Wylądował w Europie mając w kieszeni tysiąc siedemset dolarów, zarobionych jako nauczyciel na kursach przygotowawczych dla kandydatów do Szkoły Teatralnej, w której sam studiował. Najtańszy bilet
był do Rzymu, gdzie jak donosił *Niewidzialny Goniec*, hipisi zbierają się na Placu Hiszpańskim. Miejsce do spania znalazł w pobliskim parku, żywił się kanapkami i lodami. Planował zatrzymać się w Rzymie na dłużej, tym bardziej, że poznał Hiszpankę z Galicii, która od razu została jego przyjaciółką, a wkrótce potem kochanką. Kupił bestseller swojego pokolenia – *Europa za pięć dolarów dziennie*, który z całą pewnością odmienił jego życie. Przekonał się, że nie tylko hipisi, ale i zwykli turyści, tak zwani „średniacy", korzystali z tej książki, gdzie można było znaleźć informacje o najtańszych hotelach i restauracjach oraz miejscach wartych zobaczenia.

Dzięki tej książce nie zginie w Amsterdamie. Kiedy Hiszpanka oznajmiła mu, że wyjeżdża do Aten, postanowił wyruszyć najpierw do pierwszego centrum świata – do Amsterdamu, a następnym celem jego podróży – jak powtarzał sobie w kółko – miał być Piccadilly Circus.

Znowu próbował pokazać pieniądze, ale celnik zwrócił mu ostemplowany paszport. Spytał jeszcze, czy wwozi ze sobą jakieś owoce lub warzywa – Paulo miał dwa jabłka, które kazano mu wyrzucić do kosza na zewnątrz, zaraz przy wyjściu z dworca.

Jak dotrzeć do Amsterdamu?

Poinformowano go, że na stacji co pół godziny zatrzymuje się pociąg osobowy, a kupiony w Rzymie bilet był ważny aż do stacji końcowej.

Celnik wskazał mu inne drzwi niż te, przez które wszedł. Paulo znalazł się na świeżym powietrzu i czekał na najbliższy pociąg, zaskoczony i szczęśliwy, bo w kwestii biletu i pieniędzy uwierzono mu na słowo.

Naprawdę znalazł się w innym świecie.

Karla nie spędziła całego popołudnia na placu Dam. Przede wszystkim dlatego, że się rozpadało, a poza tym wróżka zapowiedziała, że oczekiwana osoba pojawi się dopiero następnego dnia. Postanowiła dla zabicia czasu pójść do kina na *2001: Odyseję kosmiczną,* którą wszyscy się zachwycali, chociaż ona nie za bardzo lubiła filmy *science-fiction.*

Film rzeczywiście okazał się arcydziełem. Pokazał to, o czym była przekonana – i nie była to kwestia wiary czy jej braku, tylko jedyna, absolutna i niepodważalna prawda: czas jest zamknięty w sobie i zawsze wraca do tego samego punktu. Rodzimy się z nasienia, rośniemy, starzejemy, umieramy, wracamy do ziemi i znowu stajemy się nasieniem, które wcześniej czy później w procesie reinkarnacji zmieni się w inną istotę. Pochodziła z rodziny luterańskiej, ale przez pewien czas przeżywała fascynację wiarą katolicką. Uczestniczyła nawet w mszach i potrafiła wyrecytować w całości wyznanie wiary. Najbardziej jej się podobał fragment: *wierzę w [...] ciała zmartwychwstanie, żywot wieczny. Amen.*

Ciała zmartwychwstanie... Pewnego dnia zagadnęła księdza o ten werset, wypytywała go o reinkarnację, ale kapłan stwierdził, że to wcale nie o to chodzi. Spytała zatem, o co. W odpowiedzi, która zresztą wydała jej się całkiem idiotyczna, usłyszała, że jeszcze nie jest na tyle dojrzała, żeby to pojąć. Właśnie wtedy zaczęła powoli oddalać się od wiary katolickiej, ponieważ ksiądz najwyraźniej sam nie wiedział, o czym mówią te słowa.

„Amen" powtarzała teraz w drodze do hotelu. Miała słuch wyczulony na każdy znak, gdyby tylko Bóg zechciał z nią rozmawiać. Odkąd oddaliła się od kościoła, próbowała znaleźć odpowiedź na temat sensu życia w hinduizmie, taoizmie, buddyzmie, w kultach afrykańskich. Pewien poeta napisał wiele wieków temu:

Twoje światło wypełnia cały Wszechświat
Żar miłości spala i zbawia Poznanie.

Jako że w jej życiu miłość była sprawą dość skomplikowaną, tak skomplikowaną, że starała się o niej nie myśleć, ostatecznie doszła do wniosku, że Poznanie mieści się w jej duszy – co było zresztą zgodne z tym, co głosili założyciele tych religii. Teraz wszystko, co widziała, przypominało jej o Boskości, starała się, żeby każdy jej gest był podziękowaniem za to, że żyje.

To wystarczyło. Najstraszniejsza zbrodnia to zabić w sobie radość życia.

Weszła do coffee shopu, gdzie sprzedawano również rozmaite odmiany marihuany i haszyszu, ale chciała po prostu napić sie kawy z pracującą tam kelnerką, Wilmą, też Holenderką, lekko wyobcowaną. Postanowiły pójść do klubu Paradiso, ale szybko zmieniły zdanie – może dlatego, że to miejsce nie było już żadną nowością, tak jak narkotyki sprzedawane w barze, w którym pracowała Wilma. Może to i dobre dla turystów, ale nie dla tych, którzy zawsze mają do nich dostęp.

Pewnego dnia – w jakiejś odległej przyszłości – rządy dojdą do wniosku, że najlepszym sposobem na rozwiązanie tak zwanego „problemu" to zalegalizowanie narkotyków. Haszysz swą złą sławę zawdzięcza temu, że jest zakazany i przez to pożądany.

– Ale to nikogo nie interesuje – stwierdziła Wilma, kiedy Karla powiedziała jej, co o tym myśli. – Zarabiają miliardy dolarów dzięki zakazom i represjom. Uważają się za lepszych. Zbawców społeczeństwa, obrońców rodziny. Wspaniałe hasło polityczne – skończyć z narkotykami. Czy jest inny, równie chwytliwy slogan? Jasne, skończyć z biedą. Tyle że w to nikt już nie wierzy.

Przerwały rozmowę i utkwiły oczy w filiżankach. Karla myślała o książce *Władca pierścieni* i o własnym życiu. Nigdy nie przeżyła nic nadzwyczajnego. Urodziła się w purytańskiej rodzinie, uczyła się w szkole luterańskiej, znała Biblię na pamięć, straciła cnotę jako nastolatka z rówieśnikiem, także Holendrem i także prawiczkiem, trochę podróżowała po Europie, znalazła pracę, kiedy skończyła dwadzieścia lat (teraz miała dwadzieścia trzy), dni, jeden podobny do drugiego, ciągnęły się w nieskończoność, przeszła na katolicyzm, żeby zgorszyć rodzinę, wyprowadziła się z domu, zamieszkała sama, miała szereg chłopaków, którzy pojawiali się i znikali z jej życia i z jej ciała z częstotliwością od dwóch dni do dwóch miesięcy. Stwierdziła, że zawinił temu Rotterdam, jego żurawie portowe, szare ulice i port, gdzie przypływały opowieści znacznie ciekawsze niż te, których wysłuchiwała od swoich przyjaciół.

Lepiej dogadywała się z cudzoziemcami. Jedyny raz zapomniała, że jej celem jest absolutna wolność – zakochała się wtedy do szaleństwa w pewnym Francuzie, dziesięć lat od niej starszym, i wmówiła sobie, że ta płomienna miłość jest wzajemna, choć dobrze wiedziała, że interesuje go wyłącznie seks, dziedzina, w której była mistrzynią niezmiennie dążącą do perfekcji. Po tygodniu porzuciła Francuza w Paryżu, ponieważ doszła do wniosku, że zupełnie nie wie po co jej w życiu miłość. I było to bolesne odkrycie, bo wszyscy jej znajomi wcześniej czy później stwierdzali, jak ważne jest małżeństwo, posiadanie dzieci, gotowanie smakowitych dań, wspólne oglądanie telewizji, wypady do teatru, podróżowanie po świecie, małe niespodzianki, czasem udawanie, że się nie dostrzega drobnych zdrad współmałżonka. Jak ważny jest ktoś, z kim można założyć rodzinę, żeby w końcu głosić, że dzieci to jedyny sens życia, zamartwiać się, co podać im na obiad albo co będą robić w przyszłości, jak im idzie w szkole, w pracy, w życiu.

Inaczej mówiąc, jak przedłużyć na kilka dobrych lat poczucie, że są komuś potrzebni, tylko prędzej czy później młodzi odchodzą. Dom pustoszeje i wtedy najważniejszą rzeczą staje się niedzielny obiad, cała rodzina w komplecie, każdy udaje, że wszystko jest w porządku, że nie ma między nimi zawiści i rywalizacji, choć każdy wyciąga niewidzialną szpilę i wbija ją współbiesiadnikom – bo zarabiam więcej od ciebie, bo moja żona skończyła architekturę, bo właśnie kupiliśmy dom, nawet nie wyobrażacie sobie jaki, i tak dalej, i tak dalej.

Dwa lata wcześniej doszła do wniosku, że życie w absolutnej wolności nie ma sensu. Zaczęła rozmyślać

o śmierci, miała zamiar wstąpić do klasztoru i nawet udała się do konwentu karmelitanek bosych, które żyły w zupełnej izolacji od świata. Powiedziała, że jest ochrzczona, że odkryła Chrystusa i chciałaby być Jego Oblubienicą do końca życia. Matka przełożona dała jej miesiąc na zastanowienie przed podjęciem ostatecznej decyzji. Miała dość czasu, żeby wyobrazić sobie swoje życie w celi, zmuszona modlić się od świtu do zmierzchu, powtarzać te same słowa, póki nie utracą całkiem sensu. Zrozumiała, że nie nadaje się do takiego życia – rutyna doprowadziłaby ją do szaleństwa. Matka przełożona miała rację. Karla nigdy więcej tam nie wróciła. Co prawda wolność absolutna jej spowszedniała, ale zawsze dawała jej swobodę wyboru ciekawszych rzeczy.

Poznała marynarza z Bombaju, który był znakomitym kochankiem, co w jej życiu dość rzadko się zdarzało, a do tego odkrył przed nią tajniki wschodniej duchowości. Wtedy doszła do wniosku, że jej przeznaczeniem jest wywędrować bardzo daleko, zamieszkać w jaskini w Himalajach, w nadziei, że wcześniej czy później bogowie przybędą porozmawiać z nią, uciec od swojej banalnej i nudnej powszedniości.

Nie wchodząc w szczegóły, spytała Wilmę, co sądzi o Amsterdamie.

– Banalny i nudny – stwierdziła.

No właśnie. Nie tylko Amsterdam, ale cała Holandia, gdzie obywatele przychodzą na świat pod opieką państwa, nigdy nie muszą obawiać się ubóstwa na starość, bo mają do dyspozycji domy pogodnej starości, pensjonaty i hospicja, gwarantowaną bezpłatną lub prawie bezpłatną opiekę lekarską. Kraj, gdzie na tronie od lat zasiadają kobiety – królowa-matka Wilhelmina, aktualna królowa Juliana i przyszła dziedziczka tronu Beatrycze. W Stanach Zjednoczonych kobiety paliły staniki i walczyły o równouprawnienie, a Karla – która zresztą mimo całkiem obfitego biustu nie nosiła stanika – mieszkała w kraju, gdzie równouprawnienie panowało już od dawna, zdobyte bez hałasu i bez demonstracji. Po prostu, kierując się odwieczną logiką, uznano za słuszne, że władza należy do kobiet. One rządzą swoimi mężami i synami, prezydentami i królami, którzy w zamian starają się być wyśmienitymi generałami, premierami, prezydentami i prezesami wielkich firm.

Mężczyźni... Myślą, że rządzą światem i nie potrafią kroku zrobić, nie pytając wieczorem, co myślą ich kobiety, kochanki, dziewczyny, żony, matki.

Musiała uczynić radykalny krok, odkryć jakąś wewnętrzną lub zewnętrzną krainę, której jeszcze nie poznano, i wyrwać się z tego marazmu, który z każdym dniem pozbawiał ją sił.

Miała nadzieję, że kabalarka mówiła prawdę. Jeśli wywróżony przez nią towarzysz podróży nie zjawi się do jutra, pojedzie do Nepalu sama, narażając się, że jako „biała niewolnica” trafi do haremu grubego sułtana. Choć prawdę mówiąc, wątpiła, by ktoś odważył się porwać Holenderkę, która potrafi bronić się lepiej niż mężczyźni o groźnym spojrzeniu, z ostrymi szablami w dłoni.

Umówiły się z Wilmą na spotkanie w Paradiso następnego dnia i ruszyła do hostelu, gdzie spędzała monotonne noce w Amsterdamie, mieście marzeń ludzi, którzy przebywali pół świata, żeby tam się znaleźć. Szła wąskimi uliczkami bez chodników, wytężając słuch w nadziei na jakiś znak. Nie wiedziała, czego się spodziewać, bo ze znakami tak już jest – są niespodziewane i ukryte w powszedniości. Roszące jej twarz drobne krople przywróciły ją do rzeczywistości. Nie do tej, która ją otaczała, ale do poczucia, że żyje, że idzie pewnym krokiem ciemnymi zaułkami, choć mija po drodze handlarzy narkotyków z Surinamu, którzy pracują w mroku. To oni stanowili prawdziwe zagrożenie dla narkomanów, ponieważ sprzedawali diabelskie substancje: kokainę i heroinę.

Przeszła przez jeszcze jeden plac. Miała wrażenie, że w odróżnieniu od Rotterdamu, w Amsterdamie plac jest

za każdym rogiem ulicy. Rozpadało się. Była wdzięczna, że ma siłę się uśmiechać pomimo ponurych myśli, które ją dopadły w coffee shopie.

Szła modląc się w duchu. Nie była to modlitwa ani luterańska, ani katolicka. Wyrażała wdzięczność za życie, na które jeszcze parę godzin temu narzekała, pochwałę nieba i ziemi, roślin i zwierząt. Już sam ich widok sprawiał, że znikały rozterki i ogarniał ją wielki spokój. Nie był to jednak spokój spowodowany brakiem wyzwań, ale spokój przed wielką przygodą, którą postanowiła przeżyć bez względu na to, czy znajdzie towarzysza podróży czy nie.

Wiedziała, że aniołowie są tuż obok, że śpiewają dla niej niesłyszalne dla ucha melodie, które sprawiają, że wibruje i że jej umysł oczyszcza się z nieczystych myśli, że pozwalają jej połączyć się z własną duszą i mówią jej „Kocham cię", choć:

Jeszcze nie poznałam prawdziwej miłości. Ale nie czuję się winna, że miałam przed chwilą złe myśli. Może to z powodu filmu, który widziałam, może z powodu książki, którą czytam… A nawet, gdyby to było z powodu mojego charakteru i mojej nieumiejętności dostrzegania piękna, które jest we mnie, proszę o wybaczenie, kocham cię i jestem wdzięczna za to, że jesteś przy mnie, za to, że mnie błogosławisz swoją obecnością i uwalniasz od pokus i lęku przed bólem.

Dla odmiany zaczęła się obwiniać o to, kim jest. O to, że żyje w kraju, który ma więcej muzeów niż jakikolwiek inny, o to, że przechodzi po jednym z tysiąca dwustu osiemdziesięciu jeden amsterdamskich mostów i podziwia kamieniczki z trzema oknami od frontu – większa ilość okien mogła być uznana za ostentację i próbę poniżenia sąsiadów – dumna z praw, których przestrzegano w jej kraju, z żeglarzy z nie tak odległej przeszłości, choć Historia pamięta jedynie o odkrywcach hiszpańskich i portugalskich.

Jej rodacy zrobili tylko jeden niekorzystny interes w swych dziejach: wymienili wyspę Manhattan z Anglikami. Cóż, nikt nie jest doskonały.

Nocny stróż wpuścił ją do hostelu. Weszła do sali po cichutku, położyła się, zamknęła oczy i zanim zasnęła, pomyślała o jedynej rzeczy, której w jej kraju nie było.

O górach.

Tak, pojedzie w góry, z dala od rozległych równin wyrwanych morzu przez ludzi, którzy wiedzieli, czego chcą i zdołali ujarzmić nieujarzmioną przyrodę.

•

Wstała wcześniej niż zwykle. Była gotowa do wyjścia już o jedenastej, a nie jak zwykle o pierwszej. To przecież dzień, w którym – zgodnie ze słowami kabalarki – miała spotkać tego, na którego czekała. Wróżka nie mogła się mylić, przecież obie wpadły w dziwny trans, poza wszelką kontrolą – jak zresztą większości transów. Te słowa nie wyszły z ust Layli, to był głos z innego wymiaru, głos innego bytu, który jakby wypełnił cały jej „gabinet”.

Na razie nie było tłoku na Dam, który ożywiał się po południu. Jednak Karla od razu zauważyła – wreszcie! – nową twarz. Włosy miał długie jak inni, na kurtce nie za dużo naszywek (największa była flaga z napisem „Brasil"), na ramieniu pstrokata torba, zapewne rękodzieło z Ameryki Łacińskiej – takie torby, podobnie jak indiańskie poncha i peruwiańskie czapki uszatki, były bardzo popularne wśród włóczącej się po świecie młodzieży. Palił papierosa, zwykłego papierosa, akurat tego była pewna, bo przeszła obok i poczuła tylko zapach tytoniu.

Był całkowicie pochłonięty nicnierobieniem, gapił się na budynek po drugiej stronie placu i na siedzących dookoła hipisów. Pewnie chciał do kogoś zagadać, ale jego oczy zdradzały nieśmiałość, wręcz chorobliwą.

Usiadła w bezpiecznej odległości tak, żeby mieć go na oku i nie pozwolić mu odejść, zanim nie zaproponuje mu wspólnej wyprawy do Nepalu. Skoro był już w Brazylii i w Ameryce Południowej, o czym świadczyły jego kurtka i torba, to może będzie miał ochotę pojechać gdzieś dalej? Był mniej więcej w jej wieku, miał zatem niewielkie doświadczenie i raczej łatwo go będzie przekonać. Nie miało dla niej znaczenia, czy był brzydki, czy ładny, gruby czy chudy, wysoki czy niski. Interesowało ją tylko znalezienie dobrego towarzysza podróży do jej własnej przygody.

Paulo także zauważył prześliczną hipiskę, która przeszła obok niego. Gdyby nie paraliżująca nieśmiałość, może uśmiechnąłby się do niej. Ale zabrakło mu odwagi. Wydawała się taka nieprzystępna, może na kogoś czekała, a może cieszyła się zachmurzonym porankiem, który nie zapowiadał deszczu.

Znowu skierował wzrok na budynek naprzeciwko, prawdziwe architektoniczne cudo, które w *Europie za pięć dolarów dziennie* opisywano jako pałac królewski, wzniesiony na 13.659 drewnianych palach. Zresztą jak twierdził autor, całe miasto było zbudowane na palach, co wiedzieli tylko nieliczni. U wejścia nie było straży i turyści wchodzili i wychodzili gęsiego. Całe tłumy. On takich miejsc nigdy nie zwiedzał.

Człowiek wyczuwa, kiedy ktoś mu się przygląda. Paulo też wiedział, że piękna hipiska, co prawda siedząca poza zasięgiem jego wzroku, miała oczy wlepione w niego. Odwrócił głowę i rzeczywiście tam była, ale znów zajęła się lekturą, kiedy ich spojrzenia się skrzyżowały.

Co robić? Przez prawie pół godziny powtarzał sobie, że musi wstać i przysiąść się do niej. W Amsterdamie to było na porządku dziennym – ludzie zaczynali ze sobą gadać bez konkretnego powodu, bez zbędnych wyjaśnień, tylko dlatego, że odczuwali potrzebę rozmowy, wymiany doświadczeń. Kiedy już powtórzył sobie tysiące razy, że nie ma nic do stracenia i że to nie pierwszy i nie ostatni raz, kiedy dostanie kosza, wstał i ruszył w jej stronę. Nie odrywała oczu od książki.

Karla widziała, że się zbliża, co było trochę dziwne w kraju, w którym wszyscy szanują cudzą przestrzeń. Usiadł obok niej i powiedział najgłupsze słowo pod słońcem w tej sytuacji:

– Przepraszam.

Spojrzała na niego i czekała na resztę zdania. Nadaremnie. Po pięciu minutach krępującej ciszy postanowiła przejąć inicjatywę.

– Przepraszasz? A dokładnie za co?

– Za nic.

Na szczęście nie plótł bzdur w stylu: „Mam nadzieję, że nie przeszkadzam?", „Co to za budynek naprzeciwko?" czy „Ale jesteś piękna!" (cudzoziemcy uwielbiali mówić takie frazesy), albo „Skąd jesteś?", „Gdzie można kupić takie ciuchy?" i temu podobne.

Postanowiła mu trochę pomóc, w końcu była bardziej nim zainteresowana, niż mógł to sobie wyobrazić.

– Skąd ta flaga Brazylii na rękawie?

– Jestem Brazylijczykiem. Nikogo tu nie znam, więc jeśli spotkam innych Brazylijczyków, będą mogli mi pomóc poznać ciekawych ludzi.

Czyżby ten chłopak, który wyglądał na dość inteligentnego i miał czarne oczy skrzące się energią, a jeszcze bardziej zmęczeniem, przebył Atlantyk, żeby spotkać za granicą swoich rodaków?

Wydawało się to szczytem absurdu, ale stwierdziła, że da mu kredyt zaufania. Mogła od razu przejść do sedna, powiedzieć mu o Nepalu i kontynuować rozmowę, albo pozbyć się go, mówiąc, że ma randkę lub po prostu nie podając powodu.

Jednak postanowiła nie ruszać się i siedzieć obok Paula – tak miał na imię. I ta decyzja na zawsze odmieniła jej życie.

Właśnie takie są historie miłosne, choć pewnie w tamtej chwili wcale nie myślała o tym tajemniczym słowie i jego zasadzkach. Byli razem, we dwoje, wróżka miała rację, świat zewnętrzny i świat wewnętrzny odnalazły się błyskawicznie. On być może czuł to samo, ale widocznie był zbyt nieśmiały. Albo chciał tylko wypalić z kimś skręta. Albo jeszcze gorzej, widział w niej tylko dziewczynę, z którą wytarza się w trawie w Vondelparku, a potem pożegna się tak, jakby nic się nie stało, oprócz orgazmu oczywiście.

Jak odkryć kim ktoś jest w ciągu niespełna kilku minut? Wiadomo, kiedy ktoś budzi w nas odrazę, uciekamy jak najdalej się da, ale to akurat nie był ten przypadek. Chłopak był chudy jak patyk, ale miał zadbane, czyste włosy. Chyba się kąpał rano, jeszcze pachniał mydłem.

Kiedy przysiadł się do niej i powiedział to głupie „przepraszam", Karla poczuła ogromny spokój ducha, jakby nie była już samotna. Ona była z nim, a on był z nią i oboje to wiedzieli, choć nie padło między nimi ani jedno słowo na ten temat i nie bardzo rozumieli, co się tak naprawdę dzieje. Ukryte uczucia, niewypowiedziane, już tam były, czekały tylko na właściwy moment, żeby wyjść na światło dzienne. Karla i Paulo właśnie przeżywali tę chwilę, kiedy wiele relacji dwojga ludzi, które mogłyby przeobrazić się w wielką miłość, po prostu się kończy. Czy to dlatego, że dusze, kiedy się już spotkają na ziemskim padole, wiedzą, dokąd razem zmierzają i czasem je to przeraża? Czy to dlatego, że jesteśmy tak uwarunkowani, że ciągle szukamy czegoś „lepszego" i nie dajemy duszom czasu, żeby się poznały, tym samym tracąc jedyną w życiu szansę?

Karla otworzyła swoją duszę. Bywa, że dusza nas zawodzi, bo dusze nie zawsze są nam zbyt wierne i czasem godzą się na sytuacje, które do niczego nie prowadzą, czasem próbują uwieść umysł i odcinają się od tego, do czego tak naprawdę dążą: do Wiedzy. Widzialne „ja", to, kim wierzymy, że jesteśmy, podlega ograniczeniom i jest dalekie od naszego prawdziwego „ja". Dlatego wielu ludzi nie potrafi wsłuchać się we własną duszę, próbuje przejąć nad nią kuratelę, żeby panować nad tym, co planują, nad pragnieniami, nadziejami, przyszłością, chęcią oznajmienia przyjaciołom: „Wreszcie znalazłem miłość mojego życia", strachem przed samotnym umieraniem w domu starców.

Nie potrafiła dłużej się oszukiwać. Nie wiedziała, co dokładnie czuje i starała się odpuścić, bez wyjaśnień i usprawiedliwień. Była świadoma, że musi wreszcie odsłonić swoje serce, tylko nie wiedziała jeszcze, jak to zrobić. Na pewno nie teraz, nie tak szybko. Najlepiej trzymać Paula na bezpieczny dystans, póki się nie przekona, jak się oboje sprawdzą w najbliższych godzinach, dniach, latach. O nie, nie myślała o latach, bo jej przeznaczeniem była jaskinia w Katmandu i ona, samotna, w harmonii z Wszechświatem.

Dusza Paula jeszcze się nie ujawniła, a on nie miał pojęcia, czy ta dziewczyna nie zniknie za chwilę. Nie wiedział też, o czym z nią rozmawiać. Ona także milczała. Oboje pogodzili się z tą ciszą i wpatrywali się w dal, jakby zawieszeni w innej przestrzeni, a obok mijali ich przechodnie w drodze do barów i restauracji, przejeżdżały wypchane o tej porze tramwaje.

– Chcesz coś zjeść?

Paula zaskoczyło i ucieszyło to zaproszenie. Nie potrafił zrozumieć, dlaczego tak śliczna dziewczyna zaprasza go na obiad. Jego pobyt w Amsterdamie zapowiadał się pomyślnie.

Paulo niczego nie planował na zapas, a kiedy coś wydarza się w sposób nieprzewidziany i nieoczekiwany, zazwyczaj okazuje się ciekawsze i bardziej ekscytujące. Zresztą rozmowa z nieznajomą bez żadnych podtekstów uczuciowych sprawiła, że wszystko toczyło się w sposób naturalny.

Czy była sama? Jak długo będzie mu okazywać zainteresowanie? Co robić, żeby ją przy sobie zatrzymać?

Nic. Ten ciąg absurdalnych pytań ulotnił się i chociaż tak naprawdę nie był głodny, z chęcią przystał na jej zaproszenie. Miał tylko nadzieję, że nie wybierze zbyt drogiej restauracji, bo jego oszczędności musiały wystarczyć mu na rok, do daty wydrukowanej na bilecie powrotnym.

Wędrowcze, błądzisz myślami, rozchmurz się.
Nie każdy, kto został wezwany, będzie wybrany,
Nie każdy, kto śpi z uśmiechem na ustach,
Ogląda to, co ty widzisz.

To oczywiste, trzeba się dzielić. Nawet tymi informacjami, które wszyscy znamy. Powinniśmy za wszelką cenę starać się pozbyć egoistycznej chęci, żeby samemu dotrzeć do celu podróży, bo może się zdarzyć, że odkryjemy raj pusty, nieciekawy, gdzie szybko można skonać z nudów.

Nie można chwytać za pochodnie, które rozświetlają nam drogę i zabierać ich ze sobą. Bo co z tego, że nasze plecaki pełne będą latarni, skoro całe to zmagazynowane światło nigdy nie zastąpi nam towarzystwa, którego tak potrzebujemy. Więc co nam to da?

Jednak Paulo z trudem mógł zachować spokój. Czuł

potrzebę, żeby utrwalić w pamięci wszystko, co odkrywał wokół siebie – rewolucję bez broni, podróż bez kontroli paszportowej i niebezpiecznych zakrętów. Świat, który znienacka stał się młody, niezależnie od wieku ludzi, od ich wiary i przekonań politycznych. Nagle pojawiło się słońce, jakby zwiastując nadejście Odrodzenia, które zmieni zwyczaje i normy nas wszystkich. Pewnego dnia, w całkiem bliskiej przyszłości, nie będziemy już zależni od opinii innych, a jedynie od własnej wizji świata.

Ludzie w pomarańczowych strojach, którzy tańczą i śpiewają na ulicach, wielobarwne ubrania, dziewczyna rozdająca róże przechodniom, uśmiech na wszystkich twarzach... Tak, jutro będzie lepsze, pomimo tego, co się dzieje w Ameryce Południowej i wszędzie indziej na świecie. Jutro będzie lepsze, bo po prostu nie może być inaczej. Nie ma powrotu do przeszłości, nie można pozwolić, by moralizatorstwo, hipokryzja i kłamstwo zawładnęły życiem mieszkańców tej Ziemi. Przypomniał sobie egzorcyzmy, jakie odprawiał w pociągu oraz tysiące krytycznych uwag, których musiał wysłuchiwać od wszystkich – od znajomych i nieznajomych. Przypomniał sobie cierpienia swoich rodziców i miał ochotę do nich zadzwonić, żeby im powiedzieć:

Nie martwcie się, jestem szczęśliwy. Wiem, że w końcu zrozumiecie, że nie urodziłem się tylko po to, żeby studiować, zdobyć dyplom i znaleźć pracę. Urodziłem się, żeby być wolnym i samodzielnym człowiekiem, potrafię żyć o własnych siłach. Zawsze będę miał co robić, zawsze znajdę jakiś sposób, żeby zarobić na życie, na pewno się kiedyś ożenię i założę rodzinę, ale jeszcze nie dzisiaj. Dzisiaj poszukuję siebie, chcę żyć chwilą, być tu i teraz, mieć w sobie radość dziecka, któremu Jezus obiecał Królestwo Niebieskie. Jeśli przyjdzie mi uprawiać rolę, zrobię to bez wahania, bo dzięki temu będę obcował z ziemią, słońcem, deszczem. Jeśli pewnego dnia trafię do biura, także zrobię to bez problemu, bo będę miał przy sobie ludzi, z którymi stworzymy grupę i odkryjemy, jak dobrze jest zasiąść razem przy stole, *rozmawiać, modlić się, śmiać i zmywać z siebie codzienną rutynę. Jeśli będę musiał zostać sam, zostanę sam. Jeżeli się zakocham i będę chciał założyć rodzinę, ożenię się, bo wiem, że moja żona, miłość mojego życia, przyjmie moją radość życia jako największe błogosławieństwo, jakie mężczyzna może ofiarować kobiecie.*

•

Dziewczyna, z którą szedł na obiad, zatrzymała się, żeby kupić kwiaty. Uplotła z nich dwa wianki i jeden włożyła na głowę jemu, drugi sobie. Nie było w tym nic osobliwego, był to raczej gest, by uczcić drobne życiowe zwycięstwa, tak jak Grecy przed wiekami czcili swoich zwycięzców, bohaterów, poetów, wkładając im na głowy zamiast złotych koron wieńce laurowe, które były z pewnością krótkotrwałe, ale za to nie ciążyły i nie trzeba ich było bezustannie strzec tak jak koron królewskich. Paulo z Karlą mijali mnóstwo młodych ludzi

– dzieci-kwiaty – którzy w ten sposób przystrajali swoje włosy i wszystko wokół stawało się piękniejsze.

Na ulicach grajkowie grali na drewnianych fletach, na skrzypcach, gitarach i cytrach. Panowała istna kakofonia dźwięków, która w naturalny sposób łączyła się z hałasem panującym na brukowanych amsterdamskich ulicach pełnych rowerzystów. Tempo muzyki było raz powolne, raz szybkie i Paulo obawiał się, że da się ponieść tej szybkości, a to wyrwie go z jego snu.

Bo w tej chwili wcale nie był na ulicy, tylko w jakimś niezwykłym śnie, w którym byli ludzie z krwi i kości, rozmawiali we wszystkich językach świata, patrzyli na idącą z nim kobietę i na widok jej urody uśmiechali się, a ona odwzajemniała im uśmiech, i ukłucie zazdrości, które Paulo odczuwał od razu zastępowała duma, że to właśnie jego wybrała ta piękność.

Od czasu do czasu ktoś oferował im kadzidełka, bransoletki, barwne wdzianka, pewnie wykonane w Peru czy Boliwii. Paulo miał ochotę kupić wszystko, bo ci ludzie uśmiechali się mimo odmowy, nie obrażali się, nie wciskali też natrętnie swoich towarów, tak jak to robią sprzedawcy w sklepach. Gdyby kupił od nich jakiś drobiazg, może pomógłby im spędzić jeszcze jedną noc i jeden dzień dłużej w tym raju, ale w głębi duszy miał pewność, że każdy potrafi sobie jakoś w życiu poradzić. Starał się nie wydawać za dużo i znaleźć sposób, żeby przetrwać w tym mieście, póki bilet powrotny nie zacznie mu ciążyć w saszetce przytroczonej do paska spodni i przypomni mu, że pora obudzić się ze snu i wrócić do rzeczywistości.

Zresztą ta rzeczywistość co jakiś czas dawała o sobie znać na ulicach i w parkach, na stolikach z ulotkami przedstawiającymi okrucieństwa popełniane w Wietnamie, jak choćby to zdjęcie generała, który z zimną krwią strzela do bojownika Wietkongu. Jedyne, o co pacyfiści prosili przechodniów, to podpis pod petycją i nikt nie odmawiał.

Był świadom, że jeszcze sporo brakuje, żeby nastała Nowa Era, choć powoli pojawiała się jutrzenka zwiastująca zmiany. Każdy z tych młodych ludzi, z tego tłumu na ulicach, nie zapomni o tym, co przeżył i po powrocie do ojczyzny będzie orędownikiem pokoju i miłości. Bo w końcu nadejście nowego ładu było możliwe, świata, w którym wreszcie nie będzie przemocy, nienawiści, mężów znęcających się nad żonami, oprawców, którzy wieszają swoje ofiary głową w dół i zabijają bestialsko...

Nie, nie stracił wiary w sprawiedliwość, ciągle oburzała go krzywda dziejąca się na świecie, ale teraz musiał odpocząć, odzyskać energię. Zmarnował wiele młodych lat, umierając ze strachu, teraz nadszedł moment, by zmierzyć się z życiem i wkroczyć śmiało na nieznaną drogę.

•

Weszli do jednego z wielu sklepików, gdzie można było kupić fajki, barwne apaszki, orientalne obrazki, naszywki. Paulo znalazł to, czego szukał: srebrne ćwieki w kształcie gwiazdy, które przyczepi do kurtki, jak tylko wróci do hostelu.

W jednym z licznych parków miejskich trzy półnagie dziewczyny medytowały z zamkniętymi oczami, z twarzami zwróconymi do słońca, które pewnie wkrótce się schowa i trzeba będzie czekać aż dwie pory roku na powrót wiosny. Idąc tamtędy zwrócił uwagę na ludzi starszych od niego, którzy szli do pracy albo z pracy wracali – nawet nie zadali sobie trudu, żeby spojrzeć na te trzy dziewczyny. Tutaj nagość nie była ani zakazana, ani karana, bo każdy był panem swojego ciała i mógł robić z nim to, co uważał za stosowne.

I podkoszulki, na wielu napisy z jakimś przesłaniem, czasem z podobizną idoli ich pokolenia: Jimiego Hendriksa, Jima Morrisona, Janis Joplin, ale większość zwiastowała nadejście Nowej Ery:

Dziś jest pierwszy dzień reszty twojego życia.
Zwykłe marzenie jest potężniejsze niż tysiąc faktów.
Każde marzenie potrzebuje marzyciela.

Jeden napis zwrócił jego szczególną uwagę:

Marzenia są spontaniczne, dlatego niebezpieczne
dla tych, którzy nie mają odwagi marzyć.

To było dokładnie to. Właśnie tego system nie tolerował, ale marzenia i tak zwyciężą, jeszcze przed klęską Amerykanów w Wietnamie.

On w to wierzył. Wybrał szalony styl życia i teraz miał zamiar żyć intensywnie, pozostać tu, póki nie usłyszy wezwania do czynu, który pomoże zmienić świat. Marzył o tym, żeby zostać pisarzem, ale na to było jeszcze za wcześnie. A zresztą nie był pewien, czy książki

mają w sobie moc zmieniania świata na lepsze, ale zrobi wszystko, żeby pokazać ludziom to, czego jeszcze nie dostrzegali.

Jednego był pewien: nie było już odwrotu, od tej chwili istniała już tylko droga światła.

•

Spotkał parę Brazylijczyków: Tiaga i Tabitę, którzy dostrzegli naszywkę z brazylijską flagą na jego kurtce i podeszli do niego.

– Jesteśmy Dziećmi Boga – powiedzieli, nim zaprosili go do domu, gdzie mieszkali.

– Przecież wszyscy jesteśmy dziećmi Boga, prawda?

– Racja, ale my należymy do wspólnoty, której założyciel doznał objawienia. Może chciałbyś dowiedzieć się o nas czegoś więcej?

– Z chęcią – zgodził się Paulo.

Jeśli Karla wieczorem go zostawi, miał już nowych przyjaciół.

•

Ale gdy tylko tamci odeszli, zerwała naszywkę z flagą z kurtki Paula.

– Kupiłeś już to, czego szukałeś. Gwiazdy są dużo ładniejsze od flag. Jeśli chcesz, pomogę ci przyczepić je w kształcie krzyża egipskiego albo pacyfki.

– Dlaczego to zrobiłaś? Mogłaś mnie najpierw zapytać i pozwolić mi zdecydować, czy chcę mieć flagę na rękawie, czy nie. Kocham mój kraj i nienawidzę jednocześnie, ale to moja osobista sprawa. Dopiero się poznaliśmy i jeśli sądzisz, że możesz mną dyrygować i za mnie decydować, bo jesteś jedyną osobą, jaką tu znam... to może lepiej od razu się rozstańmy. Poradzę sobie, sam znajdę tu jakąś tanią knajpę.

Ton jego głosu był ostry i Karli – o dziwo! – zaimponowała jego reakcja. Nie był bezwolnym głupkiem, który robi wszystko, co mu się każe, choć nie zna miasta. Pewnie wiele już przeżył.

Zwróciła mu naszywkę.

– No to schowaj ją gdzieś. To niegrzecznie rozmawiać w języku, którego nie rozumiem. I zupełny brak wyobraźni, żeby jechać z tak daleka i nawiązywać znajomości z ludźmi, których możesz spotkać u siebie. Jeśli znowu odezwiesz się po portugalsku, ja zacznę mówić po holendersku, a wtedy nigdy się nie dogadamy.

•

Restauracja nie była tania – była za darmo! A to magiczne słowo sprawia, że wszystko smakuje lepiej.

– Kto za to płaci? Rząd?

– Rząd holenderski nie pozwala, żeby jego obywatele wiedzieli, co to głód, ale w tym wypadku pieniądze daje George Harrison, który przeszedł na naszą wiarę.

Karla przysłuchiwała się rozmowie z mieszaniną udawanego zainteresowania i widocznego znudzenia.

Fakt, że Paulo nie powiedział już po drodze ani słowa, dowodził, że wróżka miała rację: ten chłopak był idealnym towarzyszem podróży do Nepalu – nie mówił za dużo, nie próbował narzucić swojego zdania, a przy tym świetnie wiedział, jak walczyć o swoje prawa, jak pokazała historia z flagą. Musiała tylko znaleźć odpowiedni moment, żeby pogadać z nim na temat Katmandu.

Podeszli do bufetu, nałożyli sobie różne wegetariańskie smakołyki i przysłuchiwali się, jak jedna z osób w pomarańczowym stroju wyjaśnia, kim są. Słuchaczy było dużo, w tamtych latach łatwo było kogoś nawrócić, bo Zachód zachłysnął się wszystkim, co pochodziło ze Wschodu.

– Pewnie po drodze spotykaliście ludzi z naszej wspólnoty – powiedział mężczyzna, który wyglądał na najstarszego, z siwą brodą i uduchowionym spojrzeniem kogoś, kto nigdy w życiu nie zgrzeszył. – Oficjalna nazwa naszej religii jest dość skomplikowana, dlatego możecie nas po prostu nazywać Hare Kryszna. Od wieków jesteśmy znani pod tą nazwą, bo wierzymy, że powtarzanie mantry *Hare Kryszna Hare Rama* oczyszcza umysł i pozostawia miejsce na przypływ energii. Wierzymy, że wszystko jest jednością, że istnieje wspólna dusza i każdy promień światła, który tam wpada, rozświetla wszystkie ciemne punkty wokół. To wszystko. Kto ma ochotę, może wychodząc wziąć sobie naszą księgę – *Bhagawadgitę* i wypełnić formularz, jeśli chciałby do nas dołączyć. Niczego wam nie zabraknie, bo tak nam obiecał Pan Światła przed wielką bitwą, kiedy jeden z wojowników czuł się winny, że bierze udział w wojnie domowej. Pan Światła odrzekł, że nikt nie zabija i nikt nie umiera, że spoczywa na nim jedynie obowiązek, by zrobić to, co mu nakazuje los.

Sięgnął po jedną z książek. Paulo przyglądał się guru z zainteresowaniem, Karla zaś patrzyła z zaciekawieniem na Paula – trudno jej było uwierzyć, że nigdy wcześniej o tym nie słyszał.

– *Synu Kunti, albo polegniesz na polu walki i tym sposobem osiągniesz planety niebiańskie, albo ty pokonasz wroga i cieszyć się będziesz królestwem na ziemi. Zatem powstań i walcz wytrwale.*

Guru zamknął książkę.

– Oto to, co musimy robić. Zamiast tracić czas na próżne osądy „to jest dobre" czy „to jest złe", powinniśmy wypełnić nasze przeznaczenie. Przecież to ono was tu dziś przywiodło. Jeśli ktoś ma ochotę, może z nami pójść i tańczyć na ulicy. Zaczynamy zaraz po obiedzie.

Oczy Paula rozbłysły. Karla nie potrzebowała słów. Wszystko było jasne.

– Chyba nie masz zamiaru iść z nimi?

– Oczywiście, że mam. Nigdy jeszcze nie śpiewałem i nie tańczyłem na ulicy.

– Słyszałeś, że oni dopuszczają seks dopiero po ślubie? I na dodatek tylko dla prokreacji, a nie dla przyjemności? Jak wspólnota, która sama siebie określa mianem oświeconych, może odrzucać i potępiać tak piękny akt?

– Nie myślę teraz o seksie, tylko o tańcu i muzyce. Od dawna nie słuchałem muzyki, nie śpiewałem. Bardzo mi tego brak.

– Wieczorem mogę cię zabrać na śpiewy i tańce.

Czemu ta dziewczyna tak o niego zabiegała? Mogła mieć każdego mężczyznę, jakiego chciała i kiedy chciała. Przypomniał mu się Argentyńczyk – może szukała kogoś do pomocy w jakiejś szemranej robocie, która wcale go nie interesowała? Postanowił wybadać grunt:

– Znasz Dom Wschodzącego Słońca? – spytał.

Mogła zrozumieć jego pytanie na trzy sposoby: po pierwsze, czy znała piosenkę *The House of the Rising Sun* Animalsów, po drugie, czy rozumiała jej przesłanie i po trzecie, czy chciała tam pójść.

– Nie wygłupiaj się.

Chłopak, który wydawał jej się na początku taki inteligentny, uroczy, małomówny, łatwy do kontrolowania, chyba zrozumiał wszystko na opak. I, choć wydawało się to niewiarygodne, ona bardziej go potrzebowała niż on jej.

– W porządku. Idź z nimi, a ja pójdę za wami. Spotkamy się potem.

Chciała jeszcze dodać: „Ja już przeszłam przez etap Hare Kryszny", ale ugryzła sie w język, żeby nie spłoszyć ofiary.

Cóż to była za radość skakać, tańczyć i śpiewać na całe gardło wraz z mnichami w pomarańczowych strojach, grającymi na mridangach i na karatalach. Wyglądali na ludzi pogodzonych z życiem. Jeszcze pięć osób dołączyło do nich, korowód pęczniał w miarę, jak szli ulicami. Od czasu do czasu odwracał się, żeby sprawdzić, czy Holenderka idzie jeszcze za nimi. Nie chciał jej stracić, jakaś tajemnicza nić łączyła ich ze sobą, a tajemnicę należy chronić – może nie zawsze rozumieć, ale jednak chronić. Tak, była tam, trzymała się w bezpiecznej odległości, żeby nikt nie pomylił jej z mnichami czy świeżo wtajemniczonymi. Za każdym razem, kiedy ich spojrzenia się krzyżowały, uśmiechali się do siebie.

Istniejąca między nimi więź powoli stawała się coraz silniejsza.

Przypomniał sobie bajkę z dzieciństwa – *Flecistę z Hameln*. Główny bohater, żeby zemścić się na mieszkańcach miasta, którzy nie dali mu obiecanej zapłaty za pozbycie się szczurów, postanowił zaczarować dzieci potęgą swojej muzyki i wywieść je gdzieś daleko. Paulo czuł się teraz podobnie – stał się na nowo dzieckiem i tańczył na środku ulicy, nie miał nic wspólnego z tym młodym człowiekiem, który przez lata pochłaniał księgi o magii, wykonywał skomplikowane rytuały i wierzył, że zbliża się do swojego prawdziwego wcielenia. Może rzeczywiście się zmienił, a może nie, tak czy owak, śpiew i taniec pomagały mu osiągnąć ten sam stan ducha.

Wielokrotnie monotonnie powtarzane mantry, pląsy i podskoki wprawiły go w stan, w którym proces myślenia, logika, a nawet ulice Amsterdamu nie miały już znaczenia. Miał zupełną pustkę w głowie, a do rzeczywistości wracał od czasu do czasu tylko po to, by sprawdzić, czy Karla idzie za nim. I zawsze była, i chciał, żeby pozostała w jego życiu na dłużej, choć znał ją zaledwie od trzech godzin.

Był pewien, że to samo działo się z nią, bo przecież mogła go po prostu zostawić w restauracji.

Lepiej rozumiał słowa, które Kriszna wypowiedział do wojownika Ardżuny tuż przed bitwą. Nie były to dokładnie słowa zapisane w księdze, ale tak je zapamiętał:

Walcz, trzeba walczyć, bo stoisz na polu bitwy.
Walcz, bo cały Wszechświat ci sprzyja, wszystkie słońca i planety, które eksplodują i gwiazdy, które bledną i gasną na zawsze.
Walcz, by wypełnić swoje przeznaczenie, nie myśl o zdobyczach i zyskach, o stratach i strategiach, o zwycięstwach i klęskach.
Nie szukaj zaszczytów ani chwały, tylko Najwyższej Miłości, która za krótki kontakt z Kosmosem, który ci ofiarowuje, wymaga całkowitego oddania, bez pytań i bez wątpliwości – czystej miłości i nic ponadto.
Miłości, która nic nikomu nie zawdzięcza,
która nic nie musi, która się cieszy,
że po prostu jest i tym, że kochamy.

•

Kiedy korowód dotarł na Dam i ruszył wokół placu, Paulo postanowił poczekać na Karlę. Wydawała się jakby odmieniona, rozluźniona i bardziej swobodna w jego obecności. Słońce już nie grzało tak mocno, pewnie nie było już półnagich dziewczyn w parkach i na skwerach. Wszystko, o czym marzył, zdarzało się jakby na odwrót – z lewej strony oboje dostrzegli oślepiające światła, a ponieważ nie mieli nic innego do roboty, postanowili zobaczyć, co się dzieje.

Ogromne reflektory oświetlały nagą modelkę, która kwiatem tulipana zasłaniała łono. W tle stał obelisk o fallicznym kształcie. Karla spytała jednego z asystentów, o co chodzi.

– Departament turystyki zamówił u nas plakat promujący Holandię.

– I taką Holandię chcecie pokazać światu? Czyżbyśmy wszyscy chodzili nago po mieście?

Asystent zostawił ją bez odpowiedzi. Właśnie przerwano sesję, makijażystka podeszła do modelki, żeby przypudrować jej prawą pierś. Karla skorzystała z okazji
i zaczepiła drugiego asystenta. Zadała mu to samo pytanie. Lekko spięty facet poprosił, żeby mu nie przeszkadzała, ale była uparta.

– Wygląda pan na zestresowanego. Coś pana martwi?

– Światło. Słońce szybko zachodzi i wkrótce cały Dam pogrąży się w ciemnościach – odpowiedział asystent, chcąc jak najszybciej pozbyć się natrętnej dziewczyny.

– Pan nie jest tutejszy, prawda? Dopiero zaczyna się jesień i słońce będzie świecić do siódmej wieczór. A zresztą, mam moc wstrzymywania słońca.

Facet spojrzał na nią zaskoczony. Osiągnęła to, co chciała – zwrócił na nią uwagę.

– Dlaczego robicie plakat z gołą kobietą, która zasłania sobie łono tulipanem? Czy taką Holandię chcecie pokazać światu?

– Jaką Holandię? – odpowiedział opanowanym, acz z lekka poirytowanym głosem. – Kto twierdzi, że jesteśmy w Holandii, w kraju, gdzie niskie okna są przysłonięte ażurowymi firankami, żeby każdy mógł zobaczyć, co się dzieje w środku, sprawdzić, czy nikt nie grzeszy, a życie całej rodziny jest jak otwarta księga? To właśnie jest Holandia, moje dziecko, kraj zdominowany przez kalwinizm, gdzie wszyscy grzeszą, o ile nie udowodnią, że jest inaczej. Grzech gnieździ się w ich sercach, umysłach, ciałach, uczuciach. I tylko łaska Pańska może zbawić nielicznych, ale nie wszystkich, tylko wybrańców. Jesteś stąd i jeszcze tego nie zrozumiałaś?

Zapalił papierosa i wpatrywał się w dziewczynę, jeszcze przed chwilą tak butną, teraz onieśmieloną.

– To nie Holandia, młoda damo, to Amsterdam: prostytutki w witrynach, narkotyki na ulicach – miasto otoczone niewidzialnym kordonem sanitarnym. I niech no tylko ktoś ośmieli się przeflancować te poglądy z dala od tego miasta. Nie tylko będzie źle przyjęty, ale nawet nie dostanie miejsca w hotelu, jeśli nie będzie porządnie ubrany. Wiesz o tym, prawda? Proszę więc, idźcie stąd i pozwólcie nam pracować.

Jednak to on odszedł i zostawił Karlę z miną boksera po nokaucie. Paulo próbował ją pocieszyć, lecz ona tylko mamrotała pod nosem:

– Dokładnie. On ma rację. Tak właśnie jest.

– Chyba niezupełnie – powiedział Paulo. – Facet ze straży granicznej miał kolczyk w uchu.

– Wokół tego miasta jest niewidzialny mur. Chcecie poszaleć? Nie ma sprawy, znajdziemy wam miejsce, w którym możecie robić, co się wam podoba, tylko nie przekraczajcie tej granicy, bo wsadzimy was do więzienia za handel narkotykami, nawet jeśli je tylko zażywacie, albo za obrazę moralności, bo wypada nosić stanik, żyć skromnie i moralnie, żeby ten kraj mógł się rozwijać.

Paulo był trochę zaskoczony. Karla rzuciła mu na odchodne:

– Spotykamy się tu wieczorem o dziewiątej. Obiecałam, że zabiorę cię w miejsce, gdzie można posłuchać prawdziwej muzyki i potańczyć.

– Ależ nie trzeba...

– Jasne, że trzeba. I nie nawal, bo jeszcze żaden facet nie wystawił mnie do wiatru.

Karla miała wątpliwości, trochę żałowała, że nie dołączyła do ulicznych tańców. Mogła się wtedy do niego zbliżyć. Ale koniec końców każda para musi podjąć ryzyko.

Para?

„Wierzę we wszystko, co ludzie mi mówią i w końcu zawsze się rozczarowuję – słyszała często. – Czy tobie się to nie zdarza?".

Oczywiście, że się jej zdarzało, ale mając dwadzieścia trzy lata potrafiła się już lepiej bronić. I jedyne wyjście – oprócz wiary w ludzi – to zmienić się w osobę wycofaną, zawsze w pozycji obronnej, niezdolną do miłości, do podejmowania decyzji, zawsze zrzucającą na innych winę za własne błędy. Czy fajnie tak żyć?

Ludzie, którzy wierzą w siebie, ufają innym. Ponieważ w głębi ducha wiedzą, że kiedy zostaną zdradzeni – a zostaną zdradzeni, bo takie jest życie – potrafią to godnie znieść. Bo w podejmowaniu ryzyka tkwi urok życia.

Klub, do którego zaprosiła go Karla, o wymownej nazwie Paradiso – czyli raj, był dawnym kościołem. Dziewiętnastowieczną świątynią, pierwotnie zbudowaną dla pewnej miejscowej grupy religijnej, która w połowie lat pięćdziesiątych dwudziestego wieku uznała, że nie jest w stanie przyciągnąć nowych wyznawców, choć głosiła reformę Reformy Luterańskiej. W 1965 roku z powodu rosnących kosztów utrzymania ostatni wierni opuścili świątynię, dwa lata później obiekt zajęli hipisi, którzy uznali, że nawa główna świetnie się nadaje na ich debaty, spory, koncerty i działalność polityczną.

Szybko wyrzuciła ich policja, ale ponieważ budynek stał pusty, hipisi wrócili i to znacznie liczniejszą grupą. Władze miały dwie możliwości: albo usunąć ich siłą, albo oddać im świątynię. Spotkanie między delegacją długowłosych skłotersów i przedstawicielami władz miejskich w nienagannych garniturach zakończyło się wydaniem pozwolenia na wybudowanie sceny w miejscu dawnego ołtarza, pod warunkiem, że nowi użytkownicy będą płacić podatek od każdego sprzedanego biletu i dbać o witraże.

Oczywiście nikt nigdy podatku nie zapłacił. Hipisi zawsze mieli argument, że działalność kulturalna jest deficytowa i chyba nikt się tym nie przejmował, ani nie groził kolejną eksmisją. Z drugiej jednak strony, witraże były czyste, każde pęknięcie lub rysę natychmiast reperowano przy pomocy ołowiu i kolorowego szkła. W ten sposób okazywano chwałę i piękno Króla Królów. Gdy ich pytano, skąd ta niezwykła troska, odpowiadali:

– Bo są piękne. Ktoś kiedyś sobie zadał trud, żeby je sobie wyobrazić, stworzyć i zamontować w tym miejscu. My pokazujemy tu naszą sztukę i szanujemy dzieła, które stworzono przed nami.

•

Weszli, zobaczyli ludzi tańczących w rytm muzyki jednego z klasyków tamtych czasów. Wysokie sklepienie nie zapewniało dobrej akustyki, ale jakie to miało znaczenie? Czy Paulo zastanawiał się nad akustyką, kiedy śpiewał na ulicy pieśń wyznawców Hare Kryszna? Najważniejsze, że wszyscy byli uśmiechnięci, dobrze się bawili, palili, spoglądali na siebie zalotnie albo uwodzicielsko. Dziś nie było już mowy ani o biletach wstępu, ani tym bardziej o podatkach. Władze miejskie przyznały im dotację na opiekę nad tym miejscem, byle nie łamali prawa.

Ewidentnie, oprócz nagiej dziewczyny z tulipanem, urzędnicy miejscy postanowili przekształcić Amsterdam w stolicę kontrkultury. Hipisi wnieśli do miasta życie, według Karli zaczynało brakować miejsc w hotelach. Wszyscy chcieli zobaczyć to niezwykłe plemię bez przywódcy i dziewczyny, rzekomo zawsze gotowe uprawiać miłość z pierwszym lepszym, co oczywiście nie było prawdą.

– Holendrzy są inteligentni.

– No jasne, przecież w przeszłości podbiliśmy cały świat, nawet twoją Brazylię.

Weszli na jedną z galeryjek, otaczających nawę główną. Jakimś cudem dźwięki muzyki tam nie docierały, mogli więc przez chwilę swobodnie porozmawiać. Tyle że ani Paulo, ani Karla nie mieli ochoty gadać – oparci o drewnianą balustradę, patrzyli na bawiących się na dole ludzi. Karla miała ochotę do nich dołączyć, ale Paulo zażartował, że jedyna melodia, do której potrafi tańczyć, to *Hare Kryszna Hare Rama*. Roześmiali się oboje, wypalili na spółkę papierosa, po chwili Karla pomachała do kogoś. Przez obłok dymu zauważył, że podchodzi do nich jakaś dziewczyna.

– Jestem Wilma – przedstawiła się.

– Wyjeżdżamy do Nepalu!

Paulo potraktował słowa Karli jako dobry żart i wybuchnął śmiechem.

Wilma była wyraźnie zaskoczona, ale starała się to ukryć. Karla przeprosiła Paula, bo chciała porozmawiać z koleżanką po holendersku. Paulo dalej patrzył na roztańczony tłum.

Nepal? A zatem dziewczyna, którą niedawno poznał i która chyba lubiła jego towarzystwo, wkrótce wyjeżdża? Tylko skąd ta liczba mnoga – „wyjeżdżamy", tak jakby nie wybierała się w podróż sama. Jedzie tak daleko? Bilet kosztuje pewnie fortunę...

Właśnie zrozumiał, dlaczego uwielbia Amsterdam: nie czuł się tu samotny. Nie musiał nikogo zagadywać, od razu znalazł bratnią duszę i z nowo poznaną dziewczyną lubił się włóczyć po mieście. Powiedzieć, że się w niej zakochał, byłoby przesadą, ale Karla miała temperament, który mu się podobał – wiedziała, czego chce.

Ale jechać do Nepalu? Z dziewczyną, którą będzie musiał chronić i się o nią troszczyć, tak jak wpoili mu rodzice? To było ponad jego siły i możliwości. Wiedział, że wcześniej czy później musi opuścić to cudowne miejsce, a jego kolejnym kierunkiem – jeśli władze celne pozwolą – będzie Piccadilly Circus, gdzie zjeżdżają ludzie z całego świata.

Karla ciągle rozmawiała z przyjaciółką, a on udawał, że słucha muzyki – Simon & Garfunkel, Beatlesi, James Taylor, Santana, Carly Simon, Joe Cocker, B.B. King, Creedence Clearwater Revival. Lista była imponująca i wydłużała się z dnia na dzień, z godziny na godzinę.

Była jeszcze ta para Brazylijczyków, którą spotkał tego popołudnia – oni mogli go wprowadzić w różne miejsca, poznać z jakimiś ludźmi. Tylko jak porzucić kogoś, kto dopiero pojawił się w jego życiu?

Usłyszał znajome akordy Animalsów i przypomniał sobie, że prosił Karlę, żeby zabrała go do Domu Wschodzącego Słońca. Słowa końcowej zwrotki tej piosenki były przerażające i Paulo doskonale rozumiał ich sens, jednak pociągało go i fascynowało niebezpieczeństwo.

Oh mother tell your children
Not to do what I have done
Spend your lives in sin and misery
In the House of the Rising Sun

Pomysł wpadł jej do głowy niespodziewanie, musiała teraz wszystko wyjaśnić Wilmie.

– Na szczęście się nie sypnęłaś. Mogłaś wszystko zepsuć.

– Chodzi ci o ten Nepal?

– No tak... Bo wcześniej czy później będę stara, gruba, będę miała zazdrosnego męża, gromadę dzieci i brak czasu, żeby pomyśleć o sobie. Codziennie będę siedzieć w biurze, robić ciągle to samo i w końcu się do tego przyzwyczaję – do rutyny, do komfortu, do miejsca. Zawsze będę mogła wrócić do Rotterdamu i skorzystać z naszego wspaniałego zasiłku dla bezrobotnych czy z naszej służby zdrowia. Będę nawet mogła zostać szefem Shella, Philipsa czy United Fruit Company, bo jestem Holenderką, a my ufamy tylko swoim. Ale pojechać do Nepalu mogę teraz albo nigdy. Ja już się starzeję.

– Przecież masz dopiero dwadzieścia trzy lata.

– Lata mijają szybciej, niż myślisz, Wilmo. Postanowiłam podjąć ryzyko teraz, kiedy mam jeszcze zdrowie i odwagę, i tobie radzę zrobić to samo. Zgadzamy się obie, że Amsterdam to straszliwie nudne miejsce, ale tylko dlatego, że się do niego przyzwyczaiłyśmy. Dziś, gdy zobaczyłam, jak temu Brazylijczykowi błyszczą oczy, zrozumiałam, że to ja jestem strasznie nudna. Nie doceniam już uroku wolności, bo przyzwyczaiłam się do niej.

Spojrzała w bok na Paula, który słuchał z zamkniętymi oczami *Stand by me*.

– Po prostu muszę na nowo odkryć piękno – dodała. – Tylko tyle. Mieć świadomość, że nawet jeśli kiedyś tu wrócę, będzie jeszcze tyle do zobaczenia i do przeżycia. Dokąd pójdzie moje serce, skoro nie zna jeszcze swoich licznych dróg? Jaki będzie mój następny cel, skoro nigdy się stąd nie ruszyłam? Jak zdobędę szczyty, skoro nie widzę liny, której mogłabym się przytrzymać? Przyjechałam tu z Rotterdamu tylko w tym celu, starałam się namówić różnych facetów, żeby wyruszyli ze mną w nieznane, zaokrętowali się na statkach, które nigdy nie zawiną do portu, żeby wznieśli się do nieba bez końca, ale wszyscy odmawiali. Bali się albo mnie, albo tego, co nieznane. Aż do dzisiaj, kiedy poznałam tego Brazylijczyka, który nie bacząc na nic, ruszył na ulicę za wyznawcami Hare Kryszna. Śpiewał i tańczył z nimi. Miałam ochotę dołączyć do niech, ale moja potrzeba, żeby być w jego oczach silną kobietą, sprawiła, że tego nie zrobiłam. Teraz już nie miałabym wątpliwości.

Wilma dalej nie mogła zrozumieć, dlaczego Karla wybrała właśnie Nepal i w jaki sposób Paulo jej w tym pomógł.

– To był impuls. Kiedy do nas podeszłaś, wspomniałam o Nepalu, bo poczułam, że właśnie to powinnam zrobić. I zauważyłam wtedy, że on był nie tyle zaskoczony, co przerażony. Chyba bogini mnie natchnęła, żebym to powiedziała. Już nie jestem taka niespokojna, jak rano i przez cały ubiegły tydzień, kiedy zwątpiłam, czy uda mi się spełnić moje marzenie.

– Od dawna o tym marzysz?

– Nie... Zaczęło się od ogłoszenia, które wycięłam z jakiejś alternatywnej gazety. Od tamtej pory siedzi mi to w głowie.

Wilma już miała ją zapytać, jak dużo trawki wypaliła w ciągu dnia, ale podszedł do nich Paulo.

– Idziemy potańczyć? – spytał.

Karla wzięła go za rękę i zeszli oboje do nawy głównej. Wilma nie wiedziała, co ze sobą począć, ale to nie trwało długo – zaraz ktoś do niej podszedł i zagadał. Tu wszyscy ze sobą rozmawiali.

Kiedy wyszli z klubu, mżyło. Było cicho, choć im aż w uszach dudniło od głośnej muzyki. Musieli do siebie krzyczeć.

– Będziesz się tu gdzieś jutro kręciła?

– Będę w miejscu, gdzie mnie spotkałeś. Potem muszę iść do agencji po bilety do Nepalu.

Znowu Nepal? Bilety?

– Możesz pójść tam ze mną, jeśli masz ochotę – dodała jakby od niechcenia. – Ale najpierw zabiorę cię na wycieczkę pod Amsterdam. Widziałeś już kiedyś wiatraki?

Rozśmieszyło ją własne pytanie. Tak właśnie reszta świata wyobrażała sobie jej kraj: drewniaki, wiatraki, krowy, prostytutki w witrynach.

– No to spotykamy się w tym samym miejscu – odpowiedział Paulo.

Z jednej strony był niespokojny, z drugiej zadowolony, bo ta dziewczyna – ten ideał piękna, z kwiatami w ślicznie upiętych włosach, w długiej spódnicy, w kamizelce wyszywanej cekinami, pachnąca paczulą, po prostu cudowna, chciała się znowu z nim spotkać.

– Będę około pierwszej. Muszę się w końcu wyspać. A czy nie mieliśmy się wybrać do Domu Wschodzącego Słońca?

– Obiecałam, że cię zaprowadzę, ale nie mówiłam, że pójdę tam z tobą.

Przeszli może dwieście metrów, dotarli do małej uliczki. Zatrzymali się przed drzwiami, na których nie było żadnego szyldu, a ze środka nie dobiegała muzyka.

– Tu jest jeden z nich. Chciałabym ci tylko dać dwie wskazówki – powiedziała, choć chciała powiedzieć „dwie rady", ale to by było najgorsze słowo.

– Raczej nic stamtąd nie wynoś. Policji tu nie widać, ale pewnie nas teraz obserwują z okna naprzeciwko. Sprawdzają, kto tu przychodzi. I na ogół rewidują tych, co stamtąd wychodzą. Jeśli masz coś przy sobie, trafiasz prosto do paki.

Paulo skinął głową i spytał, jaka jest druga wskazówka.

– Niczego nie próbuj.

Po tych słowach, cmoknęła go w usta. Był to pocałunek, który wiele obiecywał, ale nic nie znaczył. Odwróciła się na pięcie i poszła do swojego hostelu. Kiedy Paulo został sam, zastanawiał się chwilę, czy przekroczyć próg tego przybytku. Może lepiej wrócić i przymocować do kurtki metalowe ćwieki w kształcie gwiazd, kupione dziś po południu?

Ciekawość jednak zwyciężyła i otworzył drzwi.

Korytarz był długi, niski i słabo oświetlony. Na końcu mężczyzna z ogoloną głową – pewnie specjalista od wykrywania policjantów w cywilu – zmierzył go wzrokiem od stóp do głów. Było to sławetne „czytanie mowy ciała", oceniające zamiary, stan emocjonalny i nerwowy, sytuację finansową, a nawet zawód delikwenta. Spytał, czy ma przy sobie pieniądze. Owszem miał, ale nie miał zamiaru pokazywać swojego majątku. Ochroniarz przez chwilę się zawahał, ale w końcu go wpuścił – nie wyglądał na zwykłego turystę, turyści nie interesowali się takimi rzeczami.

Jacyś ludzie leżeli na rzuconych na ziemię materacach, inni opierali się o pomalowane na czerwono ściany. Po co tu przyszedł? Żeby zaspokoić chorą ciekawość?

Nikt z nikim nie rozmawiał, nie słuchał muzyki. Zauważył ten sam blask, a właściwie jego brak w oczach obecnych. Próbował zamienić kilka słów z chłopakiem w swoim wieku, chudym jak szczapa, bez koszuli, z plamami na twarzy, przypominającymi rozdrapane ugryzienia insektów.

Wszedł facet, na oko o jakieś dziesięć lat starszy od reszty, choć pewnie był w wieku Paula. Wyglądał, przynajmniej na pierwszy rzut oka, na jedynego przytomnego w tym towarzystwie. Domyślając się, że pewnie nowo przybyły niebawem osiągnie inny stan świadomości, Paulo podszedł do niego, żeby sprawdzić, czy da się z niego wyciągnąć choćby jedno zdanie do książki, którą w przyszłości zamierzał napisać. Marzył, żeby zostać pisarzem i drogo zapłacił za swój wybór: przymusowe pobyty w szpitalach psychiatrycznych, więzienie, tortury, rozstanie z pierwszą miłością – jej matka zabroniła córce się do niego zbliżać, pogarda kolegów szkolnych, kiedy zaczął ubierać się inaczej niż wszyscy.

Ale karma wraca. Potem wszyscy mu zazdrościli, kiedy znalazł sobie dziewczynę bogatą i piękną i zaczął z nią podróżować po świecie.

Tylko skąd te myśli o własnym życiu w tym podejrzanym miejscu? Chciał z kimś pogadać. Usiadł obok młodego starca, który przed chwilą przyszedł. Zobaczył obok niego łyżkę z zakrzywionym trzonkiem i zużytą strzykawkę.

– Chciałbym....

Młody starzec szybko wstał z zamiarem zmiany miejsca, ale natychmiast usiadł, kiedy Paulo wyjął z kieszeni banknot pięciodolarowy i położył na ziemi obok łyżki. Facet spojrzał na niego ze zdziwieniem.

– Jesteś gliną?

– Skąd! Nie jestem nawet Holendrem. Chciałbym tylko…

– Czyli dziennikarz?

– Też nie. Jestem pisarzem, dlatego tu przyszedłem.

– Jakie książki napisałeś?

– Żadnej. Na razie zbieram materiały...

Ćpun spojrzał na pieniądze i znowu na Paula. Widać było, że nie wierzył, żeby ktoś tak młody mógł cokolwiek napisać, chyba że do gazet hipisowskich z nurtu *Niewidzialnego Gońca*. Wyciągnął rękę po pieniądze, ale Paulo go powstrzymał.

– Proszę o pięć minut... Nie więcej niż pięć minut.

Młody starzec kiwnął głową. Odkąd porzucił dobrze płatną posadę obiecującego menedżera w wielkim międzynarodowym banku, od kiedy po raz pierwszy poczuł „pocałunek igły”, nikt mu grosza nie zapłacił za jego czas.

– Pocałunek igły?

– Dokładnie... Dźgamy się igłą kilka razy, zanim trafimy w żyłę i wstrzykniemy heroinę. To, co wy nazywacie bólem, dla nas jest zaledwie preludium do spotkania z czymś, czego nigdy nie będziecie w stanie pojąć.

Rozmawiali szeptem, żeby nie zwracać na siebie uwagi, ale Paulo wiedział, że gdyby nawet wybuchła tu bomba atomowa, nikt by nawet nie drgnął.

– Mam na imię Ted, ale nazwiska ci nie podam.

Pięć minut mija błyskawicznie. Na szczęście, bo Paulo wyczuwał obecność demonów w tym miejscu.

– I co? Jakie to uczucie?

– Tego się nie da opisać, trzeba samemu spróbować. Albo uwierzyć w to, co śpiewał Lou Reed z Velvet Underground.

Cause it makes me feel like I'm a man

When I put a spike into my vein
And I tell you things aren't quite the same
When I'm rushing on my run
And I feel just like Jesus' son

Paulo znał teksty Lou Reeda, ale to nie wystarczało.

– Proszę, spróbuj to opisać, czas mija.

Facet wziął głęboki oddech. Jednym okiem zerkał na Paula, drugim na strzykawkę. Musiał jak najszybciej odpowiedzieć i uwolnić się od tego bezczelnego „pisarza", zanim go stąd wyrzucą razem z jego kasą.

– Podejrzewam, że już miałeś trochę do czynienia z narkotykami. Hasz i marycha wyzwalają w człowieku wewnętrzny spokój i euforię, wiarę w siebie, wzmożony apetyt, także na seks. Mnie to nie kręci, to aspekty życia, których nas nauczono. Palisz trawkę i mówisz sobie: „Świat jest piękny! Wreszcie widzę wszystko takim, jakie jest naprawdę", ale jak przedawkujesz, to masz odlot do piekła. Bierzesz LSD i myślisz: „Cholera, jak to się stało, że wcześniej tego nie widziałem? Że

Ziemia oddycha, że kolory przeobrażają się bezustannie?". To chciałeś wiedzieć?

Właśnie to chciał wiedzieć. Czekał jednak, żeby młody starzec opowiadał dalej:

– Z herą to zupełnie inna sprawa. Masz kontrolę nad wszystkim: nad ciałem, nad umysłem, nad tym, co tworzysz. I wielka błogość, nie do opisania, wypełnia cały Wszechświat. Jezus na Ziemi. Kryszna w twoich żyłach. Budda uśmiecha się do ciebie z nieba. Żadnych zwidów, żadnych halucynacji, to wszystko jest rzeczywistością, najprawdziwszą, czystą rzeczywistością. Wierzysz mi?

Nie wierzył. Ale nie powiedział nic, tylko skinął głową.

– Następnego dnia nie masz kaca, tylko uczucie, że byłeś w raju, i że wróciłeś do tego gównianego świata. A potem idziesz do roboty i zdajesz sobie sprawę, że wszystko to jedno wielkie kłamstwo, że ludzie nadymają się, udają ważniaków, stale próbują nadać sens swojemu życiu, i komplikują życie innym po to, żeby poczuć własną moc, władzę. Więc nie możesz już dłużej znieść tego fałszu, tej hipokryzji i postanawiasz wrócić do raju. Ale raj jest drogi, a wrota, które do niego wiodą, bardzo wąskie. Kto tam raz wejdzie, ten odkrywa, że świat jest piękny, że słońce rzeczywiście składa się z promieni, że to nie tylko nudna, okrągła kula, której nawet nie można się dobrze przyjrzeć. Następnego dnia wracasz z pracy zatłoczonym pociągiem wraz z innymi ludźmi o pustych spojrzeniach, znacznie bardziej pustych niż oczy tych, którzy są tutaj. Wszyscy myślą tylko o jednym: wrócić do domu, zjeść kolację, włączyć telewizor, zapomnieć o rzeczywistości. Stary, rzeczywistość to ten biały proszek, a nie telewizja!

Im dłużej Paulo słuchał Teda, tym odczuwał większą pokusę, żeby przynajmniej raz spróbować, jeden jedyny raz. Ćpun dobrze o tym wiedział.

– Po haszyszu wiem, że istnieje świat, do którego ja nie należę. To samo się dzieje po LSD. A heroina, stary, heroina to ja. To dzięki niej wiem, że warto żyć, bez względu na to, co mówią inni. Jest tylko jeden problem...

Na szczęście jest jakiś problem. Paulo musiał jak najszybciej dowiedzieć się, jaki, bo był o krok od strzykawki i swojego pierwszego doświadczenia.

– ...że organizm przyzwyczaja się do coraz większych dawek. Zacząłem od działek za pięć dolarów dziennie, teraz potrzebuję dwudziestu, żeby dotrzeć do raju. Wyprzedałem już co miałem, kolejny etap to żebranie, a potem będę musiał kraść, bo demon nie chce, żeby ludzie poznali raj. Wiem, co się ze mną stanie, bo to los wszystkich, którzy tu są. Ale gwiżdżę na to.

Ciekawe. Każdy miał własną teorię na temat tego, po której stronie drzwi znajduje się raj. I te teorie nijak do siebie nie przystawały...

– Chyba już minęło pięć minut?

– Tak, wszystko mi świetnie wyjaśniłeś. Dziękuję.

– Kiedy będziesz o tym pisał, nie rób tak, jak inni, którzy potępiają to, czego nie potrafią zrozumieć. Bądź uczciwy. Wypełnij luki swoją wyobraźnią.

Rozmowa była skończona, ale Paulo nie odchodził. Ted bez skrępowania schował pieniądze do kieszeni. Skoro Brazylijczyk zapłacił, miał prawo sobie popatrzeć.

Wsypał trochę białego proszku na łyżeczkę z wygiętym trzonkiem i podgrzał od dołu płomieniem z zapalniczki. Proszek powoli zaczął rozpuszczać się, wrzeć, aż przybrał płynną konsystencję. Poprosił Paula o pomoc w założeniu opaski uciskowej, żeby żyła była lepiej widoczna.

– Niektórzy nie mają już miejsca na ręce, dlatego kłują się w stopę albo w grzbiet dłoni, ale przede mną, chwała Bogu, jeszcze do tego długa droga.

Napełnił strzykawkę płynem z łyżeczki i tak jak opowiadał na początku, kilka razy wbił igłę, zanim wkłuł ją na dobre. Ściągnął opaskę i wstrzyknął sobie swoją dawkę. Niepokój zamienił się w błogość w jego oczach, które po paru minutach straciły cały blask. Młody starzec wbił wzrok w jakiś odległy punkt w przestrzeni tam, gdzie, jak mówił, lewitowali razem Budda, Kryszna i Jezus.

Paulo wstał i przeskakując nad ludźmi leżącymi na wymiętoszonych materacach zmierzał do wyjścia. Potężny, ogolony na łyso ochroniarz zagrodził mu drogę.

– Dopiero przyszedłeś i już wychodzisz?

– Tak, wychodzę, nie mam pieniędzy.

– Łżesz. Ktoś widział, jak dawałeś forsę Tedowi. Szukasz tu nowych klientów?

– Skąd. Rozmawiałem tylko z jednym gościem, może pan go spytać o czym.

Próbował go ominąć, ale olbrzym zablokował mu drogę swoim potężnym ciałem. Przestraszył się, choć wiedział, że nic mu nie grozi. Karla mówiła przecież, że z okien naprzeciwko policja obserwuje to miejsce.

– Jeden z moich kumpli chciałby z tobą pogadać – oświadczył olbrzym, wskazując drzwi na końcu sali. Powiedział to tonem nieznoszącym sprzeciwu. Nigdy nic nie wiadomo, może Karla wymyśliła historię z policjantami, żeby się czuł bezpiecznie.

Widząc, że nie ma wyboru, skierował się w stronę wskazanych mu drzwi. Zanim tam dotarł, drzwi się otworzyły i stanął w nich konwencjonalnie ubrany mężczyzna z fryzurą i baczkami w stylu Elvisa Presleya. Uprzejmie zaprosił go do środka i wskazał mu krzesło.

Pomieszczenie w niczym nie przypominało miejsc znanych mu z filmów gangsterskich: żadnych zmysłowych kobiet, szampana, mężczyzn uzbrojonych po zęby w czarnych okularach. Przeciwnie, pokój wyglądał skromnie: tanie reprodukcje na białych ścianach, aparat telefoniczny na niemal pustym biurku – starym, ale ładnie odnowionym. Z tyłu wisiała ogromna fotografia.

– Wieża Belém – powiedział Paulo bezwiednie po portugalsku.

– Dokładnie – odparł mężczyzna czystą portugalszczyzną. – Stamtąd wyruszyliśmy na podbój świata. Coś do picia?

– Nie, dziękuję – serce mu waliło jak szalone.

– Cóż, wydaje się pan człowiekiem bardzo zajętym.

Zdanie nie pasowało do kontekstu, ale jednak brzmiało uprzejmie.

– Zauważyliśmy, że wszedł pan tutaj, pogadał chwilę z jednym z naszych klientów i od razu postanowił pan wyjść. Nie wygląda pan na glinę w cywilu, ale na kogoś, komu z wielkim trudem udało się dotrzeć do Amsterdamu, żeby nacieszyć się tym, co to miasto oferuje.

Paulo milczał.

– Nie był pan też zainteresowany naszym najwyższej jakości towarem. Czy byłby to z mojej strony wielki nietakt, gdybym poprosił pana o okazanie paszportu?

Oczywiście, że byłby to nietakt, ale czy miał wybór? Włożył rękę do saszetki przytroczonej do paska, wyciągnął dokument, położył na biurku przed swoim rozmówcą i od razu tego pożałował. A jeśli tamten nie odda mu paszportu?

Mężczyzna przewertował pobieżnie paszport, uśmiechnął się i zwrócił Paulowi.

– O, niewiele wiz, świetnie. Peru, Boliwia, Chile, Argentyna, Włochy. I oczywiście Holandia. Chyba nie miał pan problemów na granicy?

– Żadnych.

– Dokąd się pan potem wybiera?

– Do Anglii.

To była jedyna myśl, jaka mu przyszła do głowy. Nie miał jednak zamiaru opowiadać temu facetowi o swoich planach.

– Mam dla pana propozycję. Trzeba przerzucić trochę towaru – nie muszę chyba panu tłumaczyć, o jaki towar chodzi – do Düsseldorfu. Dwa kilo, które łatwo da się ukryć pod koszulą. Oczywiście kupimy panu jakiś luźniejszy sweter, w zimie wszyscy noszą swetry i kurtki. A swoją drogą, ta kurtka jest za lekka, nie wytrzyma pan w niej długo. Nadchodzi jesień.

Paulo w milczeniu czekał na propozycję.

– Płacimy pięć tysięcy dolarów – połowę w Amsterdamie, drugą po przekazaniu towaru naszemu klientowi w Niemczech. Po drodze tylko jedna granica... nic wielkiego. Ułatwi to panu dalszą podróż do Anglii. Angielscy celnicy są znacznie bardziej rygorystyczni, zazwyczaj turysta musi pokazać pieniądze, jakie ze sobą wwozi.

Chyba się przesłyszał. Propozycja była nader kusząca. Za takie pieniądze mógłby podróżować jeszcze przez dwa lata.

– Zależy nam na szybkiej odpowiedzi. Najlepiej jutro. Proszę zadzwonić z budki telefonicznej na ten numer o szesnastej.

Paulo wziął wizytówkę, którą mu podał mężczyzna. Numer telefonu był wydrukowany – pewnie mieli dużo towaru do rozprowadzenia, a może z obawy, że ktoś przeprowadzi badania grafologiczne.

– A teraz przepraszam, muszę wracać do pracy. Dziękuję za wizytę w moim skromnym biurze. Robię to, żeby dać ludziom szczęście.

Po czym wstał i otworzył drzwi. Paulo znów musiał przedzierać się przez tłum ćpunów, którzy siedzieli albo leżeli na rzuconych na podłogę materacach. Przeszedł obok ochroniarza, który tym razem uśmiechnął się do niego porozumiewawczo.

Wyszedł na ulicę, ciągle mżyło. Błagał Boga, żeby go oświecił i nie pozostawiał samemu sobie w takiej chwili.

Nie miał bladego pojęcia, gdzie jest. Nie znał drogi do centrum, nie miał przy sobie planu miasta. Najlepszym wyjściem byłaby oczywiście taksówka, ale czuł potrzebę spaceru w siąpiącym deszczu, który szybko przemienił się w ulewę. Ale nawet ona niczego nie oczyściła – ani powietrza wokół niego, ani jego umysłu krążącego obsesyjnie wokół pięciu tysięcy dolarów.

Wypytywał przechodniów o drogę na Dam, ale bez słowa szli dalej, myśląc zapewne: „Jeszcze jeden stuknięty hipis, który się tu przyplątał i nawet nie potrafi trafić do swoich kumpli". W końcu jakaś litościwa dusza, sprzedawca z kiosku, który układał gazety na następny dzień, sprzedał mu mapę i wskazał drogę.

•

Kiedy dotarł do hostelu, nocny portier zapalił specjalną lampkę, żeby sprawdzić, czy ma na dłoni pieczątkę, która była dowodem na to, że zapłacił za noc. Niestety pieczątka zniknęła, włóczył się po mieście całą dobę, która wydawała mu się teraz nieskończonością. Musiał zapłacić za kolejny dzień. Poprosił tylko, żeby nie przybijali mu na razie pieczątki, bo musi najpierw wziąć prysznic. Czuł się brudny pod każdym względem.

Portier się zgodził, pod warunkiem, że przyjdzie do niego w ciągu pół godziny, bo kończy zmianę. Paulo wszedł do wspólnej łazienki pełnej rozgadanych ludzi, jednak coś popchnęło go do sali sypialnej. Wyjął z kieszeni kurtki wizytówkę z numerem telefonu, rozebrał się i wrócił do łazienki z kartonikiem w dłoni. Najpierw podarł go na drobne kawałki, zmoczył, żeby nigdy nie mógł ich złożyć na nowo i rzucił na posadzkę. Ktoś zwrócił mu uwagę, że do wyrzucania śmieci służą kosze pod umywalkami. Inni tylko popatrzyli na źle wychowanego faceta, który nie potrafi dbać o wspólną przestrzeń. Nawet na nich nie spojrzał, nie próbował nic wyjaśniać. Po prostu posłuchał rady, on, który od dawna nie słuchał nikogo.

Wszedł pod prysznic i poczuł, że teraz w końcu jest naprawdę wolny. Oczywiście zawsze mógł wrócić do Domu Wschodzącego Słońca, choć wiedział, że im podpadł. Miał szansę i z niej nie skorzystał.

I ta myśl sprawiła, że poczuł się niezmiernie szczęśliwy.

Położył się do łóżka. Demony rozpierzchły się, co do tego miał całkowitą pewność. Demony, które tylko czekały, żeby przyjął propozycję, a tym samym przyczynił im nowych poddanych swojego królestwa. Uznał, że to trochę osobliwe myśleć w ten sposób, bo w końcu narkotyki wystarczająco już demonizowano, choć w tym konkretnym przypadku przychylał się do opinii ogółu. Było to tym bardziej dziwne, że on, obrońca narkotyków jako środka do poszerzania świadomości, teraz tylko czekał na to, żeby holenderska policja przestała tolerować „domy wschodzącego słońca", zatrzymała wszystkich dealerów i odesłała ich z dala od ludzi, którzy pragnęli jedynie pokoju i miłości na świecie.

Sen nie chciał do niego przyjść, więc Paulo rozmawiał z Bogiem, a może z aniołem. Podszedł do swojej szafki, zdjął klucz zawieszony na szyi i wyjął z plecaka notes, w którym spisywał swoje myśli i przeżycia. A jednak nie zamierzał zanotować wszystkiego, czego dowiedział się od Teda. Ciężko mu będzie opisać to w przyszłości. Zanotował tylko słowa, które, jak sobie wyobrażał, podyktował mu Bóg:

Fale nie różnią się od morza
Kiedy fala rośnie, powstaje z wody
I kiedy rozbija się na piasku, też jest tą samą wodą
Powiedz mi, Panie, czemu obie te rzeczy
są takie same?
Gdzie jest tajemnica i jej granice?
I Pan odpowie: wszystkie rzeczy
i ludzkie stworzenia są takie same:
W tym kryje się tajemnica i jej granice.

Gdy pojawiła się Karla, Paulo już na nią czekał. Miał podkrążone oczy jak ktoś, kto spędził bezsenną noc albo jakby... Nie, wolała nawet nie myśleć o tej drugiej ewentualności, bo to by oznaczało, że nie można mu ufać, a ona już przyzwyczaiła się do jego obecności, do jego zapachu.

– No to co? Jedziemy zobaczyć wiatraki? Symbol Holandii?

Z ponurą miną poszedł za nią bez słowa. Wsiedli do autobusu i powoli opuszczali Amsterdam. Karla poradziła mu, żeby kupił sobie bilet w automacie obok kierowcy, ale on puścił jej słowa mimo uszu. Był niewyspany, zmęczony, musiał odzyskać energię. Powoli wracały mu siły.

Krajobraz był monotonny – rozległe równiny, poprzecinane kanałami, tamami i mostami zwodzonymi, pod którymi przepływały barki towarowe. Żadnego wiatraka na horyzoncie, ale dzień był piękny, słońce mocno świeciło. Karla nie mogła się powstrzymać, żeby mu nie powiedzieć, że w Holandii zawsze pada.

– Wczoraj coś napisałem – oznajmił Paulo, wyciągając z kieszeni notes. Przeczytał jej na głos swoje zapiski, a ponieważ Karla nie odezwała się ani słowem, zmienił temat:

– Gdzie jest morze?

– Morze tu kiedyś było. Stare przysłowie mówi: „Bóg stworzył świat, a Holendrzy stworzyli Holandię". Teraz jest daleko. Nie da się zobaczyć morza i wiatraków tego samego dnia.

– Wcale nie chcę oglądać morza. Ani wiatraków. To dobre dla turystów, a ja nie po to tu przyjechałem, jak się pewnie domyślasz.

– Czemu od razu mi tego nie powiedziałeś? Mam po dziurki w nosie jeżdżenia po tych samych trasach, żeby pokazać znajomym z zagranicy jakiś wiatrak, który już od dawna niczemu nie służy. Mogliśmy zostać w Amsterdamie…

„…i pójść prosto tam, gdzie sprzedają bilety na autobus", pomyślała. Ale tę myśl zatrzymała dla siebie, bo wiedziała, że Paulo i tak wpadnie w jej sidła.

– Nie powiedziałem od razu, bo…

…I od słowa do słowa, opowiedział jej wszystko o Domu Wschodzącego Słońca.

Karla słuchała, rozluźniona, choć przy tym czujna. Czy jego reakcja nie była przesadna? A może należał do tego typu ludzi, którzy wpadają z jednej skrajności w drugą, z euforii w depresję i na odwrót?

Kiedy skończył opowiadać, zrobiło mu się lżej na sercu. Dziewczyna słuchała go w milczeniu, nie osądzała. Widocznie nie uważała, że wyrzucił pięć tysięcy dolarów w błoto. Ani że był mięczakiem – i ta myśl dodała mu otuchy.

W końcu dotarli do wiatraka, przy którym grupka turystów słuchała przewodnika: „Najstarszy wiatrak znajduje się w… (tu padła nazwa nie do wymówienia). Największy jest w… (kolejna nazwa nie do wymówienia). Energię wiatraków wykorzystywano do mielenia ziaren kukurydzy, kawy, kakao, do wyciskania oleju, do przeobrażenia ogromnych drewnianych desek w statki handlowe, dzięki którym nasi żeglarze dotarli tak daleko i wzbogacili nasze imperium…".

Paulo usłyszał warkot silnika i sygnał do odjazdu, złapał Karlę za rękę. Oświadczył, że muszą natychmiast wracać do miasta. Za dwa dni ani on, ani turyści nie będą już pamiętali do czego służą wiatraki. Nie podróżował po świecie po to, żeby zaśmiecać sobie głowę takimi głupstwami.

W drodze powrotnej na jednym z przystanków wsiadła kobieta. Włożyła opaskę na ramię z napisem „kontroler" i poprosiła pasażerów o okazanie biletów. Gdy doszła do Paula, Karla wbiła wzrok w okno.

– Nie mam – oświadczył. – Myślałem, że jest za darmo.

Kontrolerka pewnie już słyszała takie wymówki tysiące razy, bo odpowiedziała mu prawie automatycznie, że Holandia jest bez wątpienia bardzo hojna, ale tylko ludzie o bardzo niskim ilorazie inteligencji mogą myśleć, że publiczny transport jest bezpłatny.

– Widział pan już coś takiego w jakimkolwiek miejscu na świecie?

– Jasne, że nie, ale także nie widziałem... – dyskretny kuksaniec Karli sprawił, że zamilkł. Bez protestu zapłacił mandat, który był dwudziestokrotną ceną biletu, pod piętnującym spojrzeniem innych pasażerów, uczciwych i prawych kalwinistów. Żaden z nich nie wyglądał na bywalca placu Dam.

Wysiedli z autobusu, Paulo czuł się niezręcznie. Czy przypadkiem nie narzuca się tej miłej i uprzejmej, choć konsekwentnie dążącej do celu dziewczynie? A może nadszedł czas, żeby się pożegnać i żeby każde poszło w swoją stronę? Ledwie się znali, a już spędzili ze sobą ponad dwadzieścia cztery godziny, przyklejeni do siebie, jakby to była najbardziej naturalna rzecz na świecie.

Karla potrafiła chyba czytać w jego myślach, bo poprosiła, żeby poszedł z nią do agencji, gdzie sprzedawano bilety do Nepalu.

Autobusowe!

Najbardziej szalona rzecz, jaką mógł sobie wyobrazić.

Choć prawdę mówiąc wspomniana agencja to był raczej malutki kantorek, w którym siedział jeden człowiek. Przedstawił się jako Lars Jakiś Tam – nazwisko niemożliwe do zapamiętania.

Karla spytała, kiedy wyrusza najbliższy Magic Bus.

– Jutro. Zostały tylko dwa wolne miejsca i na pewno ktoś je wykupi, jeśli nie teraz, to po drodze.

Cóż, przynajmniej nie będzie miała czasu, żeby się rozmyślić…

– A czy to bezpieczne dla podróżującej samotnie dziewczyny?

– Wątpię, żebyś podróżowała samotnie dłużej niż dobę. Zanim dotrzecie do Katmandu, zawrócisz w głowie wszystkim pasażerom. Ty i każda podróżująca samotnie dziewczyna.

To głupie, ale nigdy o tym nie pomyślała. Tyle czasu straciła szukając towarzysza podróży, trafiając tylko na słabeuszy, którzy chcieli odkrywać to, co już znali i dla których nawet Ameryka Łacińska była zagrożeniem. Koniec końców wolność znaczyła dla nich tyle, żeby znaleźć się w bezpiecznej odległości od maminej spódnicy. Zauważyła z satysfakcją, że Paulo próbuje ukryć zainteresowanie.

– Chciałabym bilet w jedną stronę. O powrocie będę myśleć potem.

– Do Katmandu?

Magic Bus miał po drodze parę przystanków: Monachium, Ateny, Belgrad, Stambuł, Teheran, Bagdad, w zależności od tego, która trasa była w danym momencie przejezdna.

– Do Katmandu.

– Nie masz ochoty powłóczyć się po Indiach?

Paulo zauważył, że Karla i Lars troszkę ze sobą flirtują. I co z tego? Nie była jego dziewczyną, tylko nową znajomą, miłą, ale jednak obcą.

– Nie mam ochoty. Ile kosztuje bilet do Katmandu?

– Siedemdziesiąt dolarów.

Siedemdziesiąt dolarów, żeby dostać się na drugi kraniec świata? Co to za autobus? Nie mógł w to uwierzyć.

Karla wyjęła pieniądze z kieszeni i wręczyła „ajentowi biura podróży”. Lars wypełnił kwitek, taki sam jak w restauracjach, bez żadnych szczegółowych danych z wyjątkiem nazwiska, numeru paszportu i celu podróży. Postawił pieczątki, które tak naprawdę nic nie znaczyły, żeby nadać powagi świstkowi papieru. I wręczył kwitek Karli wraz z trasą przejazdu.

– Zamknięte granice, katastrofy naturalne, zamieszki zbrojne i inne tego typu zdarzenia nie są podstawą do zwrotu opłaty za bilet.

Dla Karli było to oczywiste.

– Kiedy odjeżdża kolejny Magic Bus? – spytał Paulo nagle wyrwany ze swojego marazmu, zapominając o złym humorze.

– To zależy. Nie jesteśmy regularną linią przewozową, jak nietrudno się domyśleć – rzucił Lars lekko rozdrażnionym tonem, chyba uważał Paula za idiotę.

– To jasne, ale nie odpowiedziałeś na moje pytanie.

– W zasadzie, o ile nie będzie żadnych przeszkód po drodze, Cortez powinien wrócić za jakieś dwa tygodnie. Musi chwilę odpocząć, więc pewnie wyruszy w drogę pod koniec miesiąca. Choć nie mogę tego zagwarantować. Cortez, podobnie jak inni nasi kierowcy…

Słowo „nasi" wymówił w taki sposób, jakby chodziło o wielką firmę, chociaż z jego wcześniejszych słów wynikało coś zgoła przeciwnego.

– …nie znosi jeździć tą samą trasą, a ponieważ jest panem swojego busa, może na przykład wybrać drogę przez Marrakesz. Albo przez Kabul. O trasie powiadamia w ostatniej chwili.

Karla pożegnała się, rzuciwszy jeszcze zabójcze spojrzenie Szwedowi.

– Gdybym nie miał tyle roboty, chętnie pojechałbym w charakterze kierowcy – oświadczył Lars, odpowiadając na jej niemy komplement. – Moglibyśmy lepiej się poznać…

Dla Larsa towarzyszący Karli facet nie istniał.

– Jeszcze będzie okazja. Jak wrócę, umówimy się na kawę i zobaczymy, jak się sprawy potoczą.

Porzucając swój arogancki ton pana Wszechświata Lars powiedział coś, czego żadne z nich się nie spodziewało:

– Jeśli wrócisz… Ci, którzy tam jadą, raczej stamtąd nie wracają, przynajmniej przez dwa, trzy lata. Tak mówią nasi kierowcy.

– Z powodu porwań? Napadów?

– Nic podobnego. O Katmandu mówi się Shangri-La, dolina raju. Kiedy się przywyknie do wysokości, można tam znaleźć wszystko, co potrzebne. I szybko mija ochota, żeby znowu wracać do życia w mieście.

Wręczył jeszcze Karli wykaz miejsc postoju.

– Jutro punktualnie o jedenastej. Spóźnialscy zostają w Amsterdamie.

– Nie za wczesna pora?

– Będziesz miała mnóstwo czasu, żeby wyspać się po drodze.

KATHMANDU
Amsterdam
Istanbul

LOVE
Teheran
Kabul
Delhi
Kathmandu

Karla była osobą upartą i wytrwałą, dlatego już poprzedniego dnia, kiedy spotkali się na placu Dam i w czasie włóczęgi po mieście, postanowiła, że Paulo musi pojechać z nią do Nepalu. Lubiła jego towarzystwo, choć spędzili ze sobą niewiele ponad dobę. Podobała jej się także myśl, że nigdy się w nim nie zakocha – coś ją do niego osobliwie przyciąga, ale musi się z tego wyzwolić jak najszybciej. Uważała, że zamieszkać z kimś, kto nam się podoba, to gwarancja, że czar pryśnie w niespełna tydzień.

Dlatego, jeśli wyjedzie sama i pozostawi w Amsterdamie faceta, którego uznała za idealnego, będzie ją prześladowało jego wspomnienie, co może popsuć podróż. Jeśli pozwoli, by w jej umyśle pozostawał obraz idealnego mężczyzny, przerwie podróż i koniec końców pobiorą się, a to wcale nie mieściło się w jej planach, przynajmniej w tym wcieleniu. A może on wróci do swojej ojczyzny, odległej i egzotycznej, pełnej półdzikich Indian i jadowitych węży wijących się na ulicach wielkich miast – to ostatnie było jedną z legend, które krążyły o jego kraju.

Zatem dla niej Paulo był odpowiednią osobą w odpowiednim momencie. Nie miała ochoty zamieniać podróży do Nepalu w koszmar i narażać się na ciągłe zaczepki mężczyzn. Była zdeterminowana wyjechać – był to szalony pomysł, przekraczający wszelkie granice, nawet dla niej, dziewczyny, która dorastała niemal bez żadnych ograniczeń.

Nigdy nie podążałaby ulicami za wyznawcami Hare Kryszny, nigdy nie dałaby się wodzić za nos jakiemuś hinduskiemu guru. Niejednego miała okazję spotkać, ich nauki ograniczały się do „oczyszczenia umysłu". Tak jakby pusty umysł, całkowicie pusty, zbliżał kogokolwiek do Boga. Po swoich pierwszych, nieudanych zresztą, doświadczeniach w tej materii, wolała obywać się bez pośrednika w swojej relacji z Boskością, której się obawiała i którą uwielbiała jednocześnie. Interesowały ją jedynie piękno i samotność, bezpośredni kontakt z Bogiem, a przede wszystkim bezpieczny dystans między nią a światem, który dobrze znała i który niewiele ją obchodził.

Czy nie była za młoda, żeby tak funkcjonować i tak myśleć? Kiedyś może zmieni zdanie, ale, jak powiedziała Wilmie w coffee shopie, raj – ten w wyobrażeniach ludzi Zachodu – był nieciekawy, przewidywalny i nudny jak flaki z olejem.

•

Paulo i Karla usiedli w ogródku kawiarenki, która w przeciwieństwie do coffee shopów serwowała tylko kawę i ciastka. Oboje mieli twarze zwrócone do słońca – kolejny słoneczny dzień po wczorajszym ulewnym deszczu – świadomi, że to błogosławieństwo może przeminąć w jednej chwili. Nie zamienili ze sobą słowa, odkąd wyszli z „biura podróży", ciasnej kanciapy, której maleńkie rozmiary zdziwiły Karlę, spodziewającą się mimo wszystko czegoś bardziej profesjonalnego.

– No więc...

– ...no więc to może ostatni dzień, który spędzamy razem. Ty jedziesz na wschód, a ja na zachód...

– Właśnie, na Piccadilly Circus, gdzie znajdziesz dokładną kopię tego, co widziałeś tu, może za wyjątkiem środka placu. Pewnie figura Erosa jest ładniejsza od fallicznej rzeźby na Dam.

Karla nie miała pojęcia, że od ich wizyty w „biurze podróży" Paulo czuł nieodpartą ochotę, żeby towarzyszyć jej do Katmandu, a raczej poznać miejsca, które ogląda się raz w życiu, i to za jedyne siedemdziesiąt dolarów. Odrzucał myśl, że właśnie zakochuje się w siedzącej obok dziewczynie, ponieważ to nie była prawda, a jedynie ewentualność. Nigdy nie zakochałby się w kimś bez wzajemności.

Studiował mapę: przejadą przez Alpy, przekroczą granice przynajmniej dwóch państw komunistycznych, zanim dotrą do pierwszego po drodze kraju muzułmańskiego – do Turcji. Czytał sporo o derwiszach, którzy wirując w tańcu wpadają w trans. Oglądał

spektakl jednej z grup, która przyjechała do Brazylii i występowała w najelegantszym teatrze w mieście. Wszystko to, co wiedział o derwiszach z suchych, książkowych informacji, teraz miałby okazję zobaczyć na własne oczy.

Za jedyne siedemdziesiąt dolarów. W towarzystwie ludzi tak samo głodnych przygód jak on.

Cóż, Piccadilly Circus to tylko okrągły plac, tłumy w pstrokatych strojach siedzące wokół stojącego pośrodku posągu, w kraju, gdzie policja nie nosi broni, a puby zamykają o jedenastej wieczorem. Jedyny plus – można było stamtąd wyruszyć na zwiedzanie zabytków i innych turystycznych atrakcji.

Po paru minutach podjął decyzję: przygoda jest dużo ciekawsza niż jakiś tam plac. Starożytni mawiali, że wszystko zmienia się bezustannie, bo życie jest krótkie, a czas szybko mija. Gdyby wszystko było niezmienne, Wszechświat nie mógłby istnieć.

Czy można tak szybko zmienić zdanie?

Wiele uczuć i emocji przepełnia serce człowieka, kiedy postanawia wyruszyć w duchową podróż. Motywacja bywa szlachetna – wiara, umiłowanie bliźniego, miłosierdzie. Ale może to być zwykły kaprys, lęk przed samotnością, ciekawość czy potrzeba miłości.

Nie ma to jednak znaczenia. Prawdziwa duchowa ścieżka jest znacznie silniejsza niż powody, które nas do niej przywiodły. Powoli, krok po kroku narzuca nam miłość, dyscyplinę, godność. Bywają takie chwile, kiedy oglądamy się wstecz, przypominamy sobie początek naszej wędrówki i śmiejemy się sami z siebie. Byliśmy zdolni się rozwinąć, choć przemierzyliśmy tę drogę z powodów, które wydawały nam się ważne, a okazały się zupełnie nieistotne. Byliśmy zdolni zmienić drogę w chwili, kiedy było to dla nas konieczne.

Miłość do Boga jest znacznie silniejsza niż powody, które nas do Niego doprowadziły. Paulo wierzył w to z całego serca. Moc Boska jest z nami zawsze, w każdej chwili, trzeba tylko odwagi, by pozwolić jej objawić się w naszym umyśle, uczuciach, zmysłach, oddechu. Trzeba mieć odwagę, by zmienić zdanie, kiedy uświadamiamy sobie, że jesteśmy jedynie narzędziem Jego woli, a właśnie Jego wolą powinniśmy się kierować.

•

– Podejrzewam, że chcesz, żebym powiedział „tak", bo od wczoraj w Paradiso cały czas coś kombinujesz.

– Chyba jesteś szalony!

– Jak zawsze.

Tak, bardzo chciała, żeby z nią pojechał, ale znając sposób myślenia mężczyzn, nie mogła nic powiedzieć. Gdyby mu przytaknęła, poczułby, że ma nad nią przewagę albo co gorsza, że jest na słabszej pozycji. Paulo przejrzał całą tę grę, którą nazwał „kombinowaniem".

– Odpowiedz mi na jedno pytanie: chcesz, żebym z tobą pojechał?

– Wszystko mi jedno.

„Proszę, jedź ze mną, pomyślała. Nie dlatego, że jesteś szczególnie interesujący. Prawdę mówiąc Szwed z agencji był bardziej asertywny i zdecydowany. Ale to przy tobie czuję się dobrze. Byłam bardzo z ciebie dumna, kiedy nie zgodziłeś się przemycać heroiny do Niemiec. Dzięki temu uratowałeś mnóstwo istnień ludzkich".

– Wszystko ci jedno? Chcesz powiedzieć, że ci to obojętne?

– Dokładnie.

– To znaczy, że jeśli w tej chwili wstanę od stolika i wrócę do agencji kupić ostatni bilet, nie sprawi ci to żadnej przyjemności?

Spojrzała mu prosto w oczy i uśmiechnęła się. Miała nadzieję, że jej uśmiech wszystko wyjaśni, powie, że ucieszy ją towarzystwo Paula w podróży, tylko nie może ani nie umie wyrazić tego słowami.

– Płacisz za kawy – powiedział, podnosząc się z krzesła. – Wydałem już fortunę na mandat.

Paulo zrozumiał jej uśmiech. Próbując ukryć radość powiedziała pierwszą rzecz, która jej wpadła do głowy:

– U nas dziewczyny zawsze dokładają się do rachunku. Nie wychowano nas na bezwolne obiekty seksualne. Dostałeś mandat, bo mnie nie posłuchałeś. W porządku, nie chcę, żebyś mnie słuchał, dziś stawiam kawę.

„Nieznośna kobieta", pomyślał Paulo. „Zawsze musi mieć ostatnie słowo". Ale w gruncie rzeczy podobał mu się sposób, w jaki przy każdej okazji podkreślała swoją niezależność.

W drodze powrotnej do agencji spytał, czy naprawdę wierzy, że dotrą do Nepalu za tak niewielką cenę.

– Jeszcze parę miesięcy temu też miałam wątpliwości, chociaż widziałam reklamę autobusowych przejazdów do Indii, Nepalu, Afganistanu za siedemdziesiąt do stu dolarów. A potem przeczytałam w *Ark*, takiej alternatywnej gazecie, relację kogoś, kto tam był i stamtąd wrócił. Od tej pory marzę, żeby tam pojechać.

Nie powiedziała, że zamierza wrócić dopiero za parę lat. Paulowi mógłby się nie spodobać pomysł samotnego powrotu przez tysiące kilometrów.

Musiałby się jednak przystosować – żyć to znaczy przystosowywać się.

Słynny Magic Bus nie miał w sobie nic magicznego i w niczym nie przypominał tego z plakatów reklamowych przedstawiających piękny kolorowy autokar i mnóstwo pięknych haseł. Czekał na nich stary szkolny autobus, z siedzeniami, które się nie rozkładały, z bagażnikiem na dachu pełnym kanistrów z benzyną i zapasowych kół.

Kierowca zgromadził wszystkich pasażerów. Było ich ze dwudziestu, wszyscy jakby postaci z tego samego filmu. Różnili się tylko wiekiem: od najprawdopodobniej nieletnich na gigancie (przynajmniej tak wyglądały dwie dziewczyny, od których nikt nie wymagał dokumentów tożsamości), po faceta w sile wieku, który wpatrywał się w dal, jakby już doznał upragnionej iluminacji i właśnie postanowił wybrać się na spacer, dość długi spacer.

Kierowców było dwóch: jeden mówił z silnym brytyjskim akcentem, drugi przypominał z wyglądu Hindusa albo Araba.

– Nie cierpię zasad, ale niektórych będziemy musieli przestrzegać – oznajmił ten pierwszy. – Po pierwsze: żadnych narkotyków po przekroczeniu granicy holenderskiej. W niektórych krajach grozi za to więzienie, w innych, na przykład w Afryce, kara śmierci. Mam nadzieję, że ta informacja do was dotarła.

Kierowca zamilkł i sprawdził wzrokiem, czy go dobrze zrozumieli. Wszyscy pasażerowie jakby się przebudzili.

– Na dole, w lukach bagażowych wiozę bidony z wodą i wojskowe racje żywności. Każda porcja zawiera mięsną mielonkę, suchary, batonik zbożowy z suszonymi owocami, tabliczkę czekolady z orzechami lub karmelem, sok pomarańczowy w proszku, cukier, sól. Po przekroczeniu granicy tureckiej przygotujcie się na posiłki na zimno. Wizy wydają na granicy, oczywiście wizy tranzytowe. Są płatne, ale zazwyczaj niezbyt drogie. W niektórych krajach, choćby w komunistycznej Bułgarii, nie można wysiadać z autobusu. Więc załatwcie wcześniej swoje potrzeby, bo nie zatrzymam się po drodze.

Kierowca spojrzał na zegarek.

– Czas ruszać. Zabierzcie plecaki do środka, mam nadzieję, że macie śpiwory. Czasem zatrzymujemy się na noc na stacjach benzynowych, tych, które znam, ale najczęściej w polu, blisko drogi. W miejscach, gdzie nie wchodzi w grę żadna z tych możliwości, na przykład w Stambule, śpimy w tanich hotelach.

– Możemy wrzucić plecaki na dach, żeby mieć więcej miejsca na nogi?

– Jasne, tylko nie zdziwcie się, jak znikną, kiedy zatrzymamy się na kawę. Na końcu w autokarze jest miejsce na bagaż. Jedna sztuka na osobę, jak napisano na odwrocie biletu. I jeszcze jedno: woda pitna nie jest wliczona w cenę przejazdu, więc mam nadzieję, że każdy ma ze sobą butelkę. Zawsze można ją napełnić na stacji benzynowej.

– A jeśli coś się stanie?

– To znaczy co?

– Na przykład, jak ktoś zachoruje?

– Mam zestaw pierwszej pomocy. Ale jak sama nazwa wskazuje, jest to zestaw pierwszej pomocy, czyli minimum, żeby dowieźć chorego do najbliższego szpitala. Dlatego troszczcie się o swoje ciała, tak jak troszczycie się, jak mniemam, o swoje dusze. Mam nadzieję, że wszyscy jesteście zaszczepieni na żółtą febrę i na ospę.

Paulo był szczepiony na żółtą febrę, bo bez tej szczepionki żaden Brazylijczyk nie mógł wyjechać z kraju – widocznie za granicą uważają, że jego rodacy są nosicielami wszystkich tropikalnych chorób. Natomiast nie miał szczepienia na ospę, ponieważ w Brazylii uważa się, że jeśli ktoś w wieku dziecięcym przechodził odrę, to jest uodporniony na inne choroby zakaźne.

Tak czy inaczej kierowca nikogo nie poprosił o świadectwo szczepień. Pasażerowie weszli do autobusu i zajęli miejsca. Niektórzy stawiali na sąsiednim siedzeniu swoje plecaki, ale natychmiast interweniował kierowca i rzucał je na sam tył.

– Jesteście bandą egoistów. Przecież inni dosiądą się po drodze.

Dziewczyny, które wyglądały na nieletnie, zapewne z fałszywymi paszportami, usiadły obok siebie. Paulo z Karlą szybko opracowali system zamiany miejsca

przy oknie. Karla zaproponowała, żeby zamieniali się co trzy godziny, natomiast w nocy, żeby mogli się dobrze wyspać, ona będzie siedzieć przy oknie. Paulo uznał tę propozycję za niemoralną i niesprawiedliwą, bo tylko ona będzie miała o co oprzeć głowę. W końcu ustalili, że miejscem przy oknie będą się zamieniać co drugą noc.

Kierowca dał sygnał do odjazdu i autobus szkolny przekształcony w romantyczny (przynajmniej z nazwy) Magic Bus wyruszył w długą, liczącą kilka tysięcy kilometrów podróż na drugi koniec świata.

– Jak ten kierowca do nas gadał, wcale nie miałem wrażenia, że wyruszam na poszukiwanie przygód, tylko na poligon obowiązkowej służby wojskowej w Brazylii – powiedział Paulo do swojej towarzyszki podróży.

Przypomniał sobie obietnicę, jaką złożył po szaleńczym zjeździe autobusem z Andów oraz jak wiele razy już ją złamał.

Jego komentarz zirytował Karlę, ale przecież nie mogła wszczynać kłótni ani zmienić miejsca po pięciu minutach jazdy. Wyjęła z torby książkę i zaczęła czytać.

– I co? Pewnie cieszysz się, że w końcu jedziesz tam, gdzie chciałaś? A swoją drogą, facet z agencji nas oszukał, są jeszcze wolne miejsca.

– Wcale nas nie oszukał. Słyszałeś, że inni wsiądą po drodze. I wcale nie jadę tam, gdzie chciałam... Ja tam wracam.

Paulo nie zrozumiał, o co jej chodzi, a ona niczego nie wyjaśniła. Postanowił zatem dać jej spokój i skupić się na rozległej nizinie za oknem, poprzecinanej kanałami.

Dlaczego Bóg stworzył świat, a Holendrzy stworzyli Holandię? Czy nie było wystarczająco dużo miejsca na Ziemi do zasiedlenia?

•

Już po dwóch godzinach wszyscy się znali, a przynajmniej przedstawili się sobie. Grupa Australijczyków, wprawdzie sympatycznych i uśmiechniętych, nie miała ochoty na rozmowę, Karla też nie. Udawała, że pochłania ją lektura książki, której tytułu nawet nie pamiętała i rozmyślała o celu swojej podróży, o Himalajach, od których dzieliły ich tysiące kilometrów. Paulo wiedział z własnego doświadczenia, jaki to może wywołać niepokój, ale nic nie powiedział. Póki swych humorów nie wyładowywuje na nim, wszystko jest w porządku. W razie czego, przesiądzie się.

Za nimi siedziała dwójka Francuzów, ojciec z córką, lekko neurotyczną, ale pełną entuzjazmu. Obok para Irlandczyków. Chłopak od razu się pochwalił, że to jego druga podróż w Himalaje. Tym razem zabiera narzeczoną, bo według niego w Katmandu – „jeśli oczywiście tam dotrzemy" – trzeba pożyć co najmniej dwa lata. Niestety, z powodu pracy, za pierwszym razem musiał wrócić wcześniej, ale teraz rzucił ją, sprzedał kolekcję miniaturowych samochodzików i to za duże pieniądze („Nie wierzę! To kolekcje miniaturowych aut są w ogóle coś warte?" – dopytywał Paulo), zrezygnował z mieszkania, namówił do wyjazdu swoją dziewczynę. Uśmiechał się od ucha do ucha.

Karlę zaintrygowało zdanie o miejscu, w którym „trzeba pożyć co najmniej dwa lata", przestała udawać, że czyta i spytała z jakiego powodu.

Ryan, bo tak miał na imię Irlandczyk, wyjaśnił, że w Nepalu czuł się tak, jakby czas nie istniał, jakby znalazł się w innej rzeczywistości, w której wszystko jest możliwe. Mirthe, dziewczyna Ryana, ani sympatyczna, ani antypatyczna, nie wyglądała na do końca przekonaną, że Nepal to miejsce, w którym powinna spędzić najbliższe lata.

Jednak miłość – na to wyglądało – zwyciężyła.

– Co nazywasz inną rzeczywistością?

– Stan ducha, który ogarnia ciało i duszę, kiedy człowiek czuje się szczęśliwy i ma serce przepełnione miłością. Nagle wszystko, co jest częścią naszej codzienności

nabiera innego znaczenia, kolory są żywsze i wszystko to, co dawniej cię drażniło – zimno, deszcz, studia, praca – wydaje się nowe. Ponieważ na ułamek sekundy docierasz do duszy świata i delektujesz się nektarem bogów.

Irlandczyk wyglądał na bardzo zadowolonego, że wyjaśnia słowami coś, co można jedynie przeżyć. Mircie natomiast chyba nie bardzo była w smak jego rozmowa z piękną Holenderką. Trafiła do innej rzeczywistości, tyle że na przeciwległy biegun. Tam, gdzie wszystko z każdą chwilą staje się brzydsze i bardziej przytłaczające.

– Oczywiście jest także druga strona, kiedy małe codzienne kłopoty zmieniają się w wielkie nieistniejące problemy – perorował Ryan, jakby nie dostrzegał zazdrości swojej dziewczyny. – Nie ma tylko jednej rzeczywistości równoległej. Jest ich wiele. Jedziemy busem, bo taki był nasz wybór, przed nami tysiące kilometrów i możemy wybrać, jak będziemy podróżować – czy w poszukiwaniu marzenia, które dotąd wydawało się nieosiągalne, czy raczej skupimy się na niewygodnych fotelach i nudnych pasażerach. To, co wyobrazimy sobie teraz, wydarzy się nam w dalszej podróży.

Mirthe udawała, że nie rozumie aluzji.

– Kiedy po raz pierwszy byłem w Nepalu, wydawało mi się, że coś mnie wiąże z Irlandią. Czułem, że związek ten jeszcze nie został zerwany. Coś mi mówiło: „Ciesz się chwilą. Wykorzystaj każdą sekundę, bo niedługo wrócisz do domu. Rób zdjęcia, żeby pokazać je znajomym i żeby zobaczyli, jaki jesteś dzielny, bo przeżyłeś coś, co oni chcieliby przeżyć, ale brak im odwagi". Aż pewnego dnia z paroma osobami wybrałem się na wycieczkę do jaskini w Himalajach. Ku naszemu zdziwieniu, w miejscu, w którym praktycznie nic nie rosło, zobaczyliśmy kwiatek, mniej więcej wielkości połowy mojego palca. Uznaliśmy to za cud, znak i żeby to uczcić wzięliśmy się za ręce i wyrecytowaliśmy mantrę. W jednej chwili jaskinia zaczęła wibrować, nie czuliśmy już chłodu, odległe szczyty przybliżyły się do nas. Dlaczego tak się stało? Bo ludzie, którzy tam kiedyś żyli, pozostawili po sobie wibracje miłości wręcz namacalne, zdolne dotrzeć do wszystkich i do wszystkiego, co się w tym miejscu znajdzie. Tak jak nasionko kwiatu, które przywiał tu wiatr. Tak jakby nasze wielkie pragnienie, żeby świat stał się lepszy, przybrało realny kształt i miało wpływ na wszystko.

Mirthe pewnie już nieraz słyszała tę historię, ale Paulo i Karla byli zafascynowani.

– Sam nie wiem, ile to trwało, ale kiedy wróciliśmy do klasztoru, w którym się zatrzymaliśmy i opowiedzieliśmy, co nam się przytrafiło, jeden z mnichów powiedział, że w tamtej jaskini przez długie lata mieszkał człowiek, którego uważano za świętego. Dodał jeszcze, że świat się teraz zmienia i że wszystkie uczucia, absolutnie wszystkie, będą intensywniejsze. Nienawiść będzie mocniejsza i bardziej niszcząca, miłość okaże swoje szczęśliwsze oblicze.

Rozmowę przerwał im kierowca: zgodnie z rozkładem powinni teraz pojechać do Luksemburga i tam przenocować, ale ponieważ przypuszcza, że dla żadnego z pasażerów księstwo nie jest celem podróży, proponuje, żeby pojechać dalej i przespać się gdzieś w polu, w pobliżu niemieckiego miasta Dortmund.

– Za chwilę się zatrzymamy, żeby coś zjeść. Zadzwonię wtedy do biura, żeby uprzedzili następnych pasażerów, że mają się szykować do podróży wcześniej niż przewidywaliśmy. Jeśli nikt nie jedzie do Luksemburga, oszczędzimy sobie cennych kilometrów.

Nagrodzono go brawami. Mirthe i Ryan już chcieli wracać na swoje miejsca, ale Karla ich zatrzymała:

– Czy nie mógłbyś przenieść się do rzeczywistości równoległej po prostu medytując i powierzając swoje serce istocie boskiej?

– To właśnie codziennie robię – odparł. – Ale

codziennie też myślę o jaskini. O Himalajach. O mnichach. Chyba mój etap życia w tej tak zwanej „zachodniej cywilizacji" dobiegł końca. Szukam nowego życia. Zresztą teraz, kiedy świat faktycznie się zmienia, uczucia, te pozytywne i te negatywne, stają się silniejsze, a ja, my wszyscy, nie jesteśmy gotowi, żeby zmierzyć się z mroczną stroną życia.

– I nie ma takiej potrzeby – wtrąciła Mirthe.

Po raz pierwszy dołączyła do ich rozmowy, udowadniając tym samym, że jest w stanie dość szybko przezwyciężyć niszczące uczucie zazdrości.

Paulo w jakiś sposób o tym wiedział. Doświadczył podobnych przeżyć i najczęściej, kiedy miał wybierać między zemstą a miłością, opowiadał się za miłością. Nie zawsze był to trafny wybór, czasem uważano to za tchórzostwo, kiedy indziej on sam czuł, że kierował nim strach, a nie szczera chęć poprawy świata. Był tylko człowiekiem, ze wszystkimi ludzkimi słabościami. Nie rozumiał wszystkiego, co mu się w życiu przydarzało, ale bardzo chciał wierzyć, że poszukuje światła.

Po raz pierwszy odkąd wsiadł do autobusu, zrozumiał, że było mu to pisane. Musiał odbyć tę podróż, musiał poznać tych ludzi, zrobić w końcu coś, co zazwyczaj głośno deklarował, tylko nie miał odwagi tego zrobić: zdać się na mądrość Wszechświata.

•

Powoli między pasażerami zaczęły tworzyć się grupki, czasem chodziło o wspólny język, kiedy indziej powód był bardziej cielesny niż bariery językowe. Tylko dwie nastolatki trzymały się na uboczu, pewnie myślały, że są w centrum uwagi, choć tak nie było. Pięć pierwszych dni minęło szybko, pasażerowie poznawali się, wymieniali doświadczenia. Jeszcze nie dawała się we znaki monotonia, tym bardziej że codzienną rutynę przerywały postoje na stacjach benzynowych, żeby zatankować, uzupełnić zapas wody pitnej, zjeść kanapkę, napić się czegoś i skorzystać z toalety. No i gadali, gadali, gadali.

Nocami spali pod gołym niebem, często dokuczał im chłód, ale byli szczęśliwi, bo widzieli nad głową gwiazdy, rozmawiali z ciszą, spali pod opieką niemal dotykalnych aniołów i choć na parę chwil, na ułamki sekund czuli wokół siebie wieczność i nieskończoność.

Paulo i Karla zaprzyjaźnili się z Ryanem i Mirthe, przy czym Mirthe towarzyszyła im raczej wbrew własnej woli, bo opowieść o innej rzeczywistości słyszała dziesiątki razy. Chodziło jej o ciągłą kontrolę nad Ryanem, żeby nie musieć zawracać w połowie drogi, bo nie udawała jej się prosta skądinąd rzecz – pozostać dla swojego chłopaka najatrakcyjniejszą kobietą na świecie, nawet po dwóch latach związku.

Paulo zauważył zainteresowanie Irlandczyka, który przy pierwszej okazji spytał oboje, co ich łączy i otrzymał od Karli błyskawiczną odpowiedź:

– Nic.

– Przyjaciele?

– Nawet nie. Po prostu towarzysze podróży.

Czy to nie była prawda? Paulo postanowił się z tym pogodzić i odłożyć na bok swoje uczucia, w tej sytuacji nie na miejscu. Byli jak dwaj marynarze płynący do portu: chociaż zajmowali tę samą kajutę, jedno spało na dolnej koi, a drugie na górnej.

Im bardziej Ryan interesował się Karlą, tym bardziej Mirthe traciła pewność siebie, wściekała się – oczywiście tego nie okazywała, gdyż byłaby to upokarzająca oznaka jej słabości. Zaczęła zbliżać się do Paula, przysiadała się do niego podczas rozmowy, czasem kładła mu głowę na ramieniu, kiedy Ryan po raz kolejny opowiadał, czego nauczyła go wyprawa do Katmandu.

„Jak cudownie!”.

Po sześciu dniach podróży czas zaczął się dłużyć i początkowe ożywienie ustąpiło miejsca nudzie, która zawładnęła całym autobusem. Podróżni opowiedzieli już sobie wszystko, co mieli sobie do opowiedzenia i nie działo się już nic godnego w ich mniemaniu uwagi. Ich codzienność sprowadzała się do jedzenia, spania pod gołym niebem, poszukiwania najwygodniejszej pozycji na siedzeniu, otwierania i zamykania okien, żeby wywietrzyć dym z papierosów, zanudzania siebie i innych własnymi opowieściami, prowadzenia błahych rozmów. Nigdy nie tracili okazji, żeby od czasu do czasu wbić komuś drobną szpilę, jak to często bywa w grupie, nawet tak niewielkiej i pełnej dobrej woli jak oni.

•

Aż pojawiły się góry. I dolina. I rzeka, płynąca w wąwozie. Na czyjeś pytanie hinduski kierowca odpowiedział, że właśnie wjechali do Austrii.

– Za chwilę zjedziemy nad rzekę, żeby się wykąpać. Nie ma nic lepszego niż lodowata woda, żeby sobie przypomnieć, że w żyłach krąży nam krew, a myśli można wyrzucić do kosza.

Perspektywa nagości, wolności absolutnej i bezpośredniego kontaktu z przyrodą przywróciła wszystkim wspaniały humor.

Autobus wjechał na kamienistą drogę i zakołysał się na boki. Rozległy się okrzyki paru pasażerów wystraszonych, że zaraz ich pojazd się wywróci i śmiech kierowcy. Dotarli wreszcie na brzeg rzeki – a raczej jej odnogi, która w tym miejscu tworzyła zakole, gdzie woda była mniej rwąca, i nieco dalej łączyła się z głównym nurtem.

– Pół godziny postoju. Wykorzystajcie czas, żeby się umyć i wyprać, co trzeba.

Wszyscy rzucili się do plecaków, gdzie każdy miał ręcznik, szczoteczkę do zębów i kostkę mydła.

– Śmieszne są te opowieści o niedomytych hipisach. Pewnie dbamy o czystość bardziej niż większość mieszczuchów, którzy nas o to oskarżają.

– A kto nas oskarża? Nie warto się tym przejmować.

Sam fakt dopuszczania do siebie krytyki daje przewagę tym, co krytykują.

Oburzone spojrzenia zwróciły się na autora tego komentarza – przecież nigdy nie przejmowali się tym, co mówią inni! Ale była to tylko część prawdy, bo uwielbiali się wyróżniać barwnymi strojami, kwiatami we włosach, wyzywającą aurą zmysłowości, którą roztaczali wokół siebie. Dziewczyny miały głębokie dekolty, które pozwalały dojrzeć nagie piersi bez stanika, nosiły długie, powłóczyste spódnice, bo były rzekomo bardziej zmysłowe i eleganckie – tak przynajmniej twierdzili styliści tej zbiorowości, których nazwisk nikt nie znał. Dla młodych kobiet ta lekko bezwstydna zmysłowość nie służyła temu, by uwodzić mężczyzn, chciały jedynie pokazać, że są dumne z własnego ciała.

Kto nie miał ręcznika, zabierał ze sobą podkoszulek, koszulę, bluzę – cokolwiek, czym dało się osuszyć ciało. W mgnieniu oka wysiedli z autobusu, zrzucając z siebie po drodze do rzeki ubranie. Jedynie dwie nastolatki kąpały się w majtkach i stanikach.

W wąwozie wiał dość silny wiatr i kierowca zapewnił, że w tym miejscu dzięki ciągom powietrza wszystko szybko schnie.

– Właśnie dlatego wybrałem to miejsce na postój.

Z położonej wyżej szosy nikt nie mógł zobaczyć, co się dzieje w dole. Wprawdzie słońce skryło się za górami, ale miejsce było przepiękne – z obu stron skały, wczepione w nie sosny, kamienie wygładzone wodą przez stulecia. Nie wahając się ani chwili wszyscy od razu wskoczyli do lodowatej wody, krzycząc z radości, ochlapując innych. Ta chwila harmonijnej wspólnoty różnych grupek, które się potworzyły, zdawała się mówić: „Należymy do świata, który nie lubi tkwić w bezruchu i właśnie dlatego żyjemy w drodze".

„Gdybyśmy milczeli przez godzinę, usłyszelibyśmy Boga", pomyślał Paulo. „A jeśli będziemy wrzeszczeli z radości, Bóg nas usłyszy i pojawi się tu, żeby nas pobłogosławić".

Obaj kierowcy pewnie widzieli już setki razy obnażone ciała młodych ludzi, którzy nie wstydzili się swojej nagości. Zostawili ich w rzece i poszli sprawdzać ciśnienie w oponach i poziom oleju.

Po raz pierwszy Paulo zobaczył nagą Karlę i musiał się kontrolować, żeby pohamować nagły przypływ zazdrości. Miała piękne piersi, jak ta modelka z sesji fotograficznej z placu Dam – tylko że była od tamtej piękniejsza, dużo piękniejsza.

Prawdziwą królową okazała się Mirthe o długich nogach, idealnych proporcjach, niczym bogini, która spadła z nieba do dolinki w samym środku austriackich Alp. Uśmiechnęła się widząc, że Paulo się jej przygląda. On odwzajemnił uśmiech, dobrze wiedząc, że to tylko gra, by wzbudzić zazdrość Ryana i odwrócić jego uwagę od ponętnej Holenderki. Ale czasem niewinna gra może przerodzić się w rzeczywistość. Przez chwilę Paulo się rozmarzył, postanowił, że od tej pory skupi się na kobiecie, która z własnej woli coraz bardziej zbliżała się do niego.

Podróżni poprali swoje ubrania. Tylko dwie nastolatki udawały, że nie widzą wokół dwudziestki golasów i znalazły jakiś pasjonujący temat do rozmowy. Paulo wyprał i wyżął koszulę i slipki, zastanawiał się, czy nie wyprać dżinsów i założyć zapasową parę, którą miał w plecaku, ale uznał, że lepiej zostawić ją na kolejną zbiorową kąpiel. Dżinsy były dobre na każdą okazję, tyle że schły bardzo długo.

Rozejrzał się wokoło. Na szczycie góry dostrzegł coś, co przypominało niewielką kapliczkę, a na zboczach wśród roślinności bruzdy wyżłobione zapewne przez potoki spływające wiosną, gdy topniały śniegi. Teraz były to delikatne linie piasku, które opadały w dół od czubka szczytu.

Dookoła panował chaos ciemnych i jaśniejszych kamieni przemieszanych bez ładu, bez estetycznego porządku, co czyniło je jeszcze piękniejszymi. Niczego

nie udawały, nie próbowały się zorganizować ani ułożyć, żeby lepiej opierać się bezustannym atakom przyrody. Może były tam od milionów lat, a może od paru dni. Znaki na drodze nakazywały kierowcom zachować ostrożność ze względu na niebezpieczeństwo osuwisk, co oznaczało, że góry są w wiecznej przebudowie, żyją i przeobrażają się, a kamienie szukają się wzajemnie, tak jak to robią ludzie.

Ten chaos tak piękny, źródło życia, przypominał mu obraz Wszechświata i tajniki ludzkiej duszy. To piękno nie wynikało z porównań, modlitw czy pragnień. Chodziło po prostu o to, żeby przeżyć długie życie pod postacią kamieni czy drzew. Tych drzew, które w każdej chwili mogły oderwać się od skały i runąć w dół, choć pewnie rosły pośród skał od niepamiętnych czasów. Najwyraźniej i drzewa, i skały uwielbiały wzajemnie swoją obecność.

– Tam na górze jest jakiś kościółek albo kapliczka – ktoś skomentował.

Tak, wszyscy już ją widzieli i dopiero teraz każdy zdał sobie sprawę, że ta kapliczka nie była jego osobistym odkryciem. Zastanawiali się w duchu, czy ktoś tam mieszkał, czy była opuszczona od lat, dlaczego jej ściany pobielono, choć wznosiła się wśród czarnych skał, jak udało się komuś dostać do tego orlego gniazda na szczycie i zbudować tam świątynię. W każdym razie kapliczka odcinała się wyraźnie od tego pierwotnego chaosu wokół.

Stali jak wryci, wpatrzeni w sosny i skały, próbując znaleźć najwyższy szczyt otaczających ich gór, nim wciągnęli na siebie czyste ubrania i uświadomili sobie, że kąpiel jest w stanie wyleczyć wiele dolegliwości, które uparcie tkwią w naszych głowach.

Dźwięk klaksonu wyrwał ich z zadumy. Czas ruszać w drogę – to była ich rzeczywistość, o której zapomnieli, urzeczeni pięknem krajobrazu.

Wyglądało na to, że Karla miała obsesję na punkcie pewnych tematów.

– Co masz na myśli, mówiąc „rzeczywistość równoległa"? Bo co innego doznać objawienia czy oświecenia w jaskini, a co innego przejechać tysiące kilometrów, żeby tam wrócić. Można przeżyć doświadczenia duchowe byle gdzie, bo Bóg jest wszędzie.

– To prawda, Bóg jest wszędzie. Czuję Jego obecność podczas spaceru po polach w miejscowości, skąd wywodzi się moja rodzina albo gdy jadę na zachodnie wybrzeże, żeby sobie popatrzeć na ocean.

Siedzieli w przydrożnej restauracji blisko granicy z Jugosławią, gdzie przyszła na świat i dorastała wielka miłość Paula. Do tej pory nikt, nawet on, nie miał problemu z wizami. Teraz, kiedy mieli wjechać do kraju komunistycznego, był niespokojny, choć kierowca uspokajał, że Jugosławia, w przeciwieństwie do Bułgarii, leży po zachodniej stronie żelaznej kurtyny. Mirthe siedziała obok Paula, Karla obok Ryana, wszyscy robili dobre miny do złej gry, przeczuwając, że mogą nastąpić jakieś roszady między parami. Mirthe już zaznaczyła, że nie zamierza długo siedzieć w Nepalu, a Karla oświadczyła, że być może nigdy stamtąd nie wróci.

– Kiedy mieszkałem w Irlandii – kontynuował Ryan – w zakątku, który musicie kiedyś odwiedzić, choć ciągle tam pada, sądziłem, że moim przeznaczeniem jest spędzić resztę życia na wsi, jak moi rodzice, którzy nigdy nie byli nawet w Dublinie, stolicy kraju, czy jak moi dziadkowie, którzy całe życie mieszkali na wsi, nigdy nie byli nad morzem i twierdzili, że Limerick to wielkie miasto. Przez całe lata podążałem ścieżką, którą mi wyznaczono: chodziłem do szkoły, dorabiałem sobie w lokalnym sklepiku, potem znowu szedłem do szkoły, grałem w rugby – nasza drużyna mimo wysiłków, nigdy nie trafiła do pierwszej ligi – chodziłem do kościoła katolickiego, jak moi rodzice i wszyscy Irlandczycy z Południa, bo w Irlandii Północnej sytuacja jest bardziej skomplikowana.

Nie narzekałem na los. W weekendy jechaliśmy z kumplami nad morze, piłem piwo jeszcze przed osiągnięciem pełnoletności, bo znałem właściciela pubu. Powoli wsiąkałem w to spokojne życie i pogodziłem się z przytłaczającą codzienną monotonią, z widokiem rzędów takich samych domów, jakby zaprojektowanych przez jednego architekta. Od czasu do czasu umawiałem się na randkę z dziewczyną, zabierałem ją na strych jakiegoś opuszczonego domu na uboczu, próbowaliśmy uprawiać seks bez przyjemności, choć może nie był to seks, raczej szukałem orgazmu, bo bałem się penetracji, bałem się kary od rodziców lub kary boskiej.

W powieściach przygodowych główny bohater podąża za swoim marzeniem, trafia do niewiarygodnych miejsc, przeżywa trudne chwile, ale zawsze wychodzi z nich zwycięsko, a potem może chwalić się swoimi wyczynami na placach targowych, w teatrach i w filmach, wszędzie tam, gdzie znajdzie publiczność gotową wysłuchać jego opowieści. Czytamy te książki i myślimy: tak będzie kiedyś wyglądać moje życie. Kiedyś podbiję świat, zdobędę majątek, wrócę do domu jako bohater, wszyscy będą mi zazdrościć i mnie szanować. Kobiety będą się uśmiechać na mój widok, mężczyźni uchylą kapelusza i poproszą, żebym po raz setny opowiedział, co mi się przydarzyło w tej czy innej sytuacji i jak udało mi się wykorzystać jedyną okazję, żeby zarobić miliony. Ale to wszystko dzieje się tylko w książkach…

Hindus (a może to był Arab?), zmiennik głównego kierowcy, przysiadł się do ich stolika. Ryan dalej mówił:

– Poszedłem do wojska, jak większość chłopaków z mojej miejscowości. Ile masz lat, Paulo?

– Dwadzieścia trzy, ale jestem zwolniony ze służby wojskowej. Ojciec załatwił mi kategorię E, byłem rezerwistą rezerwy i dzięki temu mogłem podróżować. Podejrzewam, że od dwustu lat Brazylia nie brała udziału w żadnej wojnie.

– Ja byłem w wojsku – wtrącił się Hindus Rahul. – Odkąd wywalczyliśmy niepodległość, mój kraj jest w ciągłym stanie wojny – nieoficjalnej – z sąsiadami. To wszystko przez Anglików.

– To zawsze jest wina Anglików – zgodził się Ryan. – Ciągle okupują północną część Irlandii, a w zeszłym roku, kiedy wróciłem z tego raju, jakim jest Nepal, sytuacja jeszcze się pogorszyła. Po licznych starciach między katolikami i protestantami Irlandia jest na krawędzi wojny. Anglicy wysyłają tam wojsko.

– Mów dalej o sobie – przerwała mu Karla. – Jak znalazłeś się w Nepalu?

– Złe wpływy – roześmiała się Mirthe, a Ryan jej zawtórował.

– Masz rację. Moje pokolenie dorosło i szkolni kumple zaczęli emigrować do Ameryki, gdzie irlandzka społeczność jest bardzo liczna i każdy ma jakiegoś przyjaciela, wujka, kogoś z bliższej czy dalszej rodziny.

– Nie mów, że to także wina Anglików.

– A jednak tak… – tym razem Mirthe wtrąciła się do rozmowy. – Próbowali nas zagłodzić i to dwukrotnie. Za drugim razem, w dziewiętnastym wieku, mimo że mączniak pustoszył pola kartofli – a to podstawa naszego pożywienia – zmusili nas, żebyśmy utrzymali eksport do Anglii na tym samym poziomie. Szacuje się, że 20 procent ludności umarło z głodu. Wyobrażacie sobie?

Z głodu! A dwa miliony Irlandczyków musiało wyemigrować za chlebem. Dzięki Bogu raz jeszcze Ameryka powitała nas z otwartymi ramionami.

Ta dziewczyna, wyglądająca jak bogini przybyła z innej planety, zrobiła im wykład na temat dwóch klęsk głodu, o których Paulo nigdy nie słyszał. Zdziesiątkowany naród, biedni ludzie pozostawieni samym sobie, walki o niepodległość...

– Mam dyplom z historii – wyjaśniła.

Karla próbowała skierować rozmowę na temat, który ją interesował – na Nepal i rzeczywistość równoległą, ale Mirthe uparła się, żeby uświadomić wszystkim, jak bardzo Irlandia ucierpiała, ile setek tysięcy ludzi umarło z głodu, ilu przywódców powstań narodowych rozstrzelano w dwóch nieudanych zrywach i wreszcie jak pewien Amerykanin (tak, właśnie Amerykanin!) doprowadził do traktatu pokojowego, który położył kres temu niekończącemu się konfliktowi.

– To się już nigdy nie powtórzy. Nigdy więcej. Mamy silny ruch oporu, mamy Irlandzką Armię Republikańską. Przeniesiemy działania wojenne na ich teren za pomocą zamachów bombowych, zabójstw, wszelkimi możliwymi sposobami. Wcześniej czy później wyniosą się z naszej wyspy.

A zwracając się do Hindusa, dodała:

– Tak jak musieli się wynieść z twojej ojczyzny.

Rahul już miał zacząć opowiadać o tym, co działo się w Indiach, ale tym razem Karla przerwała mu głosem nieznoszącym sprzeciwu:

– Posłuchajmy lepiej do końca historii Ryana.

– Mirthe ma rację, to z powodu „złych wpływów" pojechałem do Nepalu. Kiedy odbywałem służbę wojskową w Limerick, często wpadałem do pubu koło koszar. Graliśmy w strzałki, w bilard, siłowaliśmy się na rękę, każdy próbował popisać się przed resztą, jak bardzo jest męski, gotowy stawić czoło każdemu wyzwaniu. Jednym z bywalców był małomówny Azjata

– wypijał dwa, trzy kufle guinnessa, naszej dumy narodowej i wychodził, zanim właściciel potrząsał dzwonkiem na znak, że czas na ostatni kufel piwa, bo zbliża się jedenasta i pora zamykać.

– Wina Anglików.

Rzeczywiście nakaz zamykania lokali o jedenastej został wprowadzony przez Wielką Brytanię na początku drugiej wojny światowej, żeby piloci przed wyruszeniem do walki mieli czas zregenerować siły po nocnej popijawie i żeby maruderzy, którzy zaspali przed poranną musztrą, nie demoralizowali pozostałych.

– Pewnego wieczoru, kiedy miałem już dość wysłuchiwania tych samych opowieści o wyjeździe do Ameryki, który miał nastąpić lada chwila, przysiadłem się do stolika Azjaty za jego zgodą. Siedzieliśmy w milczeniu może z pół godziny, pomyślałem, że nie mówi po angielsku i nie chciałem go onieśmielać. A jednak,
 zanim wyszedł swoim zwyczajem przed jedenastą, powiedział coś, co utkwiło mi w głowie: „Jesteś tu, ale twoja dusza jest gdzie indziej, w moim kraju. Ruszaj na jej spotkanie". Pokiwałem głową, podniosłem kufel na pożegnanie. Moje surowe wychowanie katolickie nie dopuszczało nawet w wyobraźni innej możliwości, jak połączenie się ciała i duszy po śmierci przed spotkaniem z Chrystusem. Pomyślałem sobie tylko, że ludzie Wschodu mają dziwaczne wierzenia.

– My też w to wierzymy – skomentował Hindus.

Ryan zrozumiał, że popełnił gafę i próbował naprawić swój błąd.

– My, katolicy, mamy jeszcze dziwaczniejsze wierzenia, bo wierzymy, że ciało Chrystusa jest w chlebie. Nie gniewaj się, mam nadzieję, że cię nie uraziłem.

Hindus machnął tylko ręką na znak, że to bez znaczenia. Ryan mógł dokończyć wreszcie część swojej opowieści. Tylko część, bo złe moce miały wkrótce przerwać ich rozmowę.

– Tak czy owak byłem gotów wrócić do mojej wioski i przejąć rodzinny interes, to znaczy mleczarnię mojego ojca, a moi kumple mieli przeprawić się przez Atlantyk i ujrzeć na powitanie Statuę Wolności. Jednak tamtej nocy słowa Azjaty nie dawały mi spokoju. Bo w gruncie rzeczy mogłem sobie wmawiać, że podoba mi się takie życie, że pewnego dnia się ożenię z jakąś dziewczyną z sąsiedztwa, że będziemy mieli dzieci, zamieszkamy z dala od smogu i dymu wielkich miast. Nie znałem nic poza rodzinną wioską i Limerick – nigdy nie miałem w sobie ciekawości, żeby zatrzymać się i przespacerować po wioskach, a raczej małych przysiółkach, które latami mijałem po drodze.

Sądziłem, że podróżowanie czytając książki czy oglądając filmy jest pewniejsze i tańsze, i to mi wystarczało. Zresztą żyłem w przeświadczeniu, że nikt na Ziemi nie może się cieszyć widokiem tak pięknych pól i pastwisk jak te, które mnie otaczały. A jednak następnego dnia wróciłem do pubu, usiadłem przy stoliku Azjaty i zapytałem – świadom, że czasem szukanie odpowiedzi na pewne pytania wiąże się z ogromnym ryzykiem – co znaczyły jego wczorajsze słowa i skąd właściwie pochodzi.

– Z Nepalu, odpowiedział. Jak wszyscy, wiedziałem z lekcji geografii, że jest takie państwo, ale już nazwy stolicy nie mogłem sobie przypomnieć. Mgliście pamiętałem, że to gdzieś daleko, może w Ameryce Południowej, w Australii, w Afryce czy w Azji, ale na pewno nie w Europie, bo gdyby tak było, pewnie już poznałbym kogoś stamtąd, obejrzał o tym kraju jakiś film, przeczytał jakąś książkę.

Jeśli chodzi o słowa z poprzedniego wieczoru, to właściwie nie pamiętał, co dokładnie mi powiedział. Poprosił, żeby mu je powtórzył. Długo wpatrywał się w kufel z guinnessem zanim się odezwał: „Skoro tak powiedziałem, to pewnie powinieneś pojechać do Nepalu”. „Tylko jak się tam dostać?”, spytałem. „Tak samo jak ja – autokarem", powiedział i wyszedł. Następnego dnia, kiedy znowu chciałem się do niego przysiąść, żeby dowiedzieć się więcej o duszy, która tam daleko na mnie czekała, dał mi do zrozumienia, że woli być sam, tak jak co wieczór.

Pomyślałem, że skoro istniały autokary do Nepalu, to jeśli znajdę firmę, obsługującą taką trasę, to kto wie, może się tam kiedyś wybiorę.

Właśnie wtedy poznałem w Limerick Mirthe. Siedziała w tym samym miejscu, z którego ja zazwyczaj podziwiałem rzekę Shannon. Szybko znaleźliśmy wspólny język, ale uznałem, że nie będzie zainteresowana chłopakiem z prowincji, którego przeznaczeniem nie był elitarny Trinity College w Dublinie, gdzie ona kończyła studia, tylko mleczarnia O'Connell w Dooradoyle. W jednej z rozmów wspomniałem o tajemniczym Nepalczyku i o tym, co powiedział o mnie i o Nepalu. Wiedziałem, że wkrótce wrócę do domu na dobre i ten okres w moim życiu – Mirthe, pub, koledzy z koszar – stanie się tylko jednym z etapów na mojej życiowej drodze. Ale ciepło, które roztaczała Mirthe, jej inteligencja i – czemu tego nie powiedzieć? – jej uroda, zauroczyły mnie, a fakt, że uważała mnie za godnego jej towarzystwa, wzmocnił moją wiarę w siebie.

Przed przejściem do cywila w długi weekend wybrałem się z Mirthe do Dublina. Pokazała mi dom, w którym mieszkał Bram Stoker, autor *Drakuli*, i swoją uczelnię – Trinity College, zespół budynków większy i piękniejszy, niż sobie wyobrażałem. W jednym z pubów w pobliżu uniwersytetu piliśmy piwo i gadaliśmy aż do zamknięcia. Oglądałem wiszące na ścianie fotografie pisarzy, którzy tworzyli historię Irlandii, byli tam James Joyce, Oscar Wilde, Jonathan Swift, William Yeats, Samuel Beckett, Bernard Shaw. Na koniec, wręczyła mi ulotkę z informacją, jak dotrzeć do Katmandu: co dwa tygodnie wyruszał z Londynu autobus z przystanku przy stacji metra Totteridge & Whetstone.

Uznałem, że chce się mnie pozbyć, wysłać mnie w siną dal. Wziąłem ulotkę, chociaż nie miałem najmniejszego zamiaru jechać do Londynu.

•

I wtedy usłyszeli ryk motorów, silniki wyły na najwyższych obrotach. Nadjeżdżała grupa motocyklistów... Z miejsca, gdzie siedzieli, nie widzieli, ilu ich jest, ale ten dźwięk wydawał się agresywny, zupełnie nie pasujący do tego miejsca. Właściciel restauracji powiedział, że zaraz zamykają, ale nikt z gości siedzących przy sąsiednich stolikach nie ruszył się.

Ryan udawał, że nie słyszy i dalej snuł swoją opowieść:

– Ale Mirthe dodała, ku mojemu wielkiemu zaskoczeniu: „Nie licząc czasu podróży – nie powiem ci nawet ile trwa, żebyś się nie zniechęcił – chcę, żebyś wrócił dokładnie po dwóch tygodniach pobytu tam. Będę na ciebie czekała. Jeśli nie wrócisz na czas, nigdy więcej mnie nie zobaczysz”.

Mirthe roześmiała się. Nie takich dokładnie użyła słów, powiedziała raczej coś w stylu: „Jedź odnaleźć swoją duszę, bo ja już swoją znalazłam”. I jeszcze coś, czego nie powiedziała wtedy i teraz też nie powie: „Moja dusza to ty. Co wieczór będę się modliła, żebyś szczęśliwie wrócił, żebyśmy się spotkali, żebyś już nigdy więcej nie miał ochoty mnie opuszczać, bo jesteśmy sobie przeznaczeni”.

– Byłem zdumiony. Ona będzie na mnie czekać? Na mnie, przyszłego właściciela mleczarni O'Connell? Co mogło jej się spodobać w takim niedoświadczonym, niedouczonym prostym chłopaku jak ja? I dlaczego było dla niej tak ważne, żebym posłuchał rady jakiegoś dziwaka spotkanego w pubie? A jednak wiedziała, co robi, bo kiedy wsiadłem do tego autobusu – najpierw przeczytałem wszystko, co udało mi się znaleźć na temat Nepalu, okłamałem rodziców, że wojsko przedłuża mi służbę i wysyła za karę za złe zachowanie do jednego z odległych garnizonów w Himalajach – stałem się inną osobą. A kiedy wróciłem stamtąd, byłem mężczyzną. Mirthe czekała na mnie zgodnie z obietnicą, zamieszkałem u niej i od tej pory jesteśmy nierozłączni.

– I w tym cały szkopuł! – wtrąciła Mirthe, a wszyscy czuli, że była szczera. – Jasne, że nie chciałam być z idiotą, ale nie spodziewałam się, że odpłaci mi pięknym za nadobne i poprosi, żebym z nim pojechała.

Wybuchnęła śmiechem.

– A co gorsza, zgodziłam się na to!

Paulo poczuł się skrępowany, bo siedział tuż obok Mirthe, ich nogi ciągle się stykały, a ona od czasu do czasu głaskała go po dłoni. Zmieniło się też spojrzenie Karli – Ryan nie był facetem, jakiego szukała...

– A może teraz porozmawiamy o rzeczywistościach równoległych?

Tymczasem pięciu osobników w czarnych skórzanych kurtkach, ogolonych na łyso, z łańcuchami przy paskach, z wytatuowanymi czteroramiennymi gwiazdami ninja podeszło do ich stolika i w milczeniu ich otoczyło.

– Tu wasz rachunek – powiedział właściciel restauracji, kładąc przed nimi świstek papieru.

– Przecież jeszcze nie skończyliśmy jeść! – zaprotestował Ryan. – I wcale nie prosiliśmy o rachunek.

– Ale ja poprosiłem o rachunek – powiedział jeden z motocyklistów. Hindus próbował wstać, ale ktoś go pchnął z powrotem na krzesło.

– Zanim wyjdziecie, Adolf chce gwarancji, że już tu nie wrócicie. Nienawidzimy brudnych włóczęgów. Nasz naród ceni prawo i porządek. Porządek i prawo. Cudzoziemcy nie są mile widziani. Zabierajcie się stąd razem z waszymi narkotykami i rozwiązłymi obyczajami.

Cudzoziemcy? Narkotyki? Rozwiązłe obyczaje?

– Wyjdziemy, jak skończymy jeść – odparowała Karla.

Paulo był wściekły. Po co ich jeszcze prowokować? Wiedzieli, że otoczyli ich ludzie zionący nienawiścią.

Te łańcuchy zwisające z pasków spodni, rękawice motocyklowe z nabitymi metalowymi ćwiekami, które w przeciwieństwie do tych, które Paulo kupił w Amsterdamie, były ostre, miały przerażać, ranić, dotkliwie kaleczyć.

Ryan zwrócił się do mężczyzny, który wyglądał na szefa – był najstarszy z nich, miał zniszczoną twarz i przyglądał się całej scenie bez słowa.

– Jesteśmy z różnych plemion, ale walczymy o to samo. Nie jesteśmy wrogami. Skończymy jeść i wychodzimy.

Szef najwidoczniej miał kłopoty ze strunami głosowymi, bo zanim odpowiedział, przystawił sobie aparat do krtani.

– Nie jesteśmy żadnym plemieniem – usłyszeli metaliczny głos z aparatu. – Natychmiast się stąd wynoście.

Zapadła cisza, która zdawała się trwać w nieskończoność. Karla i Mirthe patrzyły nieznajomym prosto w oczy, mężczyźni szacowali swoje siły, a gang motocyklistów czekał. Jeden z nich krzyknął do właściciela restauracji:

– I zdezynfekujcie krzesła, jak wyjdą! Nie mamy ochoty złapać dżumy, choróbsk wenerycznych czy innego paskudztwa!

Reszta gości zdawała się nie zwracać uwagi na to, co się dzieje. Może to któryś z nich wezwał bandę, ktoś, kto odczuł jako osobistą zniewagę fakt, że są na świecie wolni ludzie.

– Wynoście się stąd, mięczaki! – wrzasnął łysol z wyhaftowaną na czarnej skórzanej kurtce trupią czaszką. – Jak pojedziecie prosto, jakiś kilometr stąd jest kraj komunistyczny – oni was przyjmą z otwartymi ramionami. Nie próbujcie zarażać waszymi chorymi ideami naszych kobiet i naszych dzieci. My tu mamy wartości chrześcijańskie, rząd, który nie toleruje bałaganu. I szanujemy ludzi. Więc dupy w troki i wynocha!

Ryan spurpurowiał na twarzy. Hindus wydawał się obojętny, może już przeżył taką napaść, a może po prostu stosował zasadę Kryszny, że nie wolno uchylać się od walki na polu bitwy. Karla patrzyła hardo w oczy facetom o ogolonych głowach, przede wszystkim temu, któremu powiedziała w twarz, że wyjdzie, jak skończy jeść. Teraz, kiedy podróż okazała się nie tak romantyczna, jak przypuszczała, musiała być naprawdę wściekła.

Mirthe pierwsza wykonała ruch: wzięła torbę, wyjęła portmonetkę, odliczyła swoją część za posiłek, bez pośpiechu położyła pieniądze na stole i skierowała się prosto do drzwi. Jeden z motocyklistów zagrodził jej drogę – kolejna prowokacja, która mogła zakończyć się bójką. Ale ona odsunęła go stanowczym gestem, bez lęku i wyszła.

Inni też wstali, zapłacili każdy za siebie i zbierali się do wyjścia, co teoretycznie oznaczało, że rzeczywiście są tchórzami, gotowymi wyruszyć w długą podróż do Nepalu, ale skorymi do ucieczki, kiedy pojawia się pierwsze poważne zagrożenie. Tylko Ryan szykował się do bójki, ale Rahul wziął go pod ramię i pociągnął za sobą, pod okiem jednego z motocyklistów, który bawił się nożem sprężynowym, wysuwając i chowając ostrze.

Francuzi, ojciec z córką, wyszli za nimi.

– Wy możecie zostać – bąknął do nich szef bandy swoim metalicznym głosem.

– Pod żadnym pozorem. Podróżuję z nimi. To, co się tu wydarzyło, to hańba. Tutaj, w wolnym kraju, gdzie na każdym kroku tyle piękna. Ostatnie wrażenie, jakie wywieziemy z Austrii, to widok rwącej rzeki w wąwozie, Alpy, przepiękny Wiedeń, wspaniały klasztor w Melku. O bandzie oprychów…

Córka pociągnęła ojca za rękaw, ale on mówił dalej:

– …która nie uosabia tego kraju, szybko zapomnimy. Nie przyjechaliśmy tu, żeby to oglądać.

Jeden z motocyklistów zaszedł go od tyłu i uderzył w plecy. Angielski kierowca Michael stanął między nimi i w milczeniu wpatrywał się stalowym wzrokiem w szefa gangu, bo słowa były niepotrzebne i sama jego obecność w tym momencie budziła respekt. Córka zaczęła krzyczeć. Pasażerowie, którzy byli przy wyjściu, próbowali wrócić do środka, ale Hindus stojący w drzwiach restauracji ich powstrzymał – bitwa była z góry skazana na porażkę.

Rahul wrócił do środka, chwycił ojca z córką pod ramię, resztę pasażerów wypchnął na dwór i skierował do autobusu. Michael, do końca zachowując zimną krew, wyszedł jako ostatni, nie spuszczając z oka szefa gangu.

– Jedźmy jak najdalej stąd. Zawrócimy, nadrobimy parę kilometrów i prześpimy się w miasteczku, które mijaliśmy po drodze.

– A więc uciekamy? To po to podróżujemy tak daleko, żeby uciekać przy pierwszej awanturze?

Te słowa wypowiedział najstarszy z nich, Francuz. Dziewczyny były przerażone.

– Tak, uciekamy – powiedział kierowca, zapalając silnik. – Podczas moich wypraw wielokrotnie salwowałem się ucieczką i nie widzę w tym nic upokarzającego. Gorzej by było, gdybyśmy rano odkryli, że mamy pocięte opony i nie możemy dalej jechać, bo mam tylko dwa koła zapasowe.

Dotarli do miasteczka i zaparkowali na uliczce, która wydawała się spokojna. Wszyscy byli spięci i zaniepokojeni po awanturze w restauracji i choć teraz stanowili grupę zdolną do odparcia każdej agresji, jednak postanowili spędzić noc w autobusie.

Próbowali za wszelką cenę spokojnie zasnąć, ale po dwóch godzinach obudziło ich mocne światło reflektorów, które oświetliły wnętrze pojazdu.

Polizei.

Jeden z policjantów otworzył drzwi i coś powiedział. Karla znała niemiecki, więc przetłumaczyła, że wszyscy mają wysiąść tylko w bieliźnie osobistej. O tej porze powietrze było lodowate, ale policjanci nie pozwolili im zabrać nic z autobusu. Nie przejmowali się tym, że pasażerowie dygotali z zimna i ze strachu.

Funkcjonariusze weszli do środka, pootwierali wszystkie torby i plecaki, i wyrzucili ich zawartość na podłogę. Znaleźli fajkę wodną, na ogół używaną do palenia haszyszu.

Przedmiot został skonfiskowany.

Wszyscy musieli okazać dokumenty, policjanci wertowali je po kolei przy świetle latarek, sprawdzali wizy wjazdowe, przeglądali metodycznie strona po stronie, żeby sprawdzić, czy nie są podrobione. Mocny snop światła kierowali na zdjęcie w paszporcie i na twarz posiadacza. Kiedy przyszła kolej dziewczyn rzekomo

„pełnoletnich", policjantka poszła do radiowozu i długo z kimś rozmawiała przez radio. Odczekała chwilę, pokiwała głową i wróciła.

Karla ciągle służyła za tłumacza.

•

– Musimy was odwieźć do wydziału do spraw nieletnich. Wasi rodzice przyjadą po was niebawem, to znaczy za parę dni, najpóźniej za tydzień, w zależności od środka transportu.

Dziewczyny były w szoku. Jedna z nich rozpłakała się, ale policjantka mówiła dalej beznamiętnym głosem:

– Nie wiem, dokąd chciałyście dojechać i mnie to nie obchodzi, ale wasza podróż kończy się tutaj. Dziwi mnie, że przekroczyłyście tyle granic i nikt się nie zorientował, że uciekłyście z domu.

Zwróciła się do kierowcy:

– Moglibyśmy skonfiskować ten autobus za parkowanie w niedozwolonym miejscu, ale wolę, żebyście wyjechali jak najszybciej i jak najdalej stąd. Nie zauważył pan, że to nieletnie?

– Oglądałem ich paszporty i wyglądało, że są w porządku.

Policjantka zamierzała wyjaśnić, że dokumenty są sfałszowane, co widać na pierwszy rzut oka, że dziewczyny są dużo młodsze, że uciekły z domu, bo jak twierdziła jedna z nich w Nepalu mają dużo lepszy haszysz niż w Szkocji, że ich rodzice są zrozpaczeni… I że to wszystko jest zapisane w aktach, znajdujących się w komisariacie. Ale machnęła ręką i zakończyła sprawę – tłumaczyć się powinna tylko przed swoimi przełożonymi.

•

Zabrała paszporty obu uciekinierek i kazała im iść za sobą, nie bacząc na ich tłumaczenia i protesty, tym bardziej że nie mówiły po niemiecku, a stróżom prawa, którzy z pewnością znali angielski, nie w smak było porozumiewać się językiem innym niż ich język ojczysty.

Policjantka weszła z dziewczynami do autobusu i kazała im zabrać swoje rzeczy. Reszcie pasażerów marznących na ulicy wydawało się, że trwa to całą wieczność. W końcu dziewczyny wyszły i poszły do radiowozu pod eskortą.

– A teraz zbierajcie się! – polecił porucznik, dowodzący oddziałem.

– Nie znaleźliście nic podejrzanego, dlaczego mamy wyjeżdżać? – spytał kierowca. – Może jest w okolicy jakieś miejsce, gdzie można się zatrzymać bez ryzyka skonfiskowania pojazdu?

– Jest parking we wsi, przed wjazdem do miasta. Tam możecie przenocować, ale musicie wyjechać tuż po wschodzie słońca. Nie chcemy, żeby widok takich cudaków jak wy drażnił oczy naszych obywateli.

Pasażerowie odbierali po kolei swoje dokumenty i wsiadali do autobusu, oprócz obu kierowców, którzy nie ruszyli się z miejsca.

– Jakiego przestępstwa się dopuściliśmy? Dlaczego nie możemy tu zatrzymać się na dłużej?

– Nie mam obowiązku niczego wam tłumaczyć. Jeśli wolicie spędzić noc na komisariacie, to skontaktujemy się z władzami waszych krajów, a wy w tym czasie będziecie czekać w nieogrzewanych celach. Możemy tak zrobić, nie ma sprawy. A pana jako kierowcę możemy oskarżyć o uprowadzenie nieletnich.

Radiowóz z nastolatkami odjechał. Nikt z pasażerów nigdy więcej nie usłyszał, jak dalej potoczyły się ich losy.

Porucznik patrzył na Michaela, Michael na porucznika, a Rahul patrzył na nich obu. W końcu kierowca dał za wygraną, wskoczył do autobusu i zapalił silnik.

Porucznik spojrzał na nich z ironią. Ta zgraja hipisów, włóczących się po świecie i rozpalających zarzewie rebelii, nie zasługiwała na wolność. Wydarzenia z maja

1968 roku we Francji pokazały, że za wszelką cenę trzeba powstrzymać rozprzestrzenianie się fali młodzieńczych protestów.

Z pewnością maj 1968 roku nie miał wiele wspólnego z hipisami i innymi odmieńcami ich pokroju, ale istniało ryzyko, że zwykłym ludziom mogły się pomylić te dwie sprawy i zechcą wywrócić całą planetę do góry nogami.

Nigdy w życiu by do nich nie dołączył. Miał rodzinę, dom, dzieci, miał co jeść, miał przyjaciół w policji. Sąsiedztwo z krajem komunistycznym było już wystarczająco uciążliwe. Wyczytał w jakiejś gazecie, że teraz Sowieci zmienili taktykę – sieją swoją propagandę na Zachodzie, żeby deprawować innych, niszczyć dobre obyczaje oraz buntować przeciwko własnemu rządowi. Uważał, że to pozbawione sensu brednie, ale lepiej nie ryzykować.

Wszyscy żywo dyskutowali o absurdalnej sytuacji, która im się przydarzyła, z wyjątkiem Paula, który jakby stracił głos i był blady jak ściana. Karla dopytywała się, co mu się stało. Nie wierzyła, że jej towarzysz podróży przestraszył się pierwszego przedstawiciela władzy, jaki pojawił się na horyzoncie... Paulo twierdził, że wszystko w porządku, tylko za dużo wypił i jest mu niedobrze. Gdy tylko zatrzymali się na parkingu, poleconym przez policję, wyskoczył z autobusu i pobiegł zwymiotować przy drodze. Nie chciał, żeby ktoś to zobaczył, bo z nikim nie rozmawiał o tym, co przeżył w Ponta Grossa, o straszliwej panice, która go ogarniała za każdym razem, kiedy przekraczali jakąkolwiek granicę. Najgorsza była rozpaczliwa świadomość, że do końca życia słowo „policja" będzie wypełniać jego duszę i ciało zgrozą, że nigdy już nie będzie czuł się bezpiecznie. Był niewinny, a jednak wtrącono go do więzienia, przesłuchiwano i torturowano. Nigdy nie popełnił żadnego przestępstwa, może oprócz sporadycznego popalania trawki. Nigdy nie miał przy sobie narkotyków, nawet w Amsterdamie, gdzie nie wiązało się to z żadnymi konsekwencjami.

Innymi słowy, o ile więzienie i tortury nie pozostawiły śladów w jego rzeczywistości cielesnej, o tyle w dalszym ciągu istniały w rzeczywistości równoległej, w jednym z jego istnień, które przeżywał jednocześnie.

•

Usiadł z dala od reszty pasażerów, spragniony ciszy i samotności. Rahul podszedł do niego z filiżanką płynu przypominającego kolorem bawarkę. Paulo wypił do dna napój, który smakował jak przeterminowany jogurt.

– Zaraz poczujesz się lepiej. Tylko się nie kładź i nie próbuj zasnąć. Nic nie wyjaśniaj ani się nie usprawiedliwiaj. Niektóre wrażliwsze organizmy po prostu tak reagują.

Siedzieli w milczeniu. Dziwny napój przyniósł efekty po kwadransie. W międzyczasie jego towarzysze rozpalili ognisko i tańczyli przy dźwiękach muzyki dochodzącej z radia w autobusie. Tańczyli, żeby przegnać demony, żeby pokazać, że są silni mimo wszystko. Paulo wstał, żeby do nich dołączyć.

– Posiedź jeszcze chwilę w spokoju – nalegał Hindus.
– Powinniśmy chyba pomodlić się razem.

– To było tylko zatrucie pokarmowe, już jest dobrze.

Jednak z oczu Hindusa wyczytał, że ten wcale mu nie wierzy. Usiadł więc, a Rahul usadowił się naprzeciwko.

– Powiedzmy, że jesteś wojownikiem tuż przed bitwą i nagle Pan Wszechświata pojawia się, żeby przypatrywać się walce. Powiedzmy, że nosisz imię Ardźuna i Pan prosi, żebyś nie był tchórzem, żebyś szedł bez strachu przed siebie i wypełnił swoje przeznaczenie, bowiem nikt nie może zabić i umrzeć, a czas jest wieczny. Tak się składa, że jesteś człowiekiem i że już przeszedłeś podobną próbę w jednym z cykli czasu kolistego i widzisz, że sytuacja się powtarza. Okoliczności są inne, ale emocje takie same. Jak masz na imię?

– Paulo.

– Posłuchaj Paulo, nie jesteś Ardźuną, wszechpotężnym generałem, który obawiał się, że zrani swoich wrogów, bo uważał się za dobrego człowieka. Zdaniem Kryszny był po prostu zarozumiały, ponieważ przypisywał sobie władzę, której tak naprawdę nie miał. Ty jesteś Paulem, urodziłeś się daleko stąd i jak każdy z nas masz chwile odwagi i chwile tchórzostwa. I w chwilach tchórzostwa ogarnia cię lęk.

A lęk, w przeciwieństwie do tego, co się na ogół mówi, ma swoje korzenie w przeszłości. Niektórzy guru z mojego kraju mówią: „Kiedy ruszysz naprzód, będziesz się lękał tego, co cię czeka". Ale jak mam się obawiać czegoś, co mnie czeka, skoro nigdy nie doświadczyłem bólu, rozłąki, tortury fizycznej czy moralnej?

Pamiętasz jeszcze swoją pierwszą miłość? Pojawiła się niespodziewanie, weszła do twojego życia przez otwarte drzwi, opromieniona światłem. Pozwoliłeś, żeby wypełniła przestrzeń, rozświetliła twoje życie, zaczarowała twoje marzenia, i pewnego dnia – jak to zwykle bywa z pierwszą miłością – odeszła. Może miałeś siedem, może osiem lat, twoja prześliczna ukochana była w twoim wieku, znalazła jednak chłopaka trochę starszego, a ty zostałeś sam, cierpiałeś, przysięgałeś sobie, że już nigdy w życiu się nie zakochasz, bo kochać to znaczy stracić. Jednak znowu się zakochałeś, bo nie sposób wyobrazić sobie życie bez miłości. Znowu kochałeś i traciłeś, aż w końcu znalazłeś kogoś, kto....

Paulo pomyślał, że następnego dnia wjadą do kraju, skąd pochodziła jedna z kobiet, przed którą otworzył swoje serce, w której zakochał się, a potem ją stracił, która nauczyła go tylu ważnych rzeczy, nawet tego, jak udawać odwagę w chwilach rozpaczy. Rzeczywiście, koło fortuny kręciło się w cyklicznej przestrzeni, pozbawiając radości i przynosząc troski, pozbawiając trosk i przynosząc radość.

Karla przypatrywała się uważnie tej dwójce pogrążonej w rozmowie, a jednocześnie kątem oka pilnowała, żeby Mirthe się do nich nie zbliżała. Długo to trwało. Dlaczego Paulo nie wraca, nie dołącza do tańczących przy ognisku, żeby odczarować raz na zawsze tego pecha, który prześladował ich od obiadu w restauracji, aż do miasteczka, gdzie chcieli zatrzymać się na nocleg?

W końcu znudził jej się ten „nadzór" i wróciła do tańczących wokół ogniska, którego płomienie rozświetlały bezgwiezdne niebo.

•

Kierowca nastawił muzykę na cały regulator. On także powoli dochodził do siebie po wieczornych przeżyciach, choć nie pierwszy raz go to spotykało. Im głośniejsza i bardziej rytmiczna muzyka, tym lepiej. Przez chwilę obawiał się, że znowu pojawi się policja, żeby ich przegonić, ale postanowił nic sobie z tego nie robić. Nie pozwoli się terroryzować ludziom, którzy uważają się za przedstawicieli jedynej legalnej władzy, za panów świata i którzy próbują mu zepsuć jeden dzień jego życia. Jeden dzień, może to śmiesznie mało, ale każdy dzień był najcenniejszym skarbem. O jeden dzień błagała jego matka na łożu śmierci. Jeden dzień był wart więcej niż wszystkie królestwa na Ziemi.

Trzy lata wcześniej Michael zadziwił wszystkich. Studiował medycynę i kiedy otrzymał dyplom lekarza, rodzice dali mu w nagrodę swojego starego volkswagena. I zamiast popisywać się samochodem przed dziewczynami i szpanować przed edynburskimi kumplami, po tygodniu wyruszył samochodem w samotną podróż
 do Afryki Południowej. Pracując jako stażysta w prywatnych klinikach, odłożył sporą sumę, wystarczającą na włóczenie się po świecie przez trzy miesiące. Teraz, kiedy poznał już dobrze ludzkie ciało i jego kruchość, marzył o tym, żeby poznać świat.

•

Bardzo długo podróżował. Przejechał przez byłe kolonie francuskie i brytyjskie, lecząc chorych i pocieszając dotkniętych cierpieniem. Oswoił się z myślą o śmierci, czającej się zawsze blisko i poprzysiągł, że nigdy nie zostawi biedaków bez opieki ani opuszczonych bez pocieszenia. Dzięki temu mógł się przekonać, że dobro ma działanie zbawcze i ochronne – nigdy podczas podróży nie napotkał na przeszkody, ani nie zaznał głodu. Jego dwunastoletni volkswagen, który nie był stworzony na afrykańskie bezdroża, tylko raz go zawiódł – pękła w nim opona – podczas długiej podróży przez kraje pogrążone w bezustannej wojnie. Choć nie zdawał sobie z tego sprawy, wieść o jego dobrych uczynkach, zaczęła go wyprzedzać i wszędzie, gdzie się zatrzymywał, witano go jak zbawiciela.

Szczęśliwym trafem dotarł do punktu Czerwonego Krzyża w malowniczej kongijskiej wiosce, położonej w pobliżu jeziora. Ponieważ i tam zdążyła już dotrzeć fama o jego uczynkach, zaopatrzono go w szczepionki przeciw żółtej febrze, lekarstwa, parę prostych narzędzi chirurgicznych, prosząc usilnie, żeby nie mieszał się w żadne plemienne spory, żeby zawsze troszczył się o rannych z obu stron konfliktu.

– Taka jest nasza misja – wyjaśniła mu dziewczyna z Czerwonego Krzyża. – Nie wtrącać się, tylko leczyć.

Podróż, która początkowo miała trwać dwa miesiące, przedłużyła się na prawie rok. Z każdym przejechanym kilometrem – najczęściej podwożąc wyczerpane, uciekające przed przemocą kobiety, które nie dawały już rady iść o własnych siłach – widział coraz więcej wojen plemiennych rozprzestrzeniających się po całym regionie. Kontrolowano go niezliczoną ilość razy, ale jakby ktoś nad nim czuwał. Gdy pokazywał swój paszport, pozwalali mu przejechać bez problemów, może dlatego, że wyleczył czyjegoś brata, syna czy przyjaciela...

Poruszyło go to. Złożył przysięgę i prosił Boga, żeby pomógł mu przeżyć każdy dzień służąc innym. Dzień po dniu. Tylko jeden dzień, tak jak Jezus, którego otaczał szczególną czcią. Zamierzał zostać księdzem po dotarciu do celu podróży, do krańca kontynentu afrykańskiego.

W Kapsztadzie postanowił nieco odpocząć, zanim zacznie szukać odpowiedniego zakonu i zostanie nowicjuszem. Jego największym ideałem był święty Ignacy Loyola, który jak on podróżował po świecie, nim trafił na studia do Paryża i założył zakon jezuitów.

Znalazł skromny, tani hotelik, gdzie postanowił przez tydzień odetchnąć, żeby pozbyć się nagromadzonej adrenaliny i znowu poczuć spokój. Starał się nie myśleć o okropieństwach, które widział – powrót do przeszłości w niczym nie pomaga, tylko pęta nogi niewidzialnymi łańcuchami i pozbawia resztek nadziei pokładanej w ludzkości.

Patrzył więc w przyszłość. Myślał jak najkorzystniej sprzedać volkswagena i od rana do wieczora podziwiał morze z okna hotelowego pokoju. Widział, jak zmieniają się barwy słońca i wody w zależności od pory dnia, obserwował spacerujących po nadmorskiej promenadzie białych mężczyzn w białych panamach, z fajką w ustach, u boku białych kobiet ubranych jak na raut w ogrodach królewskich w Londynie. Na nadmorskich bulwarach nie było ani jednego czarnoskórego człowieka. Nie sądził, że tak głęboko przygnębi go segregacja rasowa obowiązująca w tym kraju. Ale w tym momencie, przynajmniej na razie, poza modlitwą, nie mógł nic zrobić.

Dlatego modlił się od rana do wieczora, prosząc o inspirację i szykował się po raz kolejny na ćwiczenia duchowe świętego Ignacego. Chciał być gotów, kiedy nadejdzie odpowiedni moment.

Trzeciego dnia, kiedy pił poranną kawę, podeszło do jego stolika dwóch mężczyzn w jasnych garniturach.

– A więc to pan jest tą osobą, która przynosi zaszczyt Imperium Brytyjskiemu!

Imperium Brytyjskie? Już nie istniało, teraz była to Wspólnota Narodów! O czym ci ludzie mówili?

– Jedyne, czemu oddaję cześć, to każdy dzień – odparł, nie przejmując się wcale, że tego nie zrozumieją.

I rzeczywiście nie zrozumieli, bo rozmowa zeszła na bardzo grząski grunt.

– Jest pan goszczony i szanowany wszędzie, gdzie się pan pojawia. Potrzebujemy takich jak pan ludzi, którzy pracowaliby z nami dla rządu brytyjskiego.

Gdyby facet nie dodał, że chodzi o rząd brytyjski, Michael pomyślałby, że proponują mu posadę w kopalni, na plantacji, czy w fabryce obróbki minerałów, w charakterze zarządcy albo lekarza. Ale w tych okolicznościach oznaczało to coś zgoła innego. Michael był człowiekiem dobrym, ale na pewno nie naiwnym.

– Dziękuję, nie jestem zainteresowany. Mam inne plany.

– To znaczy?

– Chcę zostać księdzem. Służyć Bogu.

– Nie sądzi pan, że służąc ojczyźnie, będzie pan służył Bogu?

Michael zrozumiał, że nie może pozostać ani chwili dłużej w Południowej Afryce, do której tak trudno było się dostać. Musiał wrócić do Szkocji pierwszym samolotem. Na szczęście miał pieniądze na bilet.

Wstał i uciął rozmowę. Wiedział, że właśnie został uprzejmie „zaproszony" do siatki szpiegowskiej.

Miał dobre układy z wojskami plemiennymi, znał mnóstwo ludzi i ostatnią rzeczą, jaką chciałby zrobić, to zdradzić tych, którzy mu ufali.

Zebrał swoje manatki, wyjaśnił zarządcy hotelu, że chce sprzedać swój samochód, podał mu adres przyjaciela, któremu miał przesłać pieniądze i pognał na lotnisko. Po jedenastu godzinach wylądował na Heathrow. Na tablicy ogłoszeń wśród rozlicznych ofert pracy dla sprzątaczek, kelnerów, atrakcyjnych dziewcząt do kabaretu i propozycji dla współlokatorów, zobaczył anons: „Poszukujemy kierowców autokaru na wyprawę do Azji". Zerwał kartkę i pojechał prosto pod wskazany adres. Było to skromne biuro z tabliczką na drzwiach z napisem „Budget Bus".

– Miejsce jest już zajęte – oznajmił długowłosy facet, uchylając okno, żeby pozbyć się woni haszyszu, która unosiła się w pomieszczeniu. – Ale słyszałem, że w Amsterdamie szukają zawodowych kierowców. Ma pan doświadczenie?

– Tak, spore.

– To niech pan tam jedzie i niech pan powie, że to z polecenia Teda. Oni mnie znają.

Podał mu ulotkę ze znakiem firmowym Magic Busa – nazwa firmy była jeszcze bardziej surrealistyczna niż tej londyńskiej. „Poznaj kraje, o których nawet nie śniłeś. Cena biletu: siedemdziesiąt dolarów od osoby. W cenę wliczony jest tylko przewóz. Resztę zabierz ze sobą, z wyjątkiem narkotyków, bo utną ci głowę, zanim dotrzesz do Syrii".

Było tam jeszcze zdjęcie przedstawiające autobus pomalowany na różne kolory, a obok grupkę ludzi unoszących dłonie z palcami wskazującym i środkowym tworzącymi literę V na znak zwycięstwa. W Amsterdamie przyjęli go na pniu. Najwyraźniej interes kwitł.

Teraz po raz trzeci odbywał podróż do Nepalu i wcale nie znużyła go jazda przez azjatyckie przełęcze. Zmienił kasetę. Rozległ się głos Dalidy, Egipcjanki, która mieszkała we Francji i była popularna w całej Europie. Tancerze coraz bardziej się rozkręcali. Koszmar się skończył.

•

Rahul zauważył, że Brazylijczyk już doszedł do siebie.

– Widziałem, że ta banda oprychów w czarnych skórach nie zrobiła na tobie większego wrażenia i byłeś gotów do bójki. Ale to by się dla nas źle skończyło. Jesteśmy pielgrzymami, a nie panami świata. Jesteśmy zależni od gościnności gospodarzy.

Paulo skinął głową.

– A jednak potem, kiedy pojawiła się policja, byłeś jak sparaliżowany. Uciekasz przed kłopotami? Zabiłeś kogoś?

– Nic podobnego, choć... Gdybym mógł, to parę lat temu zabiłbym bez wahania. Problem w tym, że nawet nie widziałem twarzy moich ówczesnych oprawców.

I w krótkich słowach, żeby Rahul nie pomyślał, że kłamie, opisał, co się zdarzyło w Ponta Grossa. Hindus nie okazał jednak specjalnego zainteresowania.

– Rozumiem. To znaczy, że twój lęk jest bardziej banalny, niż sądziłem – boisz się policji. Normalna sprawa. Wszyscy boją się policji, nawet ci, którzy nigdy nie złamali prawa.

Jego słowa pokrzepiły Paula na duchu. Zobaczył, że zbliża się Karla.

– Dlaczego siedzicie na uboczu? Teraz, kiedy małolaty już nie jadą z nami, chcecie zająć ich miejsce?

– Przygotowujemy się do modlitwy, to wszystko.

– Mogę w niej uczestniczyć?

– Taniec też jest sposobem wielbienia Boga. Wracaj do ogniska i tańcz.

Karla, druga najpiękniejsza dziewczyna z autobusu, nie poddawała się. Chciała się pomodlić jak Brazylijczycy. Jeśli chodzi o Hindusów, widziała ich wiele razy w Amsterdamie w osobliwych pozach, z malunkami pośrodku czoła i wzrokiem utkwionym w nieskończoność...

Paulo zaproponował, aby podali sobie ręce i kiedy przygotowywał się do wyrecytowania pierwszego wersu modlitwy, Rahul mu przerwał:

– Zostawmy sobie słowa na kiedy indziej. Dziś módlmy się ciałem i tańczmy.

Ruszył w kierunku ogniska, a za nim poszli Paulo z Karlą, bo dla wszystkich taniec i muzyka były sposobem, żeby się wyzwolić, żeby sobie powiedzieć:

Jesteśmy tu dziś razem, szczęśliwi, chociaż siły zła próbowały nas poróżnić. Jesteśmy tu razem i pozostaniemy razem w drodze, która jest przed nami, chociaż ciemne moce próbowały nam przeszkodzić w naszej podróży.

Jesteśmy tu razem i pewnego dnia, wcześniej czy później, będziemy musieli się pożegnać. Chociaż się dobrze nie znamy, choć nie wymieniliśmy ze sobą tylu słów, ile byśmy chcieli, jesteśmy tu razem z jakiegoś tajemniczego powodu, którego nie rozumiemy. Po raz pierwszy tańczymy razem wokół ogniska, tak jak kiedyś tańczyli nasi przodkowie, żeby sławić życie, ci, którzy byli bliżsi Wszechświata, ci, którzy w gwiazdach na nieboskłonie, w chmurach, w zawieruchach, w płomieniach ognia, w porywach wiatru widzieli ruch i harmonię.

Taniec przeobraża, domaga się poświęcenia i nikogo nie osądza. Człowiek wolny może tańczyć nawet w więziennej celi albo na wózku inwalidzkim, bo taniec to nie tylko powtarzanie pewnych ruchów, to rozmowa z Tym, który jest większy i potężniejszy od wszystkiego i od wszystkich, to porozumiewanie się językiem, który jest ponad egoizmem i ponad strachem.

I tamtej wrześniowej nocy w 1970 roku, kiedy zostali wyrzuceni z restauracji i upokorzeni przez policję, tańczyli i dziękowali Bogu za to, że dał im takie ciekawe życie, tak pełne niespodzianek i nowych wyzwań.

Bez większych problemów przejechali przez wszystkie republiki, które tworzyły kraj zwany Jugosławią. Dołączyło tam do nich jeszcze dwóch pasażerów: malarz i muzyk. Dojeżdżając do Belgradu, stolicy, Paulo przypomniał sobie z rozczuleniem – choć już bez tęsknoty – swoją byłą ukochaną, z którą po raz pierwszy wyjechał za granicę, która nauczyła go prowadzić samochód, mówić po angielsku i przede wszystkim kochać się. Dał się ponieść wyobraźni i niemal widział, jak dziewczyna biegnie razem z siostrą ulicami i stara się ukryć przed bombami podczas drugiej wojny światowej.

– Kiedy wyły syreny alarmowe, biegłyśmy do piwnicy. Mama sadzała nas na kolanach, przytulała, prosiła, żebyśmy otworzyły usta, i przykrywała własnym ciałem.

– Po co otwierałyście usta?

– Żeby od huku bomb nie pękły nam bębenki, żebyśmy nie były głuche do końca życia.

•

W Bułgarii, na mocy wzajemnego porozumienia między kierowcą i komunistycznymi władzami, cały czas jechał za nimi samochód z czterema ponurymi typami. Po tej eksplozji zbiorowej radości na polu pod austriacką granicą, podróż stała się monotonna. W Stambule był przewidziany tygodniowy postój, ale jeszcze trochę brakowało do celu – dokładnie stu dziewięćdziesięciu kilometrów, błahostka w porównaniu z blisko trzema tysiącami, które już przejechali.

•

Po dwóch godzinach dostrzegł w oddali minarety dwóch wielkich meczetów.

Stambuł! Jednak dotarli!

Miał zaplanowane w szczegółach, co będzie robił w tym mieście. Pamiętał spektakl, który widział w Brazylii, z derwiszami w białych spódnicach, wirującymi wokół własnej osi. Fascynował go ten mistyczny taniec. Chciał się go nauczyć, póki nie zrozumiał, że to nie był zwyczajny taniec, a jedynie sposób wejścia w kontakt z Bogiem. Jego adepci byli wyznawcami sufizmu i wszystko, co czytał o tej filozofii, wzbudzało w nim jeszcze większy entuzjazm. Miał zamiar pojechać pewnego dnia do Turcji, żeby zgłębić arkana tej sztuki, ale był to plan, który Paulo odkładał na potem, na jakąś odległą przyszłość...

A jednak tu dotarł! Strzeliste wieże minaretów były coraz bliżej, ruch na drodze gęstniał, zaczęły się korki... Spokojnie, cierpliwości, jeszcze przed wschodem słońca stanie przed bramą meczetu.

– Za godzinę będziemy w centrum – oznajmił Michael. – Spędzimy tu tydzień. Nie dlatego, że to wycieczka objazdowa, jak możecie się domyśleć, tylko zanim wyjechaliśmy z Amsterdamu...

Amsterdam! Od tego miasta dzieliły ich lata świetlne!

– ...uprzedzono nas, że na początku miesiąca, po nieudanym zamachu na króla Jordanii, w regionie, przez który wiedzie nasza trasa, wybuchły gwałtowne zamieszki. Starałem się śledzić ostatnie wydarzenia i sytuacja chyba się trochę unormowała, ale mamy zasadę, żeby nigdy nie narażać się na niepotrzebne ryzyko. A zatem postąpimy zgodnie z naszym planem, tym bardziej że zarówno ja, jak i Rahul jesteśmy trochę zmęczeni. Chcemy się najeść, napić i po prostu zrelaksować. Tu wszystko jest tanie, prawie za pół darmo. Turcy są fantastyczni, a kraj, pomimo tego, co się widzi na ulicach, nie jest muzułmański, tylko laicki. Jednak radzę naszym ślicznotkom, żeby zrezygnowały ze zbyt skąpych strojów, a naszym dzielnym panom, żeby nie wszczynali awantur tylko dlatego, że ktoś będzie sobie stroił żarty z ich długich włosów.

Przesłanie było jasne.

– I jeszcze jedno, kiedy dzwoniłem z Belgradu do biura, żeby zameldować, że wszystko jest w porządku, dowiedziałem się, że ktoś chce z nami zrobić wywiad o ruchu hipisowskim. Mój szef widzi w tym dobrą okazję, żeby zrobić firmie darmową reklamę. A mnie w tym momencie zabrakło przytomności umysłu, żeby wyprowadzić go z błędu.

Szef podał dziennikarzowi adres miejsca, gdzie zatrzymaliśmy się, żeby zatankować i coś zjeść. Facet już na mnie tam czekał. Zasypał mnie pytaniami, na które nie potrafiłem odpowiedzieć. Powtórzyłem mu tylko to, co słyszę od was, że jesteście wolni duszą i ciałem. Ten dziennikarz pracuje dla AFP, dużej francuskiej agencji informacyjnej. Spytał, czy może wysłać kogoś z redakcji w Stambule, żeby porozmawiał bezpośrednio z wami. Odparłem, że nie mam pojęcia, czy ktokolwiek z was zgodzi się na udzielenie wywiadu, ale podałem mu nazwę hotelu, gdzie się zatrzymamy. To najtańszy hotel, jaki udało nam się znaleźć, za pokój czteroosobowy…

– Z chęcią zapłacę więcej, jeśli to możliwe – przerwał mu Francuz. – Chcielibyśmy mieć z córką pokój dwuosobowy.

– Tak samo Mirthe i ja – odezwał się Ryan. – Poprosimy o pokój dwuosobowy.

Paulo spojrzał pytającym wzrokiem na Karlę, która po chwili wahania powiedziała:

– Dla nas też.

Druga piękność z ich autobusowego towarzystwa lubiła pokazywać, że trzyma chuderlawego Brazylijczyka pod pantoflem. Do tej pory wydali znacznie mniej pieniędzy, niż przewidywali, bo żywili się głównie kanapkami i spali w autobusie. Parę dni wcześniej Paulo policzył swój majątek: po wielu dniach podróży miał aż 821 dolarów. Karla tak się wynudziła przez ostatnie dni, że trochę złagodniała i nieśmiało zbliżyli się do siebie. Czasami zasypiała z głową na ramieniu Paula, zdarzało się, że trzymali się za ręce. To było bardzo miłe uczucie, czuły gest, ale jeszcze nigdy nie próbowali się pocałować, nie mówiąc o bardziej intymnych pieszczotach.

– A więc przygotujcie się na obecność dziennikarza. Jeżeli nie macie ochoty, nie musicie z nim rozmawiać. Ja po prostu przekazuję wam wiadomość.

Samochody powoli się przesuwały.

– Aha! Zapomniałem o najważniejszym – powiedział Michael, któremu Rahul szepnął coś na ucho. – W Stambule jest tak samo łatwo kupić narkotyki na ulicy jak w Amsterdamie, Paryżu, Madrycie czy Stuttgarcie, ale jeśli was tu złapią, nikt, naprawdę nikt, nie zdoła was wyciągnąć z więzienia przed upływem tygodnia. Uprzedziłem was i mam nadzieję, że dobrze mnie zrozumieliście.

Michael bił się z myślami – obserwował ukradkiem pasażerów autobusu i od ich wyjazdu, czyli niemal trzech tygodni, żaden z nich nawet nie wspomniał o narkotykach, żaden nie wyglądał, że cierpi z powodu ich braku, a w Amsterdamie czy gdzie indziej pewnie je często zażywali.

Zresztą skąd ta pewność, że narkotyki uzależniają? Jako lekarz w czasie pobytu w Afryce sam próbował wielu roślin o działaniu halucynogennym, żeby sprawdzić, czy może je wykorzystać w leczeniu pacjentów. I wiedział, że właściwie tylko pochodne opium prowadzą do uzależnień.

No i jeszcze kokaina, trudno dostępna w Europie, ponieważ Stany pochłaniały prawie całą jej produkcję z Andów.

A jednak rządy wydawały bajońskie sumy na kampanie antynarkotykowe, chociaż inne używki – papierosy i alkohol – sprzedawano w każdym sklepie i w każdym barze. Może po prostu chodziło o forsę? To pewnie prawdziwy powód: łapówki na wysokim szczeblu, przychody z reklam, i takie sprawy.

•

Wiedział, że ta ładna Holenderka nasączyła jedną stronę swojej książki roztworem LSD, bo mówiła o tym otwarcie. W tej małej przestrzeni, którą dzielili od tygodni, wszyscy o wszystkim wiedzieli, *Niewidzialny Goniec* działał wszędzie, więc i w ich autobusie. Kiedy zechce, może oderwać kawałek papieru, pożuć go, połknąć i mieć halucynacje, jakie zechce.

Ale to nie jego problem. Kwas lizergowy – substancja odkryta w Szwajcarii przez Alberta Hofmanna i rozpropagowana na świecie przez Timothy'ego Leary'ego, wykładowcę Harvardu – był już wtedy zakazany, ale nadal pozostawał niewykrywalny.

Paulo obudził się z ręką Karli na piersi. Ponieważ jeszcze głęboko spała, zastanawiał się, jak się oswobodzić, nie budząc jej.

Do hotelu dotarli po kolacji, którą z resztą ekipy zjedli w jakiejś knajpie. Kierowca miał rację – było tu bardzo tanio… Było jeszcze dość wcześnie, kiedy weszli

do swojego pokoju hotelowego, gdzie stało tylko jedno małżeńskie łoże. Nie powiedzieli na ten temat ani słowa. Wzięli prysznic, wyprali ubrania, rozwiesili je w łazience i wyczerpani padli na łóżko. Oboje marzyli o jednym – w końcu wyspać się w jakimś przyzwoitym miejscu, ale ich dwa nagie ciała pod wpływem dotyku miały zupełnie inne zamiary i zanim zdali sobie sprawę z tego co robią, już się całowali.

Paulo z trudem osiągnął erekcję, Karla wcale mu nie pomogła. Dała mu tylko do zrozumienia, że jeśli on ma ochotę, to ona jest gotowa. Po raz pierwszy ich intymność przekroczyła granicę pocałunków i trzymania się za ręce. Czy tylko dlatego, że leży obok pięknej kobiety, musi się postarać, by miała orgazm? Czy Karla poczuje się brzydsza i mniej pożądana, jeśli zostawi ją w spokoju?

Natomiast Karla pomyślała: „Niech sobie trochę pocierpi, niech myśli, że się wścieknę, jeśli mnie odtrąci i zaśnie. Jeśli zobaczę, że sprawy stoją w miejscu, zrobię, co trzeba, ale jeszcze poczekajmy”.

W końcu Paulo był gotów, wszedł w nią, ale mimo wysiłków osiągnął orgazm szybciej, niż się spodziewał. Już od dawna nie spał z kobietą.

Karla, która jak się można było spodziewać w ogóle nie miała orgazmu, poklepała go pieszczotliwie po głowie niczym matka syna, przewróciła się na bok i zdała sobie sprawę w tym momencie, że jest wykończona. Zasnęła, nie myśląc o sprawach, które zazwyczaj pomagały jej w zaśnięciu. Paulo tak samo.

•

Obudził się i na wspomnienie o tym, co wydarzyło się w nocy, postanowił się wymknąć, zanim będzie musiał coś powiedzieć. Delikatnie wyswobodził się spod jej ręki, włożył czyste spodnie, które miał w plecaku, wzuł buty, zarzucił na siebie kurtkę i położył rękę na klamce…

– Dokąd to? Nawet się ze mną nie przywitasz?

– Dzień dobry – powiedział i pomyślał: „Stambuł to musi być ciekawe miasto. Jestem pewny, że ci się spodoba”.

– Dlaczego mnie nie obudziłeś?

„Bo uważam, że poprzez sen obcujemy z Bogiem. Tego się nauczyłem, studiując okultyzm”.

– Bo może śniło ci się coś pięknego, a może byłaś zmęczona, sam nie wiem…

Słowa. Słowa. Słowa. Tylko komplikują sprawy.

– Pamiętasz, co się stało dzisiejszej nocy?

„Kochaliśmy się. Nie planowaliśmy tego, ale znaleźliśmy się w łóżku, nadzy i stało się”.

– Pamiętam. I bardzo przepraszam. Wiem, że cię zawiodłem.

– Niczego się nie spodziewałam. Masz zamiar spotkać się z Ryanem?

Dobrze wiedział, że prawdziwe pytanie brzmiało: „Masz zamiar spotkać się z Ryanem i Mirthe?”.

– Nie.

– Wiesz, dokąd idziesz?

– Wiem, co chcę znaleźć, tylko nie wiem, gdzie to jest. Spytam w recepcji. Mam nadzieję, że oni wiedzą.

Miał także nadzieję, że Karla skończy to przesłuchanie. Nie chciał, żeby się dowiedziała, że szuka miejsca, gdzie spotka ludzi znających wirujących derwiszy.

– Chciałbym uczestniczyć w ceremonii religijnej połączonej z tańcem.

– Masz zamiar spędzić swój pierwszy dzień w tym niezwykłym mieście, w tak ciekawym kraju robiąc to samo, co robiłeś w Amsterdamie? Nie masz dosyć wyznawców Hare Kryszna? Nie wystarczyła ci ta noc na granicy przy ognisku?

Nie, nie wystarczyła. Może dlatego, że go zezłościła, a może chcąc ją sprowokować, opowiedział jej o wirujących derwiszach, tancerzach tureckich, których spektakl oglądał w Brazylii. Mężczyźni w wysokich nakryciach głowy, w nieskazitelnie białych sukniach, kręcą się wokół własnej osi, tak jak Ziemia czy inne planety. Ten ruch obrotowy po pewnym czasie wprowadza derwisza w trans. Tancerze należą do szczególnego zakonu, czasem uznawanego, a czasem odrzucanego przez islam, z którego czerpali inspirację. Derwisze należą do bractwa sufickiego, którego założycielem był Rumi, trzynastowieczny poeta urodzony w Persji, a zmarły w Turcji.

– Sufizm uznaje tylko jedną prawdę: nie można dzielić świata. To, co widzialne i to, co niewidzialne zawsze jest połączone. Ludzie to ułuda zamknięta w ciele i kościach. I dlatego nie interesowały mnie wasze rozmowy o rzeczywistościach równoległych… Jesteśmy wszystkim i wszystkimi w tym samym czasie – czasie, który zresztą też nie istnieje. Zapominamy o tym, bo codziennie prasa, radio i telewizja bombardują nas wiadomościami. Jeśli pogodzimy się z jednością, nie potrzeba nam nic więcej. Poznamy sens życia na jedną krótką chwilę, ale ta krótka chwila da nam siłę, żeby dotrzeć do tego, co nazywamy śmiercią. Śmierć tak naprawdę to przejście do czasu cyklicznego. Czy jasno ci to wytłumaczyłem?

– Jak najbardziej. A ja mam zamiar pójść na wielki bazar – pewnie jest taki w Stambule – gdzie ludzie pracujący bez wytchnienia próbują pokazać nielicznym turystom najczystszą ekspresję płynącą z serca: rzemiosło. Oczywiście nie zamierzam niczego kupować, jak się pewnie domyślasz, i to nie z powodu forsy, tylko po prostu nie mam już miejsca w plecaku. Ale chciałabym przynajmniej wyrazić im mój podziw i szacunek dla ich kunsztu. Bo dla mnie, pomimo lekcji filozofii, której mi udzieliłeś, jedynym językiem jest Piękno.

Podeszła do okna, jej naga sylwetka uwypukliła się na tle słońca. Owszem, bywała irytująca, ale czuł do niej głęboki szacunek. Kiedy wychodził z hotelu, przemknęło mu przez głowę, że może lepiej byłoby pójść z nią na bazar, bo choć przeczytał sporo o sufizmie, będzie mu trudno dostać się do tego hermetycznego świata.

Karla patrzyła za nim stojąc w oknie. Dlaczego nie poprosił, żeby z nim poszła? Przecież mieli przed sobą jeszcze sześć dni, więc bazar może poczekać… A poznanie tej duchowej tradycji z pewnością byłoby niezapomnianym przeżyciem.

I po raz kolejny, choć tak bardzo starali się nawzajem odnaleźć, rozeszli się w przeciwne strony…

Karla spotkała się z resztą pasażerów w recepcji na dole. Każdy zapraszał ją na wyjątkowy spacer – do Błękitnego Meczetu, do Hagia Sofia, do muzeum archeologicznego... W mieście nie brakowało miejsc godnych zwiedzania, jak choćby gigantyczna cysterna z dwunastoma rzędami kolumn (w sumie, jak ktoś policzył, było ich

336), która dawniej służyła jako zbiornik wody, przeznaczony dla cesarzy bizantyjskich. Karla przeprosiła jednak, powiedziała, że ma inne plany. Nikt nie dopytywał jakie, tak samo jak nikt nie pytał o minioną noc, którą spędziła z Brazylijczykiem. Zjedli wspólnie śniadanie i każdy ruszył w swoją stronę.

Było mało prawdopodobne, że cel Karli będzie opisany w przewodniku turystycznym. Zeszła na brzeg Cieśniny Bosforskiej i zapatrzyła się w czerwony most, który oddzielał Europę od Azji. Most, łączący dwa tak różne kontynenty, tak odmienne i tak dalekie! Wypaliła dwa albo trzy papierosy, rozpięła kołnierzyk bluzki, posiedziała chwilę na słońcu, póki nie zaczepiło jej paru mężczyzn, którzy próbowali nawiązać z nią rozmowę, a zatem znowu zapięła bluzkę pod szyję i zmieniła miejsce.

Odkąd podróż stała się dla wszystkich monotonna, Karla zaczęła robić rachunek sumienia: „Z jakiego powodu chcę dotrzeć do Nepalu? Nigdy nie wierzyłam za bardzo w takie rzeczy. Moje luterańskie wychowanie jest silniejsze niż kadzidełka, mantry, joga, kontemplacja, święte księgi i ezoteryczne sekty". Nie musiała jechać do Katmandu, żeby szukać odpowiedzi, bo już je znała. Miała dość przymusu udowadniania, że jest silna i odważna, była zmęczona swoją ciągłą napastliwością, niekontrolowanym duchem współzawodnictwa. Przez całe życie pragnęła być lepsza od innych, ale nigdy nie zdołała być lepsza od samej siebie. Przyzwyczaiła się być tym, kim jest, chociaż była jeszcze na to za młoda.

Pragnęła zmian, ale nie potrafiła sama się zmienić.

Chciała powiedzieć Brazylijczykowi coś więcej, sprawić, żeby uwierzył, że jest dla niej coraz ważniejszy. Odczuła niezdrową satysfakcję dowiedziawszy się, że Paulo czuje się winny, iż w nocy nie sprostał jej oczekiwaniom. Nie kiwnęła jednak palcem, żeby uwierzył, że jest inaczej. Mogła powiedzieć: „Kochanie (kochanie?), nie przejmuj się, za pierwszym razem zawsze tak jest, oswoimy się ze sobą powoli, krok po kroku".

Ale jej charakter nie pozwalał zbliżyć się do niego, jak i zresztą do innych. Albo brakowało jej cierpliwości, albo jej partnerzy nie współpracowali, nie chcieli zaakceptować jej taką, jaka była... Zazwyczaj szybko uciekali, nie próbowali rozbić lodowej ściany, za którą się ukryła.

•

Czuła, że potrafi jeszcze kochać nie oczekując niczego w zamian, ani nagród, ani zmian, ani poświęceń.

Kochała już wiele razy. I za każdym razem energia miłości przeobrażała jej świat. Ale zazwyczaj ten stan nie trwał długo – nie potrafiła kochać na długi dystans.

Chciałaby być niczym amfora, w której Wielka Miłość składa w darze owoce i kwiaty, gdzie żywa woda utrzymuje ich świeżość, jakby były przed chwilą zebrane, żeby je ofiarować temu, kto ma odwagę – tak, to było dokładnie to słowo, odwagę – je przyjąć. Lecz nikt taki się nie pojawił, a raczej ci, którzy się pojawiali, szybko uciekali przerażeni, bo wcale nie była amforą, tylko burzą, miotającą błyskawice i pioruny, niosącą porywisty wiatr, była siłą natury, której się nie da ujarzmić. Można ją w ostateczności wykorzystać do puszczenia w ruch skrzydeł wiatraka, oświetlenia miasta, budzenia trwogi.

Pragnęła, żeby mężczyźni dostrzegali w niej piękno, a oni widzieli tylko tajfun i nawet nie próbowali chronić się przed nim. Woleli uciec w bezpieczne miejsce.

Znów pomyślała o swojej rodzinie, która choć bardzo religijna, nigdy nie próbowała niczego jej narzucać. Oczywiście, parę razy w dzieciństwie oberwała klapsa, jak wszystkie dzieci z sąsiedztwa, to była normalna rzecz i nie miała z tego powodu traumy.

Była zdolną uczennicą, świetnie wysportowaną, najładniejszą dziewczyną w klasie (wiedziała o tym), nigdy nie miała trudności w zdobyciu chłopaka, a jednak wolała być sama.

Być sama. To była jej wielka przyjemność i powód, dla którego marzyła o wyprawie do Nepalu, o zamieszkaniu w jaskini, gdzie mogłaby medytować w samotności, aż straci zęby i posiwieje, aż okoliczni wieśniacy przestaną jej przynosić jedzenie, aż obejrzy ostatni zachód słońca na ośnieżonych szczytach – oto czego najbardziej sobie życzyła.

Sama.

Koleżanki ze szkoły zazdrościły jej łatwości w nawiązywaniu znajomości z chłopakami, przyjaciele ze studiów podziwiali ją za niezależność, za to, że zawsze wiedziała, czego chce, koledzy z pracy byli zachwyceni jej twórczą inwencją. Krótko mówiąc, była kobietą idealną, królową gór, lwicą i zbawczynią zbłąkanych dusz. Odkąd skończyła osiemnaście lat, wielu mężczyzn prosiło ją o rękę. Pretendenci byli bardzo różni, najczęściej bogaci, i obsypywali ją drogimi prezentami czy biżuterią (nawiasem mówiąc, za dwa spieniężone pierścionki z brylantem kupiła bilet do Nepalu, a reszta wystarczy jeszcze na długo).

Ilekroć obdarowywano ją jakimś drogim podarkiem, uczciwie uprzedzała, że w razie zerwania nie zwróci go. Mężczyźni śmiali się, bo przez całe życie przyzwyczaili się do wyzwań ze strony innych, silniejszych mężczyzn i nie brali jej słów na serio. Koniec końców wpadali w przepaść, którą ona tworzyła wokół siebie, i orientowali się poniewczasie, że tak naprawdę nigdy nie zbliżyli się do tej fascynującej dziewczyny, że tylko zatrzymali się na chybotliwym moście splecionym z lian, który nie był w stanie utrzymać ciężaru szarej codzienności i rutyny. Kiedy następowało rozstanie – po tygodniu czy miesiącu – nie musiała nic wyjaśniać, a odrzuceni zalotnicy nie mieli odwagi żądać zwrotu podarunków.

W końcu jeden z nich, w trzecim dniu związku, kiedy jedli śniadanie w łóżku w luksusowym hotelu w Paryżu, do którego pojechali na promocję jakiejś książki (wyjazdu do Paryża się nie odrzuca – to była jej dewiza), powiedział coś, co dobrze zapamiętała:

– Masz depresję.

Wybuchnęła śmiechem. Ledwie się znali, poprzedniego wieczoru byli razem w wykwintnej restauracji, pili najlepsze wino i najlepszego szampana, a facet jej mówi takie rzeczy?

– Nie śmiej się. Cierpisz na depresję albo na stany lękowe, albo i na to, i na to. Jedno jest pewne – z wiekiem wkroczysz na drogę bez powrotu. Przygotuj się na to zawczasu.

Chciała zaprotestować, zapewnić, że jest szczęściarą, że ma wspaniałą rodzinę, pasjonującą pracę, podziw otoczenia, ale z jej ust wyszły zupełnie inne słowa:

– Jakim prawem mi to mówisz?

Rzuciła mu spojrzenie pełne pogardy. Mężczyzna, którego imię uznała za punkt honoru zapomnieć jeszcze tego samego popołudnia, powiedział, że wolałby nie wchodzić w szczegóły; że jest psychiatrą, i że to nie czas i miejsce na takie rozmowy.

Jednak nie dawała za wygraną. I być może w końcu by jej powiedział, bo w tamtej chwili Karla miała wrażenie, że on marzy o tym, żeby spędzić z nią resztę życia.

– Skąd wiesz, że mam depresję, skoro ledwie się znamy?

– Bo przez 48 godzin miałem przyjemność cię obserwować. I na wieczorze autorskim we wtorek i wczoraj na kolacji. Czy ty już kogoś w życiu kochałaś?

– Tak, wiele razy.

Oczywiście to było kłamstwo.

– Co to dla ciebie znaczy kochać?

To pytanie przeraziło ją tak bardzo, że próbowała odpowiedzieć, wysilając całą swoją inwencję.

– To znaczy pozwolić na wszystko. Nie myśleć o wschodach słońca czy o zaczarowanych lasach, nie walczyć z nurtem strumienia, pozwolić się porwać radości. To dla mnie znaczy kochać – powiedziała spokojnie, już bez lęku.

– Mów dalej...

– I być człowiekiem wolnym, sprawić, żeby osoba, z którą jesteśmy, nie czuła się zniewolona. Miłość to uczucie spokojne, pogodne, powiedziałabym, że trochę samotne. To kochać dla samej miłości, bez powodu, nie po to, żeby brać ślub, mieć dzieci, pieniądze i wygodne życie.

– Piękne słowa. Ale ponieważ jesteśmy razem, radzę ci, żebyś przemyślała to, co przed chwilą powiedziałaś. Nie psujmy sobie pobytu w tym wyjątkowym mieście, ja – zmuszaniem ciebie do rozmyślań nad sobą, a ty – zmuszaniem mnie do udzielania porad lekarskich.

„W porządku, ma rację. Tylko kto mu pozwolił stawiać mi diagnozę, że mam depresję albo stany lękowe? Dlaczego tak mało go interesuje to, co mam mu do powiedzenia?".

– A jaki niby miałby być powód tej mojej depresji?

– Jedną z możliwych odpowiedzi jest, że do tej pory nikogo nie kochałaś naprawdę. Ale w tym stadium taka odpowiedź niczemu nie służy. Znam mnóstwo ludzi przygnębionych, którzy przychodzą do mnie po poradę, z tego powodu, powiedzmy, że kochają i ufają ponad miarę. Według mnie – taka jest moja opinia i może nie powinienem ci tego mówić – twoja depresja jest raczej natury fizjologicznej, brakuje ci jakiegoś hormonu, może serotoniny, może dopaminy... W twoim przypadku raczej nie noradrenaliny.

– To znaczy, że depresja ma podłoże chemiczne?

– Nic podobnego. Istnieje mnóstwo czynników. Ale może byśmy się przeszli bulwarami nad Sekwaną?

– Dobrze, ale najpierw skończ swój wywód. Jakie czynniki?

– Powiedziałaś, że miłość można przeżywać w samotności. Z pewnością, ale to dotyczy tylko ludzi, którzy postanowili poświęcić życie Bogu lub bliźnim. Świętych, wizjonerów, rewolucjonistów. Ja mówię o miłości w ludzkim wymiarze, miłości, która się ujawnia tylko wtedy, kiedy jesteśmy blisko ukochanej osoby. O miłości, która potrafi wywołać ogromne cierpienie, jeśli nie jesteśmy w stanie jej wyrazić lub jeśli nie zauważa jej nasz ukochany czy ukochana. Jestem pewien, że masz depresję, bo nigdy nie jesteś tak naprawdę obecna. Masz rozbiegane oczy, nie ma w nich blasku, widzę w nich tylko znużenie. Podczas wieczoru autorskiego zauważyłem, że robiłaś nadludzkie wysiłki, żeby nawiązać kontakt z ludźmi. Pewnie wszyscy wydawali ci się nudni, gorsi, banalni.

Wstał z łóżka:

– Mam dosyć. Idę się wykąpać. Możesz chcesz iść pierwsza?

– Ty idź pierwszy. Muszę zrobić porządek w walizce. Nie śpiesz się. Chętnie pobędę chwilę sama, żeby przetrawić to, co usłyszałam. Naprawdę, potrzebuję pół godziny.

Zanim wszedł do łazienki, uśmiechnął się ironicznie, jakby chciał powiedzieć „a nie mówiłem?". W ciągu pięciu minut Karla ubrała się i spakowała. Po cichutku otworzyła i zamknęła drzwi. Zeszła do hallu głównego, skinęła pracownikom hotelu, którzy patrzyli na nią ze zdziwieniem. W zasadzie powinna wyjaśnić, dlaczego wychodzi z bagażami, a nie zapłaciła rachunku, ale apartament hotelowy nie był wynajęty na jej nazwisko, więc nikt jej o nic nie pytał.

Podeszła do recepcjonisty i spytała o najbliższy lot do Holandii.

– Do jakiego miasta?

– Nieważne, jestem Holenderką, więc się nie zgubię.

Najbliższy samolot odlatywał o drugiej piętnaście.

– Czy życzy sobie pani, żebyśmy kupili bilet i obciążyli rachunek za pokój?

Zawahała się, pomyślała, że może powinna zemścić się na mężczyźnie, który czytał w jej duszy bez jej zgody, a na dodatek mógł się mylić.

Powiedziała jednak:

– Nie, dziękuję, zapłacę gotówką.

Zawsze starała się być niezależna od mężczyzn, których czasem wybierała na towarzyszy podróży.

•

Wróciła do teraźniejszości i jeszcze raz spojrzała na czerwony most. Przypomniała sobie wszystko, co czytała na temat depresji, a także to, czego nie czytała, bo zaczęło ją to za bardzo przerażać i postanowiła, że z chwilą, kiedy przeprawi się przez ten most, stanie się inną kobietą. Przestanie zakochiwać się w przypadkowych facetach, takich jak choćby Paulo, który mieszka na drugim krańcu świata. Będzie jej go brakowało, ale albo zrobi wszystko, żeby być z nim, albo będzie medytować i go wspominać w jaskini w Nepalu. Jednego była pewna – nie będzie dłużej tak żyć. Ma wszystko, tylko nie umie z tego korzystać.

Paulo stał przed drzwiami bez szyldu czy wizytówki, w wąskiej uliczce zabudowanej domami, które wyglądały na opuszczone. Po wielu wysiłkach, po wielu dociekaniach, udało mu się znaleźć ośrodek sufizmu, ale nie miał pewności, czy spotka tam wirujących derwiszy. Żeby znaleźć to miejsce, poszedł najpierw na Kryty Bazar (gdzie miał nadzieję spotkać Karlę, niestety nadzieja okazała się płonna) i zaczął naśladować święty taniec, powtarzając bardzo wyraźnie słowo „derwisz". Wielu ludzi się śmiało, inni mijali go szerokim łukiem, myśląc, że jest szaleńcem albo z obawy, że wpadną w jego szeroko rozpostarte ramiona.

Nie zniechęcał się, bo na paru kramach widział charakterystyczne stożkowate nakrycia głowy, jakie na ogół kojarzono z Turkami. Kupił jedną taką czapkę, założył na głowę i szedł dalej od stoiska do stoiska, kręcąc się w kółko z rozpostartymi ramionami, wskazując na nakrycie głowy i powtarzając słowo „derwisz", pytał, gdzie można spotkać ludzi, którzy oddają się takim praktykom. Tym razem nikt się nie śmiał, ludzie mówili coś między sobą po turecku i przypatrywali mu się z powagą. Paulo nie dawał za wygraną, ale już był trochę zmęczony swoją pantomimą. Pomyślał, że mógłby kontynuować poszukiwania innego dnia, a teraz zwiedzić trochę dokładniej Kryty Bazar...

Wtedy podszedł do niego człowiek z siwą głową. Wyglądało na to, że zrozumiał, o co mu chodzi, bo spytał zdziwionym tonem:

– *Darvesh*?

Tak to się chyba wymawiało po turecku, po prostu go nie rozumieli. Jakby na potwierdzenie, starzec zaczął naśladować ruchy wirujących derwiszy, po czym zatrzymał się i spojrzał na Paula z niedowierzaniem.

– *You Muslim?* – spytał łamaną angielszczyzną.

Paulo pokręcił przecząco głową.

– *No!* – mężczyzna pokręcił głową. – *Only Islam!*

Paulo stanął naprzeciwko niego.

– Poeta Rumi! *Darvesh*! Sufi!

Imię Rumiego i słowo „poeta" chyba skruszyło serce starszego pana, bo chociaż udawał oburzenie i złość, wziął Paula pod pachę, wyciągnął z Bazaru, zaprowadził krętymi uliczkami pod stary, popadający w ruinę dom i tam go zostawił. Paulo zapukał do drzwi, bo cóż innego mógł zrobić?

Długo się dobijał, ale nikt nie otwierał. W końcu nacisnął klamkę. Drzwi nie stawiały oporu. Czy mógł tak po prostu wejść? A jeśli go oskarżą o włamanie? Może rzeczywiście, jak mówią, w opuszczonych domach trzymają bezpańskie psy, żeby nie osiedlili się w nich żebracy?

Uchylił drzwi, ale zamiast oczekiwanego ujadania psów, z oddali doszedł go tylko głos, mówiący coś w języku, który po chwili rozpoznał jako angielski, chociaż nie rozumiał sensu słów. Jednocześnie wyczuł w powietrzu coś, co nie mogło go zmylić: zapach kadzidełka.

Wytężył słuch i próbował zrozumieć, co mówi ten niski głos. Bezskutecznie. Musiał wejść do środka. Co miał do stracenia? W najgorszym wypadku go wyrzucą. Zupełnie niespodziewanie był o dwa kroki od spełnienia jednego ze swoich marzeń: poznać wirujących derwiszy. Musiał zaryzykować.

Wszedł i zamknął za sobą drzwi. Kiedy jego wzrok stopniowo przywykł do ciemności, zobaczył, że znalazł się w jakimś starym i pustym magazynie. Pomieszczenie było większe niż się spodziewał, o ścianach pomalowanych na zielono, ze zniszczoną przez czas podłogą z drewnianych desek. Przez okna z wybitymi szybami wpadało skąpe światło, dzięki czemu dostrzegł w kącie starca siedzącego na plastikowym krześle, który na widok niespodziewanego gościa natychmiast przerwał swoją litanię.

Powiedział kilka słów po turecku, ale Paulo pokręcił głową. Mężczyzna też pokręcił głową z wściekłością, oburzony, że ktoś przerwał mu ważny rytuał.

– Czego chcesz? – spytał po angielsku z silnym francuskim akcentem.

Co odpowiedzieć, jeśli nie prawdę?

– Spotkać wirujących derwiszy.

Mężczyzna wybuchnął śmiechem.

– Wspaniale! Czyli jesteś tu z tego samego powodu co ja: pewnego dnia przyjechałem tu z Tarbes, niewielkiego miasta we francuskich Pirenejach, w poszukiwaniu wiedzy i mądrości. Właśnie tego szukasz, prawda? Więc zrób to, co ja, kiedy tu dotarłem. Czytaj przez tysiąc i jeden dni pisma poety, ucz się na pamięć wszystkiego, co napisał, odpowiadaj na każde pytanie, które zada ci byle kto na temat mądrości płynącej z jego wierszy i wtedy możesz rozpocząć naukę. Ponieważ twój głos złączy się z głosem Oświeconego i z jego wersami napisanymi osiemset lat temu.

– Rumi?

Słysząc to nazwisko, mężczyzna pochylił nisko głowę na znak szacunku. Paulo usiadł na podłodze.

– Jak mogę się uczyć? Przeczytałem już mnóstwo jego wierszy, ale ciągle nie rozumiem, jak zastosować je w praktyce, jak wprowadzić je w życie?

– Człowiek poszukujący duchowości bardzo mało wie, bo tylko czyta na ten temat i próbuje wypełnić swój umysł tym, co uważa za mądre. Sprzedaj swoje książki, kup szaleństwo i olśnienie, wtedy znajdziesz się odrobinę bliżej mądrości. Książki przynoszą opinie i wiedzę, analizy i porównania, natomiast święty płomień szaleństwa wiedzie nas do prawdy.

– Nie mam ze sobą książek. Przybyłem tu w poszukiwaniu doświadczenia, w tym wypadku poprzez taniec.

– To nie jest taniec, lecz poszukiwanie prawdy. A powód, to cień Allaha. Jaką moc ma w sobie cień wobec słońca? Żadnej. Wyjdź z cienia, idź do słońca, i pogódź się z tym, że jego promienie mogą inspirować mocniej niż słowa mądrości.

Mówiąc to, starzec wskazał na wąską szczelinę, przez którą wpadał promień światła, oddaloną o jakieś dziesięć metrów od jego krzesła. Paulo poszedł tam.

– Pokłoń się słońcu. Pozwól, żeby wypełniło twoją duszę. Wiedza jest ułudą, uniesienie – rzeczywistością. Wiedza przepełnia nas poczuciem winy. Uniesienie łączy nas z Tym, który jest Wszechświatem jeszcze przed jego powstaniem i po jego zniszczeniu. Wiedza to próba umycia się piaskiem, kiedy tuż obok istnieje studnia z krystaliczną wodą.

W tym dokładnie momencie z minaretów popłynęły dźwięki słów muezina i wypełniły całe miasto – było

to wezwanie do modlitwy. Paulo zwrócił twarz ku promykowi słońca, w którym tańczyły drobinki kurzu i po hałasie dobiegającym za jego plecami zorientował się, że starzec odwrócił twarz w stronę Mekki, padł na kolana i zaczął się modlić. Próbował oczyścić swój umysł, co w miejscu pozbawionym wszelkich ozdób, nawet pięknie wykaligrafowanych wersetów z Koranu, nie było trudne. Znalazł się w całkowitej pustce, daleko od swojego kraju, od przyjaciół, od tego wszystkiego, czego się nauczył, od tego, czego chciał się nauczyć, daleko od zła i dobra. Był tu. Tylko tu i teraz.

Złożył głęboki ukłon, podniósł głowę, otworzył szeroko oczy i wiedział, że słońce do niego mówi, nie po to, żeby go czegokolwiek nauczyć, po prostu pozwala, aby jego blask wypełnił wszystko wokół niego.

Mój miły, moje światło, niech twoja dusza pozostanie w wiecznym uwielbieniu. Wcześniej czy później będziesz musiał opuścić to miejsce, w którym jesteś i powrócić do swoich bliskich, bo jeszcze nie nadszedł czas, żebyś wszystko porzucił. Ale Największy Dar zwany Miłością sprawi, że staniesz się narzędziem Moich słów, słów, które słyszysz, choć ich nie wypowiadam.

Jeśli poddasz się Wielkiej Ciszy, nauczysz się od niej wiele. Ciszę można przełożyć na słowa, i taki będzie twój los, lecz kiedy to nastąpi, nie próbuj wyjaśniać Tajemnicy, lecz spraw, żeby ludzie ją szanowali.

Chcesz być pielgrzymem na ścieżce Światła? Naucz się iść przez pustynię. Rozmawiaj ze swoim sercem, bo słowa są tylko przypadkowe i choć potrzebujesz ich, żeby porozumieć się z innymi, nie daj się zwieść ich znaczeniu i interpretacji. Ludzie słyszą to, co chcą słyszeć. Nigdy nie próbuj przekonywać nikogo na siłę. Podążaj jedynie za swoim przeznaczeniem bez lęku albo z lękiem, ale idź swoją drogą.

Chcesz sięgnąć nieba i dotrzeć do mnie? Naucz się latać i niech cię niosą oba skrzydła – dyscyplina i miłosierdzie.

Świątynie, kościoły i meczety pełne są ludzi, którzy boją się tego, co na zewnątrz i pozwalają indoktrynować się martwymi słowami. Moją świątynią jest świat, nie opuszczaj mojej świątyni. Pozostań w niej, nawet jak będzie ci trudno, nawet jeśli inni będą się z ciebie śmiać.

Mów, ale nie staraj się przekonywać. Nie przyjmuj nigdy uczniów ani ludzi, którzy wierzą w twoje słowa, bo wtedy przestaną wierzyć w to, co podpowiada im ich serce. A powinni słuchać tylko głosu własnego serca.

Wędrujcie razem, pijcie i cieszcie się życiem, ale zachowujcie dystans, żebyście nie musieli podpierać się sobą. Upadek to także część podróży i każdy musi się nauczyć podnosić sam.

Głosy z minaretów umilkły. Czy długo rozmawiał ze słońcem? Promień oświetlał teraz inne miejsce, z dala od niego. Odwrócił się i zobaczył, że starca, człowieka, który przebył tak daleką drogę, żeby szukać tego, co mógł odnaleźć w górach w swojej okolicy, już nie ma. Był sam.

Czas wracać do hotelu. Poczuł, że powoli wchłaniał

go święty płomień szaleństwa. Nie musiał nikomu wyjaśniać, gdzie był. Wiedział, że ma w oczach nowy blask i miał nadzieję, że tej odmiany nikt nie zauważy.

Zapalił ostatnie kadzidełko, które znalazł przy krześle i wyszedł. Zamknął drzwi, ale wiedział, że dla tych, którzy pragną przekroczyć próg, drzwi zawsze stoją otworem. Wystarczy nacisnąć klamkę.

Dziennikarka z agencji France Presse była oburzona, że wysłano ją na wywiad z hipisami (hipisami!) gdzieś w Turcji. Z tymi ludźmi, którzy podróżowali do Azji autokarem, jak wielu emigrantów, którzy jechali w przeciwnym kierunku, wabieni bogactwem i perspektywami, które obiecywała Europa. Nie była uprzedzona ani do jednych, ani do drugich, ale teraz kiedy zaczęły się konflikty na Bliskim Wschodzie, teleks bez przerwy wypluwał alarmujące wiadomości. Krążyły pogłoski, że w Jugosławii dochodziło do bratobójczych walk, Grecja była o krok od wojny z Turkami, Kurdowie domagali się autonomii, a turecki prezydent nie wiedział, co robić, Stambuł stał się gniazdem szpiegów, agentów KGB i CIA, król Jordanii zdusił rebelię, Palestyńczycy poprzysięgli zemstę... Co ona właściwie robiła w tym podrzędnym hotelu?

Miała wykonać polecenie, to wszystko. Odebrała telefon od kierowcy Magic Busa, sympatycznego Brytyjczyka, który wydawał się obieżyświatem i czekał na nią w hotelowym lobby. Wyraźnie, podobnie jak ona, nie rozumiał zainteresowania prasy zagranicznej tym tematem, ale obiecał pomóc w miarę swoich możliwości.

W lobby nie było żadnego hipisa, z wyjątkiem osobnika wyglądającego jak Rasputin i mężczyzny na oko pięćdziesięcioletniego ubranego dość porządnie, w towarzystwie młodej dziewczyny.

– On odpowie na pani pytania – oznajmił kierowca. – Jest Francuzem.

„Na szczęście!”, odetchnęła dziennikarka. „Wywiad pójdzie szybko i gładko”. Zanotowała jego dane: Jacques, 47 lat, urodzony w Amiens, były dyrektor marketingu wiodącej francuskiej firmy kosmetycznej, rozwiedziony.

– Jak pan zapewne wie, przygotowuję reportaż dla agencji France Presse na temat tego ruchu, który, jak czytałam, powstał w Stanach Zjednoczonych... – w ostatniej chwili ugryzła się w język i nie dodała: „ruchu rozpieszczonych maminsynków, którzy nie mają nic do roboty” – ...i rozprzestrzenił się z szybkością wiatru na całym świecie.

Jacques pokiwał głową, a tymczasem dziennikarka dodała w duchu: „a dokładnie tam, gdzie się znajdują największe światowe fortuny”.

– Co chciałaby pani wiedzieć konkretnie? – spytał Jacques, żałując, że zgodził się na ten wywiad zamiast zwiedzać miasto i bawić się ze znajomymi.

– Krótko mówiąc, wiemy, że jest to ruch bez zahamowań i uprzedzeń, że skupia się wokół narkotyków, muzyki, koncertów pod gołym niebem, gdzie wszystko jest dozwolone, podróży, oraz absolutnej pogardy do wszystkich, którzy walczą teraz o ideały, o społeczeństwo wolne i sprawiedliwe....

– To znaczy?

– Pogardy dla tych, którzy walczą o wolność narodów uciskanych, których boli niesprawiedliwość. Dla tych, którzy biorą udział w walce klas, przelewając krew i poświęcając życie, żeby socjalizm, jedyna przyszłość ludzkości, nie pozostał utopią, tylko stał się w końcu rzeczywistością.

Jacques pokiwał głową. Nie było sensu odpowiadać na prowokacje tego rodzaju, jeśli nie chciał stracić tego pierwszego wspaniałego dnia w Stambule. Przygotował się na cierpliwe wysłuchanie wywodów dziennikarki.

– Ci ludzie mają bardzo swobodne podejście do seksu, powiedziałabym wręcz rozwiązłe, a podstarzali faceci nie wstydzą się prowadzać z dziewczynami w wieku ich...

Jacques miał zamiar puścić to mimo uszu, ale nie zdążył, bo ktoś odpowiedział za niego.

– Dziewczyna w wieku jego córki – podejrzewam, że chodzi o mnie – to ponad wszelką wątpliwość jego córka. Nie przedstawiono nas. Mam na imię Marie, lat 20, urodziłam się w Lisieux. Studiuję nauki polityczne, uwielbiam Camusa i Simone de Beauvoir. Słucham Dave'a Brubecka, Grateful Dead i Ravi Shankara. Właśnie piszę pracę dyplomową na temat, jak to się stało, że socjalistyczny raj, za który ludzie oddawali życie, zwany także Związkiem Radzieckim, stał się takim samym ciemiężcą, jak dyktatury narzucone w krajach Trzeciego Świata przez kraje kapitalistyczne, takie jak Stany Zjednoczone, Wielka Brytania, Belgia czy Francja. Mam coś jeszcze dodać?

Dziennikarka przełknęła zniewagę, podziękowała za informacje, przez chwilę zastanawiała się, czy dziewczyna nie kłamie i doszła do wniosku, że jednak nie. Starała się ukryć zmieszanie i pomyślała, że to właśnie może być kanwą jej reportażu: historia człowieka, byłego dyrektora marketingu dużej francuskiej firmy, który w momencie kryzysu egzystencjalnego postanawia rzucić wszystko i zabrać córkę w podróż po świecie, gwiżdżąc na ryzyko, na jakie naraża to dziecko, no, powiedzmy, młodą kobietę. Sądząc po jej wypowiedzi trochę zbyt poważną jak na swój wiek. Dziennikarka, której przytarto nos, przegrała w pierwszej rundzie, ale się nie poddawała.

– Zażywałaś już narkotyki?

– Jasne. Marihuanę, wywar z grzybków halucynogennych, jakieś specyfiki chemiczne, ale źle na mnie działały. Za to nigdy nie próbowałam heroiny, kokainy czy opium.

Dziennikarka spojrzała spod oka na ojca, który z niewzruszonym spokojem przysłuchiwał się rozmowie.

– Uważasz, że jesteś wolna i możesz sypiać z kim ci się podoba?

– Odkąd wynaleziono środki antykoncepcyjne, nie widzę powodu, żeby myśleć inaczej.

– Uprawiasz wolną miłość?

– To nie pani interes.

Słysząc, że rozmowa zmierza w złym kierunku, Jacques postanowił się wtrącić.

– Chyba jesteśmy tu po to, żeby rozmawiać o hipisach? Bardzo dobrze zdefiniowała pani naszą filozofię. Co jeszcze chciałaby pani wiedzieć?

„Naszą filozofię"? Dziennikarka poczuła się urażona. Facet pod pięćdziesiątkę mówi takim językiem?

– Na przykład, dlaczego jedziecie do Nepalu autobusem. Z tego co mogę wnioskować z waszego sposobu bycia, z paru szczegółów waszego ubioru, stać was chyba na samolot?

– Dla mnie najważniejsza jest podróż. Mam ochotę poznać innych ludzi, niż tych, których spotykałem w klasie biznesowej na pokładzie Air France, gdzie nikt nie rozmawia z sąsiadem, nawet podczas dwunastogodzinnego lotu.

– Rozumiem, ale istnieją przecież…

– Tak, są wygodniejsze pojazdy od tego rozklekotanego, szkolnego autobusu z fatalnym zawieszeniem, bez rozkładanych siedzeń. Chyba to chciała pani powiedzieć? Tak się składa, że w moim poprzednim wcieleniu, kiedy byłem dyrektorem marketingu, poznałem wszystkich, których należało znać. I prawdę mówiąc, wszyscy byli bardzo do siebie podobni. Ta sama chęć rywalizacji, takie same zainteresowania, ta sama ostentacja. Środowisko tak odmienne od tego, które znałem w dzieciństwie, kiedy pomagałem ojcu na polu pod Amiens.

Dziennikarka, świadoma, że znowu znalazła się na przegranej pozycji, wertowała gorliwie swoje notatki. Twarde sztuki, tych dwoje.

– Czegoś pani szuka?

– Moich notatek o hipisach.

– Przecież pani już wszystko podsumowała: seks, narkotyki, podróże i rock'n'roll.

Ten Francuz wyjątkowo działał jej na nerwy.

– Może tak się panu wydaje, ale w rzeczywistości to dużo więcej.

– Ach tak? Proszę mnie oświecić, bo zanim Marie, która zauważyła, jak się męczę, przekonała mnie do tej wspólnej podróży, nie miałem czasu zagłębić się w szczegóły.

Dziennikarka wykręciła się od odpowiedzi, twierdząc, że wszystko już wie, a w duchu dodała, że do swego wywiadu dorzuci jakieś szczegóły, bo i tak nikt się nie zorientuje. Ale Jacques był uparty.

– Napije się pani kawy albo herbaty?

„Kawy, mam już dość przesłodzonej herbaty z miętą".

– Może kawy.

– Po turecku czy espresso?

„Po turecku, naturalnie, jestem przecież w Turcji. Co za idiotyczny pomysł, żeby przepuszczać kawę przez zaparzacz, zanim kawa naciągnie".

– Poproszę po turecku

– Świetnie. Sądzę, że ja i moja córka zasługujemy na to, żeby się czegoś więcej dowiedzieć. Nie wiemy, na przykład, skąd się wzięło słowo „hipis".

Udała, że nie słyszy ironii w jego głosie i dalej prowadziła swoją grę. Strasznie potrzebowała napić się kawy.

– Nikt tego nie wie. Ale jeśli, jak na prawdziwych Francuzów przystało, chcielibyśmy zdefiniować źródło wszystkiego, to powiedziałabym, że wegetarianizm, wolna miłość i życie wspólnotowe ma swoje korzenie w starożytnej Persji, w kulcie stworzonym przez niejakiego Mazdaka, o którym niewiele wiadomo. Jednak skoro coraz więcej pisze się o tym ruchu, niektórzy dziennikarze odkryli podobne zasady u greckich filozofów, u cyników.

– Cyników?

– Dokładnie. Chociaż ta nazwa ma niewiele wspólnego z dzisiejszym znaczeniem tego słowa. Najsłynniejszym przedstawicielem tego ruchu był Diogenes. Według niego wmówiono nam, że musimy mieć więcej, niż potrzebujemy. I powinniśmy zanegować to, co narzuca nam społeczeństwo i wrócić do pierwotnych wartości – żyć zgodnie z prawami natury, zadowolić się minimum, cieszyć się każdym dniem, odrzucić to, co nam wpojono: władzę, pogoń za zyskiem, chciwość i tak dalej. Dla cyników jedynym celem było uwolnienie się od nadmiaru i cieszenie się każdą chwilą, każdym oddechem. Według legendy Diogenes mieszkał w beczce.

Podszedł do nich kierowca, a hipis o wyglądzie Rasputina, który chyba mówił po francusku, usiadł na podłodze obok nich, żeby lepiej słyszeć. Przyniesiono kawę, co zachęciło dziennikarkę, żeby kontynuować swój profesorski wykład. Cała dotychczasowa wrogość nagle znikła i dziennikarka znalazła się w centrum uwagi.

– Tę filozofię przejęło i rozpowszechniało chrześcijaństwo, mnisi szukający spokoju na pustyni, żeby obcować z Bogiem. Później takie poglądy szerzyli znani filozofowie, tacy jak Amerykanin Thoreau czy też człowiek, który wyzwolił Indie, Mahatma Gandhi. Żyj skromnie, powiadali, żyj skromnie, a będziesz szczęśliwszy.

– Ale w jaki sposób przeobraziło się to w nową modę, w inny styl ubioru, w pewien rodzaj cynizmu i to w dzisiejszym znaczeniu tego słowa, bo przecież hipisi nie ufają ani prawicy, ani lewicy?

– Tego nie wiem. Wydaje się, że sprawiły to wielkie festiwale rockowe, choćby Woodstock, albo muzycy, tacy jak Jerry Garcia, Grateful Dead, Frank Zappa czy Mothers of Invention, którzy zaczęli dawać darmowe koncerty w San Francisco. Ale nie ma nic pewnego. Dlatego tu jestem, żeby was o to spytać.

Spojrzała na zegarek i wstała.

– Przepraszam, muszę już iść. Dziś mam jeszcze dwa wywiady.

Pozbierała swoje notatki, poprawiła ubranie.

– Odprowadzę panią do drzwi – powiedział Jacques.

Jego wrogość wobec dziennikarki rozpłynęła się. Zobaczył w niej profesjonalistkę, która starała się rzetelnie wykonać swoją pracę, a nie wroga, który pojawił się, żeby oczernić swoich rozmówców.

– Dziękuję, nie ma takiej potrzeby. A przede wszystkim, niech się pan nie czuje winny za to, co powiedziała pana córka.

– Proszę nie protestować, ja też muszę już iść.

Wyszli razem. Jacques spytał, czy wie, gdzie jest targ korzenny, nie dlatego, że chciał coś kupić. Po prostu pragnął rozkoszować się zapachem roślin i ziół, bo być może już nigdy nie będzie miał takiej okazji.

Dziennikarka wskazała mu drogę i szybkim krokiem oddaliła się w przeciwną stronę.

Jacques, którego praca przez całe lata polegała na sprzedawaniu ludziom produktów, których nie potrzebowali – co pół roku organizował nowe kampanie reklamowe, żeby poinformować klientów o „nowościach" – w drodze na targ korzenny żałował, że Stambuł nie ma bardziej operatywnego departamentu turystyki. Był zauroczony uliczkami, sklepikami, które mijał, kawiarenkami, jakby zastygłymi w czasie, ich wystrojem, ubiorem ludzi, wąsami... Właściwie czemu większość Turków nosiła wąsy?

Powód odkrył przypadkiem, wchodząc do Café de la Paix, baru, który najlepsze lata miał już za sobą i którego wystrój w stylu Art Nouveau przypominał ukryte i najbardziej wyszukane miejsca w Paryżu. Postanowił napić się już drugiej tego dnia kawy po turecku – naparu z mielonej kawy, serwowanego w miedzianym tygielku z rączką, naczyniu, które widział tylko tu. Miał nadzieję, że jego organizm pozbędzie się do wieczora pobudzającego działania kawy i spokojnie prześpi całą noc. W barze było pusto – oprócz niego był tylko jeden klient. Właściciel widząc, że jest cudzoziemcem, zagaił rozmowę.

Pytał o Francję, Anglię, o Hiszpanię, opowiedział historię swojego lokalu, ciekawiły go wrażenia Jacques'a ze Stambułu („Dopiero przyjechałem, ale wydaje mi się, że powinien być lepiej wypromowany"), co myślał o dwóch wielkich meczetach i o Krytym

Bazarze („Jeszcze tam nie byłem, przyjechałem dopiero wczoraj"), po czym zaczął wychwalać zalety wybornej kawy, jaką parzył. W końcu Jacques mu przerwał:

– Intryguje mnie jedno: jeśli się nie mylę, przynajmniej w tej części miasta, wszyscy mężczyźni noszą wąsy, nawet pan. Czy to taka tradycja? Nie musi pan odpowiadać, jeśli moje pytanie jest nie na miejscu.

Ale właściciel kawiarenki był wniebowzięty.

– Cieszę się, że pan to zauważył. Chyba zresztą po raz pierwszy cudzoziemiec pyta mnie o nasze wąsy. A musi pan wiedzieć, że moja kawa jest tak znana, że wszystkie wielkie hotele polecają moją kawiarnię.

Nie pytając o pozwolenie, przysiadł się do stolika i poprosił kelnera – nastolatka, jeszcze bez zarostu – żeby mu przyniósł herbatę z miętą.

Jacques zauważył, że kawa i herbata z miętą to jedyne napoje, które piją w Turcji.

– Czy ma to związek z religią? – dodał.

– Przepraszam?

– Chodzi mi o to, czy wąsy mają coś wspólnego z religią.

– Nic podobnego! Chodzi o to, żeby pokazać, że jesteśmy mężczyznami. To kwestia honoru i godności. Nauczył mnie tego mój ojciec, który szczycił się bardzo zadbanymi wąsami i zawsze mi powtarzał, że pewnego dnia też będę miał takie. Wyjaśnił mi, że pokolenie moich pradziadków, kiedy przeklęci Anglicy i – za przeproszeniem – Francuzi zaczęli spychać nas do morza, ludzie musieli się określić, po której są stronie. A ponieważ w każdym batalionie działała siatka szpiegowska, postanowili, że znakiem rozpoznawczym będą wąsy. Ich kształt oznaczał, czy ich właściciel jest za, czy przeciw reformom, które Anglicy i – za przeproszeniem – Francuzi chcieli nam narzucić. W zasadzie to nawet nie był znak rozpoznawczy, tylko deklaracja ideowa.

Zatem nosimy wąsy od końca wspaniałego Imperium Osmańskiego, kiedy trzeba było wytyczyć nowy kierunek rozwoju dla naszego kraju. Ci, którzy popierali reformy, nosili wąsy podkręcone do góry w kształcie litery „M". Przeciwnicy reform zapuszczali wąsy opadające w dół, w kształcie odwróconej litery „U".

– A ci, którzy nie byli ani za, ani przeciw?

– Golili cały zarost. Ale to był wstyd dla rodziny, bo mężczyźni bez zarostu przypominają kobiety.

– I te zwyczaje obowiązują do dziś?

– Ojciec wszystkich Turków – Kemal Atatürk, któremu udało się przegnać z kraju uzurpatorów, usadzonych na tronie przez wielkie mocarstwa europejskie, czasami golił wąsy, żeby zmylić wszystkich i pokazać, że to nie ma znaczenia. A jednak tradycje, kiedy się już zakorzenią, trwają. Zresztą, wracając do tego, o czym mówiliśmy na początku, co złego w tym, że ktoś chce okazać swoją męskość za pomocą tego symbolu? My mamy zarost, zwierzęta mają sierść, pióra…

Atatürk, zadumał się Jacques.

Dzielny generał walczący na frontach pierwszej wojny światowej, zapobiegł inwazji, obalił sułtanat, podpisał koniec Imperium Osmańskiego, rozdzielił religię od państwa (wielu twierdziło, że to niemożliwe) i, co zresztą było bardzo ważne dla „tych przeklętych Anglików i Francuzów", odmówił podpisania poniżającego traktatu pokojowego z aliantami. Tak jak Niemcy, siejąc przy okazji ziarno nazizmu. Z czasów, kiedy jego firma zamierzała podbić to byłe imperium, uciekając się do perswazji, ale i przekupstwa, Jacques zapamiętał portrety największej ikony nowoczesnej Turcji: jego wąsy nie miały kształtu ani M, ani odwróconego U. Były na zachodnią modłę prosto przycięte tuż nad górną wargą.

Ileż się dzisiaj dowiedział na temat wąsów i ich tajemnego znaczenia! Spytał, ile jest winien za kawę, ale właściciel machnął ręką – zapłaci następnym razem.

– Wielu arabskich szejków przyjeżdża tu na przeszczep wąsów – zakończył. – Jesteśmy w tej dziedzinie najlepsi na świecie.

•

Jeszcze chwilę porozmawiali, ale niebawem właściciel kawiarenki przeprosił go grzecznie – klienci zaczęli się schodzić na lunch. Dał napiwek młokosowi i wyszedł, dziękując w duchu córce za to, że go dosłownie wyrwała z firmy – nie bez ogromnej odprawy. Wyobraził sobie, że wraca z „wakacji" i opowiada swoim dawnym kolegom z pracy o symbolice wąsów u Turków – uznaliby to za egzotyczną ciekawostkę, ale nic ponadto.

Szedł w stronę targu korzennego i rozmyślał, czemu nie był bardziej uparty i nie namówił swoich rodziców, żeby choć na chwilę porzucili pola w Amiens i wybrali się w podróż? Na początku mieli zawsze pretekst, że to z powodu pieniędzy, bo inwestują w wykształcenie jedynaka. Kiedy otrzymał dyplom z marketingu, dziedziny, o której jego rodzice nie mieli bladego pojęcia, ciągle obiecywali, że wyjadą za rok, za dwa lata... Jak każdy rolnik wiedzieli, że cykl natury jest niezmienny – praca na roli to przeplatające się okresy znojnej pracy: siania, przycinania, zbiorów, z momentami monotonnej bezczynności w oczekiwaniu na rozpoczęcie nowego cyklu.

Tak naprawdę, to nigdy nie mieli dość śmiałości, żeby wypuścić się gdzieś dalej, poza granice jedynego regionu, który znali, tak jakby cały świat był groźnym, złowrogim miejscem, w którym zgubiliby się w gąszczu nieznanych ulic, w obcych miastach pełnych snobów, którzy kpiliby z ich prowincjalnego akcentu. Dla nich świat wszędzie był taki sam, a każdy człowiek był przypisany do swojego miejsca i należało to uszanować.

W dzieciństwie i w młodości ten ich brak ciekawości świata doprowadzał Jacques'a do rozpaczy, ale nic nie mógł na to poradzić. Mógł jedynie prowadzić dorosłe życie zgodnie ze swoim planem: znaleźć dobrą pracę (znalazł), poznać kobietę i ożenić się z nią (tak zrobił w wieku 24 lat), wspinać się po szczeblach kariery, jeździć po świecie (jeździł i obrzydło mu życie na lotniskach, w hotelach i w restauracjach, podczas gdy jego żona czekała w domu i opiekowała się córką, próbując nadać swemu życiu sens), zakończyć zawodową karierę w dyrektorskim fotelu, przejść na emeryturę, wrócić na wieś i umrzeć w miejscu, w którym się urodził.

Po latach, patrząc wstecz, dochodził do wniosku, że mógłby się obyć bez tych wszystkich etapów przejściowych... Ale jego dusza i niepohamowana ciekawość i ambicja pchały go do przodu, do tych niekończących się godzin pracy, którą na początku kochał, ale z czasem znienawidził.

Mógł jeszcze trochę poczekać i odejść z firmy w stosownej chwili. Szybko wspinał się po szczeblach kariery, miał trzykrotnie wyższą pensję niż na początku. Córka, której dorastaniu towarzyszył między jedną podróżą służbową a drugą, zaczęła studiować nauki polityczne. Kiedy się zakochała i przeprowadziła do swojego chłopaka, żona postanowiła się z nim rozwieść, znużona samotnym, jałowym życiem w pustym domu.

Większość jego pomysłów marketingowych (i słowo, i zawód bardzo wówczas modne) przyjmowano przychylnie, nawet jeśli czasami niektóre z nich krytykowali żądni zaszczytów stażyści, ale on nie tracił zimnej krwi i tych, którzy chcieli się wykazać, szybko sprowadzał na ziemię. Bonusy pod koniec roku, obliczane na podstawie zysków firmy, były coraz wyższe. Teraz, gdy został kawalerem z odzysku, bywał na imprezach i podrywał dziewczyny interesujące i interesowne. Kiedy jego nowe przyjaciółki, dla których marka kosmetyków jego firmy była punktem odniesienia, robiły aluzję, że chcą być twarzą marki na plakatach reklamowych, nie mówił ani tak, ani nie, czas mijał, kobiety interesowne go porzucały. Interesujące nalegały na ślub, ale on miał już zaplanowaną przyszłość: popracuje jeszcze dziesięć lat i odejdzie jako zamożny mężczyzna w sile wieku. Zacznie znowu podróżować po świecie, zwłaszcza po Azji, którą słabo znał, i będzie się przyglądał uważnie, co jego córka, która stanie się jego najlepszą przyjaciółką, zechce mu pokazać. Wyobrażał sobie siebie z Marie na brzegu Gangesu i w Himalajach, w Andach i w Ushuaia blisko bieguna południowego. Oczywiście, dopiero kiedy on będzie na emeryturze, a ona skończy studia.

Niestety, dwa wydarzenia wywróciły jego życie do góry nogami...

Pierwsze nastąpiło 3 maja 1968 roku. Po pracy czekał na córkę w swoim gabinecie, mieli razem wrócić metrem do domu. Nagle zdał sobie sprawę, że powinna już być od przeszło godziny. Zostawił jej liścik w recepcji budynku, w którym pracował, niedaleko Saint-Sulpice (firma miała wiele oddziałów, ale ta lokalizacja należała do najbardziej luksusowych) i poszedł w stronę stacji metra.

Po drodze zobaczył, że Paryż stoi w płomieniach! Czarny dym kłębił się w powietrzu, ze wszystkich stron wyły syreny. Pierwsza myśl, jaka mu przyszła do głowy, to że Rosjanie zbombardowali miasto.

Nagle został odepchnięty pod ścianę przez grupkę młodych ludzi, którzy biegli ulicą z twarzami zakrytymi wilgotnymi szmatami, krzycząc: „Precz z dyktaturą!" i jakieś inne hasła, których nie pamięta. Za nimi biegli policjanci w pełnym bojowym rynsztunku i rzucali granaty z gazem łzawiącym. Manifestantów, którzy potknęli się i upadli, natychmiast pałowali.

Poczuł, że oczy mu łzawią od gazu. Nie miał pojęcia, co się dzieje, wiedział jedno – musi odnaleźć córkę. Gdzie ona mogła być? Próbował przebić się w kierunku Sorbony, ale ulice były zablokowane z powodu walk pomiędzy „siłami porządkowymi" a anarchistami. Widok, jak z filmu grozy. Płonące opony, w powietrzu kamienie ciskane w policjantów, koktajle Mołotowa.

Transport publiczny nie funkcjonował, jeszcze więcej gazów łzawiących, krzyki, syreny alarmowe, wyrwane płyty chodnikowe, jeszcze więcej spałowanych młodych ludzi… Ale gdzie się podziewa jego córka?

„Gdzie jest Marie?”.

Byłoby błędem, wręcz samobójstwem, pchać się zbyt blisko starć. Lepiej pójść do domu, bo przecież Marie na pewno będzie próbowała dzwonić i jakoś przeczekać zamieszki, pewnie do rana.

Nigdy nie brał udziału w manifestacjach studenckich, miał inne cele w życiu, ale żadne z tych, które się odbywały w jego studenckich czasach, nie trwały dłużej niż kilka godzin. Jedyne co mu pozostało, to czekać na telefon od córki i tylko o to błagał teraz Boga. Mieszkali w kraju zamożnym, pełnym przywilejów, młodzież miała wszystko, co trzeba, dorośli wiedzieli, że za ciężką pracę dostaną przyzwoitą emeryturę i będą dalej mogli pić najlepsze wino na świecie, delektować się najsmaczniejszą kuchnią na świecie, i chodzić bez strachu, że ich ktoś napadnie w najpiękniejszym mieście na świecie.

Marie zadzwoniła dopiero o drugiej nad ranem. Cały czas miał włączony telewizor, oba kanały telewizji publicznej transmitowały i analizowały na okrągło ostatnie wydarzenia.

– Nie martw się, tato. U mnie wszystko w porządku. Potem ci wszystko opowiem, teraz muszę kończyć, bo inni czekają.

Chciał jeszcze o coś spytać, ale się rozłączyła.

Spędził bezsenną noc. Manifestacje trwały znacznie dłużej, niż przewidywał. Komentatorzy telewizyjni też wydawali się zaskoczeni protestami, które wybuchły niespodziewanie, dosłownie z godziny na godzinę, bez uprzedzenia. Usiłowali uspokoić nastroje, wyjaśnić przyczyny starć z policją. Wypowiadali się bełkotliwie socjologowie, politycy, analitycy, kilku policjantów, nieliczni studenci.

W końcu poziom adrenaliny opadł i Jacques wyczerpany zasnął na kanapie. Kiedy otworzył oczy, był już dzień, czas iść do pracy... Ale w telewizji (zostawił na całą noc włączony telewizor) ostrzegali, żeby nie wychodzić z domu, bo „anarchiści" zajęli budynki uniwersyteckie, stacje metra, blokowali ulice, zatrzymywali samochody. „Pogwałcili podstawowe prawa obywatelskie", oburzał się ktoś na antenie.

Zadzwonił do pracy, nikt nie odbierał. Zatelefonował do siedziby głównej. Jedna z pracownic – mieszkała na przedmieściach i nie mogła wrócić do domu, dlatego została na noc w biurze – powiedziała mu, żeby lepiej nie przychodził, jest tylko parę osób, które mieszkają w pobliżu.

„To nie potrwa długo", zapewniła. Chciał porozmawiać z szefem, ale jego też nie było.

Wbrew oczekiwaniom rozruchy nie osłabły. Przeciwnie, sytuacja pogorszyła się, kiedy wyszło na jaw, jak źle

policja traktowała protestujących.

Studenci okupowali Sorbonę, symbol francuskiej kultury. Profesorowie mieli do wyboru albo przyłączyć się do manifestantów, albo zostać wyrzuconym za mury uczelni. Powstawały różne komitety, zgłaszano rozmaite postulaty, jedne wprowadzano, inne odrzucano. Ton telewizyjnych wypowiedzi nie był już tak nieprzychylny wobec studentów.

Sklepy w jego dzielnicy były zamknięte, z wyjątkiem jednego, który prowadził Hindus. Przed wejściem ustawiła się długa kolejka klientów. Stanął na końcu i przysłuchiwał się komentarzom ludzi: „Dlaczego rząd nic z tym nie zrobi?", „Po co płacimy wysokie podatki, skoro policja nie potrafi sobie poradzić w takich sytuacjach?", „To wina komunistów", „Oto skutki wychowania, jakie daliśmy naszym dzieciom, myślą, że mają prawo występować przeciwko naszym wartościom".

Nikt nie potrafił jednak wyjaśnić, jaka była przyczyna tego, co się wydarzyło. „Nie mam pojęcia", to słyszał najczęściej.

Minął pierwszy dzień.

Potem drugi.

Skończył się pierwszy tydzień.

Sytuacja była coraz gorsza.

Jego mieszkanie znajdowało się na zboczu Montmartre, trzy stacje metra do biura. Słyszał wycie syren, widział dym płonących opon. Wyglądał bezustannie przez okno na ulicę w nadziei, że zaraz pojawi się córka. Przyszła trzy dni później, szybko się wykąpała, złapała jakieś ciuchy na zmianę, zjadła coś naprędce i wybiegła, rzucając w przelocie „Potem ci wszystko wyjaśnię".

To, co on uważał za przejściowe kłopoty, za upust nagromadzonej złości rozprzestrzeniło się po całej Francji. Pracownicy porywali swoich szefów, ogłoszono strajk generalny. Większość fabryk okupowali robotnicy, tak jak przed tygodniem studenci okupowali uczelnie. Francja była sparaliżowana. Problemem już nie byli studenci, którzy zmienili front i powiewali transparentami z napisem: „Niech żyje wolna miłość!", „Precz z kapitalizmem!", „Granice otwarte dla wszystkich!", „Burżuje, wy nic nie rozumiecie!".

Teraz problemem był strajk generalny.

•

Telewizja była jego jedynym źródłem informacji. Właśnie w telewizji, ku swemu zaskoczeniu i zażenowaniu, zobaczył, jak po dwudziestu dniach piekła prezydent Francji, generał de Gaulle, ten, który walczył z nazistami, zakończył wojnę kolonialną w Algierii, ten, którego wszyscy podziwiali, pojawił się w końcu, by oznajmić rodakom, że zorganizuje referendum i zaproponuje „reformy kulturalne, społeczne i gospodarcze". Jeśli przegra referendum, poda się do dymisji.

Robotnicy, których mało interesowała wolna miłość i Europa bez granic, niewiele zrozumieli z propozycji de Gaulle'a. Domagali się jednego: znaczącej podwyżki płac. Premier Georges Pompidou spotkał się z przedstawicielami związków zawodowych, z trockistami, z anarchistami, z socjalistami. Wtedy powoli protesty straciły na sile: manifestanci stanęli naprzeciw siebie, przedstawili swoje żądania i postulaty i, jak się można było spodziewać, nie doszli do porozumienia. Bo „dziel i rządź" to dewiza każdej władzy.

Jacques postanowił wziąć udział w pochodzie poparcia dla generała de Gaulle'a. Cała Francja była przygnębiona wydarzeniami majowymi. Na marsze poparcia zorganizowane w prawie każdym mieście, przyszły nieprzebrane tłumy. Ci, którzy włożyli kij w mrowisko, a których Jacques nazywał „anarchistami", zaczęli się wycofywać. Podpisano umowy pracy na nowych warunkach. Studenci, którzy nie mieli już o co walczyć, powoli wracali do sal wykładowych z poczuciem zwycięstwa, które tak naprawdę nic nie znaczyło.

W końcu maja, a może na początku czerwca, nie pamiętał już dokładnie, córka w końcu wróciła do domu i oznajmiła, że osiągnęli wszystko, o co walczyli. Nie spytał, co osiągnęli, więc mu nie wyjaśniła. Wyglądała na zmęczoną, rozczarowaną i sfrustrowaną. Restauracje były znowu otwarte, poszli więc na kolację na miasto i unikali tematu. Jacques nigdy się nie przyznał, że poszedł na marsz poparcia dla rządu i jedyne słowa córki, które potraktował serio, to było: „Mam dość tego kraju. Wyjadę i zamieszkam daleko stąd". Ostatecznie odłożyła ten pomysł na potem, argumentując, że najpierw musi „skończyć studia", a on zrozumiał, że zwolennicy Francji bogatej i konkurencyjnej wygrali tę partię – prawdziwi rewolucjoniści mają w nosie dyplomy.

Od tamtej pory przeczytał na temat tamtych wydarzeń tysiące stron analiz i komentarzy, napisanych przez filozofów, polityków, intelektualistów, wydawców, dziennikarzy i wszystkich innych. Jako punkt zapalny wybuchu fali protestów wymieniano najczęściej zamknięcie uniwersytetu w Nanterre ogłoszone na początku maja, ale to nie tłumaczyło furii, jaką obserwował, ilekroć wyszedł wtedy na ulicę.

Nigdy też nie przeczytał ani jednej linijki, która by go skłoniła do przyznania, że to rzeczywiście ten dekret doprowadził do zamieszek.

•

Drugie wydarzenie, które spowodowało jego przemianę, tym razem definitywną, miało miejsce podczas kolacji w jednej z luksusowych paryskich restauracji, do której zapraszał wyjątkowych klientów, przedstawicieli handlowych na szczeblu regionalnym czy międzynarodowym. Rewolta z maja 1968 roku już dawno przebrzmiała we Francji, chociaż wznieciła niepokój w innych miejscach świata. Wszyscy chcieli o tym zapomnieć. Jeśli jakiś zagraniczny klient pytał o nią, Jacques dyplomatycznie zmieniał temat, mówiąc: „media zawsze przesadzają”.

W tym miejscu rozmowa się kończyła.

Był zaprzyjaźniony z właścicielem restauracji, który zwracał się do niego po imieniu, co robiło wrażenie na jego gościach – i o to właśnie chodziło. Wchodził do restauracji, podbiegał kelner, który prowadził go do „jego stolika” (który oczywiście zmieniał się w zależności od napływu klientów, ale o tym jego goście nie mieli pojęcia), natychmiast serwowano im szampana, podawano karty dań, kelner przyjmował zamówienie, nie zapominając o butelce drogiego wina. „To samo co zawsze, prawda?”, pytał, a Jacques tylko kiwał głową. Konwersacje były bardzo podobne do siebie, nowi goście chcieli, żeby im doradził, czy lepiej pójść do Lido, do Crazy Horse czy do Moulin Rouge. To niewiarygodne, jak dla cudzoziemców Paryż kurczył się do tych trzech kabaretów. Przy kolacji biznesowej nie rozmawiano o pracy, chyba że pod koniec, kiedy oferowano gościom najlepsze kubańskie cygara – ostatnie szczegóły kontraktu dopinali ludzie, którzy uważali się za najważniejszych, a tak naprawdę dział sprzedaży już dawno wszystko ustalił i należało tylko podpisać umowę, co akurat Jacques potrafił zawsze doprowadzić do końca.

Kiedy wszyscy pozostali złożyli zamówienia, kelner zwrócił się do niego:

– To samo co zawsze?

To samo co zawsze, czyli ostrygi na przystawkę. Wyjaśniał, że muszą być podane jeszcze żywe, co napawało obrzydzeniem jego klientów, w większości zagranicznych. Zazwyczaj po ostrygach zamawiał ślimaki – słynne *escargots*, a po nich żabie udka.

Nikt nie miał odwagi zamówić tego, co on, i o to właśnie chodziło – to należało do sfery marketingu.

Podano przystawki, spojrzenia obecnych zwróciły się na niego. Wycisnął parę kropel cytryny na pierwszą ostrygę, która się poruszyła ku zaskoczeniu i obrzydzeniu biesiadników. Zsunął ją do ust, poczekał, aż ześlizgnie się do żołądka i wypił słonawy sok z muszli.

Dwie sekundy później nie mógł złapać oddechu. Próbował trzymać fason, ale nie dał rady i runął na podłogę. Myślał, że zaraz umrze, z oczami wbitymi w sufit i w żyrandole z prawdziwych kryształów, pewnie prosto z czeskiej Bohemii.

Zmieniły się kolory, wszystko teraz było czerwone lub czarne. Próbował usiąść – zjadł już w życiu dziesiątki, setki, żeby nie powiedzieć tysiące ostryg – ale jego ciało nie chciało go słuchać. Bezskutecznie starał się wciągnąć powietrze. Ale powietrze odmawiało wejścia do jego płuc.

Na krótką chwilę poczuł niepokój, potem umarł.

Lewitował gdzieś pod sufitem restauracji. Widział ludzi, którzy pochylali się nad jego ciałem, inni próbowali ich odsunąć, żeby miał więcej powietrza, kelner, Marokańczyk, biegł w stronę kuchni. Obraz nie był wyraźny, miał wrażenie, że patrzy przez przezroczystą kliszę albo przez kurtynę wodną. Wcale się nie bał, wokół panował bezmierny spokój i czas – bo czas jeszcze istniał – płynął inaczej: w dole ludzie wydawali się poruszać w zwolnionym tempie albo jak na stop-klatkach. Kelner wracał z kuchni i obrazy zniknęły. Pozostała tylko totalna pustka, biała i niemal namacalna. W przeciwieństwie do opowieści niemal wszystkich tych, którzy przeżyli to doświadczenie, nie widział żadnego czarnego tunelu, poczuł tylko, że otacza go energia miłości, miłości, której już od dawna nie doznał, jakby powrócił do łona matki. I nie chciał stamtąd się ruszać.

Poczuł, że chwyciła go jakaś ręka i ciągnie w dół. Opierał się, zanurzony w tym, o czym zawsze w życiu marzył: w spokoju, miłości, muzyce, miłości i spokoju. Jednak ramię, które ściągało go w dół, było tak mocne, że nie mógł się mu przeciwstawić.

Pierwsze, co zobaczył, kiedy otworzył oczy, to była twarz właściciela restauracji, na której niepokój mieszał się z ulgą. Serce biło mu jak oszalałe, mdliło go, chciał zwymiotować, ale się powstrzymał. Oblał się zimnym potem, jeden z kelnerów przyniósł obrus i go nim otulił.

– Gdzie znalazłeś ten szary podkład i tę piękną sinoniebieską szminkę? – spytał zaprzyjaźniony restaurator.

Jego goście, przykucnięci wokół niego na podłodze, tak samo wydawali się zarazem przerażeni i uspokojeni. Próbował się podnieść, ale restaurator mu nie pozwolił.

– Musisz odpocząć. Nie pierwszy raz się to zdarza i pewnie nie ostatni. Z powodu takich wypadków większość restauracji musi mieć zestaw pierwszej pomocy, w tym defibrylator i – opatrznościowy dzisiaj dla ciebie – EpiPen z adrenaliną, którą ci właśnie wstrzyknęliśmy. Do kogo mam zadzwonić? Niebezpieczeństwo już minęło, ale wezwaliśmy karetkę. Ratownicy pewnie poproszą o numer do tej osoby. Jeśli nie masz przy sobie, to przypuszczam, że któryś z kolegów pojedzie z tobą.

– Ostryga była zepsuta? – takie były jego pierwsze słowa.

– Wykluczone! Wiesz, że nasze produkty są najlepszej jakości i pierwszej świeżości! Tylko skąd mamy wiedzieć, co ta bestyjka wcześniej zjadła? Jak widać nasza przyjaciółka zamiast stworzyć perłę, postanowiła cię otruć.

– Więc co to było?

W tej samej chwili przyjechała karetka. Ratownicy chcieli położyć go na noszach, ale się nie zgodził, oświadczył, że świetnie się czuje. Musiał w to wierzyć. Z wysiłkiem stanął na nogi, ale ratownicy zmusili go, żeby znowu się położył, tym razem na noszach. Kiedy spytali, kogo mają powiadomić, podał im numer do córki. Był to dobry znak, potrafił już jasno myśleć.

W szpitalu lekarze zmierzyli mu ciśnienie, kazali śledzić wzrokiem wiązkę światła, położyć palec prawej ręki na czubku nosa. Wszystkie polecenia posłusznie wykonał – marzył tylko o powrocie do domu. Nie potrzebował żadnego szpitala, chociaż płacił ogromne podatki i wysokie składki na bezpłatną, doskonałą służbę zdrowia.

– Zatrzymamy pana przez noc na obserwację.

Odprowadził lekarzy wzrokiem aż do drzwi, w których zebrała się grupka pacjentów, mających nadzieję, że zobaczą kogoś bardziej chorego od nich. Chora ciekawość istot ludzkich nie zna granic.

Jadąc do szpitala karetką – nie na sygnale, co go podniosło na duchu – spytał ratowników, czy powodem była ostryga. Potwierdzili to, co mówił właściciel restauracji – objawy zatrucia nieświeżą ostrygą pojawiłyby się dopiero po pewnym czasie, po paru godzinach.

– Więc co to było?

– Alergia.

Poprosił, żeby mu wyjaśnili dokładniej. Zdaniem restauratora zaszkodziła mu substancja, którą wchłonęła ostryga i zgodzili się z tym, że był to wstrząs anafilaktyczny. Nie wiadomo, kiedy i w jakich okolicznościach występuje, ale wiadomo jaki podać lek. Jeden z ratowników, nie chcąc go wystraszyć, powiedział, że alergie pojawiają się bez ostrzeżenia.

– Może pan na przykład przez całe życie jeść owoce granatu, ale pewnego dnia jeden z nich może pana zabić w mgnieniu oka, bo pana organizm ma nagle reakcję, której nie jesteśmy w stanie wyjaśnić. Inny przykład, ktoś przez lata pielęgnuje swój ogród, trawa jest ta sama, pyłki nie zmieniły się, a jednak któregoś dnia zaczyna kaszleć, czuje ból w gardle, potem boli go szyja, więc myśli, że się przeziębił i chce wrócić do domu, ale nie ma sił. A to nie ból gardła, tylko obrzęk krtani. *Troppo tardi!* I tak może się przydarzyć z rzeczami, których dotykaliśmy, które jedliśmy, które wąchaliśmy przez całe życie.

– Owady mogą być jeszcze groźniejsze. Nie możemy jednak przez całe życie bać się pszczół, prawda?

– Tylko proszę się nie przejmować. Alergie mogą wystąpić w każdym wieku, ale nie są groźne. Alergikom kapie z nosa, mają czerwone plamy na ciele, wysypkę i inne objawy skórne. Natomiast groźny jest wstrząs anafilaktyczny, a pan taki miał.

•

Kiedy córka dotarła do szpitala, dowiedziała się, że ojciec doznał wstrząsu anafilaktycznego, który mógł się okazać się śmiertelny, gdyby pomoc nie przyszła na czas. Marie dostarczyła do szpitala numer jego ubezpieczenia i przenieśli go do jednoosobowego pokoju ze wszelkimi wygodami.

W pośpiechu Marie zapomniała spakować piżamy, założył więc szpitalną. Przyszedł lekarz, zmierzył mu puls – już wrócił do normy, i ciśnienie – było trochę za wysokie, ale to akurat położył na karb stresu, który pacjent przeżył. Poprosił Marie, żeby nie siedziała za długo, bo ojciec jest zmęczony, a zresztą nazajutrz będzie już w domu.

Marie przysunęła sobie krzesło blisko łóżka, ujęła jego dłonie i wtedy niespodziewanie Jacques się rozpłakał. Na początku tylko łzy ciekły mu po twarzy, potem zaczął szlochać i szlochał coraz głośniej. Wiedział, że płacz jest mu potrzebny, więc dał upust swojemu smutkowi. Łzy spływały mu po twarzy, córka gładziła go delikatnie po dłoniach, trochę przestraszona, bo po raz pierwszy widziała ojca płaczącego.

Nie wiedział, jak długo płakał. Powoli się uspokajał, czuł się tak, jakby zrzucił ciężar z ramion, z piersi, z głowy, z całego swojego życia. Marie, uznawszy, że już najwyższy czas, żeby zasnął, chciała zabrać dłoń, ale on ją przytrzymał:

– Nie wychodź jeszcze. Muszę ci coś opowiedzieć.

Położyła głowę na kolanach ojca, tak jak to robiła jako dziecko, kiedy opowiadał jej bajki. Jacques gładził ją po głowie.

– Wiesz, tato, że wszystko jest w porządku i jutro możesz iść do pracy, prawda?

Tak, wiedział. I następnego dnia pójdzie do pracy, ale nie do budynku, w którym miał gabinet, tylko do siedziby głównej. Obecny dyrektor, który razem z nim wspinał się po szczeblach kariery, wysłał mu wiadomość, że chce go widzieć.

– Marie, muszę ci coś opowiedzieć: przestałem żyć przez kilka sekund, może minut, a może całą wieczność. Nie miałem poczucia czasu, wszystko to działo się jak w zwolnionym tempie. Nagle poczułem, że otacza mnie energia miłości, której jeszcze nigdy nie zaznałem. Miałem wrażenie, jakbym się znalazł… w obecności…

Głos mu się trząsł tak jak komuś, kto usilnie powstrzymuje płacz. A jednak mówił dalej:

– …jakbym się znalazł w obecności Boga. A przecież wiesz, że nigdy nie byłem wierzący. Wybrałem dla ciebie prywatną szkołę katolicką, bo była blisko domu i wiedziałem, że poziom nauczania jest tam wysoki, ale nużyły mnie te wszystkie uroczystości religijne, w których musiałem uczestniczyć, chociaż twoja mama puchła z dumy, a dla twoich koleżanek i ich rodziców byłem jednym z nich. A ja prawdę mówiąc, poświęcałem się dla was obu.

Ciągle gładził jej włosy. Nigdy nie wpadło mu do głowy, żeby ją spytać, czy wierzy w Boga, a teraz nie był najlepszy na to moment. Wiedział, że nie przestrzegała surowych reguł katolicyzmu, które jej wpojono. Nosiła egzotyczne stroje, miała długowłosych przyjaciół, słuchała zupełnie innej muzyki niż piosenki Dalidy i Edith Piaf.

– Wiesz, że zawsze miałem talent do planowania i realizowania moich planów. I zgodnie z moim kalendarzem wkrótce miałem zamiar przejść na emeryturę, wieść dostatnie życie i spełniać swoje zachcianki. Ale to wszystko się zmieniło w ciągu tych kilku sekund, minut czy lat, kiedy Bóg trzymał mnie za rękę. Zrozumiałem to, jak tylko znalazłem się na podłodze w restauracji i zobaczyłem zmartwioną twarz właściciela, który udawał spokój, wiedziałem, że już nigdy nie wrócę do dawnego życia.

– Przecież kochasz swoją pracę.

– Kochałem tak bardzo, że byłem najlepszy w mojej branży. A teraz chcę z niej zrezygnować, już od jutra, zabierając ze sobą dobre wspomnienia. Chcę cię tylko o coś poprosić.

– Oczywiście! Zawsze uczyłeś mnie swoim przykładem, a nie prawiąc kazania.

– Właśnie o to chciałem cię prosić. Uczyłem cię od dzieciństwa, a teraz chcę, żebyś to ty mnie uczyła. Chciałbym wybrać się z tobą w podróż po świecie, oglądać go nowym okiem, zwracać więcej uwagi na noce i poranki. Zwolnij się z pracy i jedź ze mną. Poproś swojego chłopaka, żeby był wyrozumiały i cierpliwie czekał na twój powrót, i jedź ze mną.

Duszą i ciałem pragnę zanurzyć się w nieznanych rzekach, pić napoje, jakich nigdy nie piłem, zobaczyć z bliska góry, które oglądałem tylko w telewizji, pozwolić, żeby ta sama miłość, której doświadczyłem dzisiaj znowu mi się objawiła, choćby przez minutę raz w roku. Chcę, żebyś była moim przewodnikiem po twoim świecie. Nie będę ciężarem, ale jeśli stwierdzisz, że ci się naprzykrzam, wystarczy, że mi to powiesz, a odejdę. A kiedy uznasz, że już mogę wrócić, wrócę i zrobimy jeszcze jeden krok razem. Powtarzam, chcę, żebyś to ty była moim przewodnikiem.

Marie siedziała nieruchomo. Jej ojciec nie tylko wrócił do świata żywych, ale znalazł otwarte drzwi lub okno do jej świata, którego ona nigdy nie miała odwagi z nim dzielić.

Oboje byli spragnieni Nieskończoności. I łatwo było to pragnienie ugasić – wystarczy pozwolić, żeby Nieskończoność się objawiła. Do tego nie potrzeba żadnego wyjątkowego miejsca oprócz własnego serca i mocnej wiary, siły nieokiełznanej, która przenika wszystko i niesie w sobie to, co alchemicy nazywają *Anima Mundi*.

•

Jacques dotarł wreszcie do bramy bazaru, przez którą wchodziło więcej kobiet niż mężczyzn, więcej dzieci niż dorosłych, mniej wąsaczy i więcej głów owiniętych chustą. Z miejsca, gdzie stał, czuł intensywny zapach – mieszaninę aromatów, które stawały się jednym i unosiły się w górę aż do nieba, a potem powracały na ziemię, niosąc wraz z deszczem tęczę i błogosławieństwo.

Paulo dostrzegł, że ton głosu Karli złagodniał, kiedy spotkali się w pokoju hotelowym, żeby się przebrać przed kolacją.

– Gdzie spędziłeś dzień?

Do tej pory nigdy go o to nie pytała. Jego zdaniem takie pytanie mogła matka zadać ojcu, żona mężowi. Nie miał ochoty odpowiadać i Karla nie nalegała.

– Przypuszczam, że poszedłeś na Kryty Bazar, żeby mnie odnaleźć – powiedziała i wybuchnęła śmiechem.

– Miałem zamiar tam iść, ale po drodze zmieniłem zdanie i zawróciłem.

– Paulo, mam propozycję nie do odrzucenia – zjedzmy kolację w Azji.

Nie trzeba jasnowidza, żeby zrozumieć: chciała przejść przez most łączący dwa kontynenty. Tylko po co przyspieszać fakty, skoro pojadą tam wkrótce Magic Busem?

– Żeby pewnego dnia opowiedzieć anegdotkę, w którą nikt mi nie uwierzy. Że wypiłam kawę w Europie i po kwadransie weszłam do restauracji w Azji, gotowa delektować się wszystkimi tamtejszymi smakołykami.

To był niezły pomysł. On też opowie to swoim znajomym. Jemu także nie uwierzą. Pomyślą, że narkotyki zżarły mu rozum, ale jakie to ma znaczenie? Rzeczywiście, istniał narkotyk, który powoli zaczął na niego działać od popołudnia, kiedy spotkał starca w pomalowanym na zielono pokoju w opuszczonym ośrodku sufizmu.

Karla najwyraźniej kupiła na bazarze kosmetyki, bo wyszła z łazienki z oczami w czarnym konturze, z pomalowanymi rzęsami – nigdy dotąd nie widział jej w makijażu. Nowością było też to, że cały czas się uśmiechała. Paulo pomyślał, że chętnie by się ogolił – oczywiście nie zgoliłby „koziej bródki", którą przysłaniał dość wydatny podbródek – ale ogoliłby całą resztę, co robił, ilekroć miał okazję, żeby uciec przed okropnymi wspomnieniami z więzienia. Problem w tym, że nie przyszło mu do głowy, żeby kupić jednorazową maszynkę do golenia, a ostatnią zużył, zanim wjechali do Jugosławii. Włożył bluzę kupioną w Boliwii, dżinsową kurtkę z ćwiekami-gwiazdkami i wyszli.

Na dole nie spotkali żadnego pasażera ich busu oprócz

kierowcy, pochłoniętego lekturą gazety. Paulo spytał go, jak przedostać się do Azji. Michael uśmiechnął się:

– Rozumiem, to samo zrobiłem, kiedy przyjechałem tu po raz pierwszy.

Powiedział im, gdzie zatrzymują się autobusy (niech nawet nie marzą o przejściu piechotą) i żałował, że zapomniał nazwy wyśmienitej restauracji po drugiej stronie Bosforu, w której kiedyś jadł obiad.

– Coś nowego na świecie? – spytała Karla, wskazując gazetę.

Michael też wyglądał na zaskoczonego, widząc ją umalowaną i uśmiechniętą. Coś się zmieniło…

– Od tygodnia nic nowego. Jeśli chodzi o Palestyńczyków, to według autorów artykułu, stanowią większość w kraju, szykują zamach stanu i trzeba będzie zapamiętać „Czarny Wrzesień", tak się nazywa ich organizacja. Poza tym nie powinniśmy mieć problemów z przejazdem, chociaż kiedy dzwoniłem do biura, kazali mi tu czekać na dalsze instrukcje.

– Super! Nie ma pośpiechu, w Stambule jest jeszcze wiele do odkrycia.

– Anatolia to też fajny region wart poznania.

– To prawda, ale wszystko w swoim czasie.

W drodze na przystanek autobusowy poczuł, że Karla trzyma go za rękę, jakby byli parą. Rozmawiali o błahostkach, o tym jak to wspaniale, że księżyc jest w pełni, nie wieje i nie pada, wręcz wymarzona pogoda na ich eskapadę.

– Dzisiaj ja zapraszam – oznajmiła. – Mam straszną ochotę się napić.

Autobus wjechał na most, przemknęli przez cieśninę w pełnej szacunku ciszy, niemal nabożnie. Wysiedli na pierwszym przystanku, szli azjatyckim brzegiem, gdzie kilka restauracji ze stolikami nakrytymi plastikowymi obrusami czekało na klientów. Usiedli w pierwszej z nich na wprost cieśniny i napawali się widokiem, który rozpościerał się przed ich oczami: zabytkowe budynki po tej stronie nie podświetlone, w przeciwieństwie do europejskiego brzegu, wszystko tonęło w pięknej księżycowej poświacie.

Podszedł do nich kelner i spytał, co chcą zamówić. Oboje poprosili, żeby wybrał za nich jakieś najlepsze typowe lokalne dania. Najwidoczniej kelner nie był przyzwyczajony do takich zamówień.

– To niemożliwe, muszę wiedzieć, na co macie ochotę. Tutaj w zasadzie wszyscy wiedzą, co chcą zjeść.

– Najlepsze dania waszej kuchni, czy to nie wystarczająca odpowiedź?

– Oczywiście, do usług – kelner dał im spokój.

Przyjął do wiadomości, że para cudzoziemców mu zaufała, to wiązało się z ogromną odpowiedzialnością, ale też sprawiło mu wielką radość.

– A co życzą sobie państwo do picia?

– Najlepsze regionalne wino. Byle nie europejskie, jesteśmy przecież w Azji.

Po raz pierwszy w życiu!

– Niestety nie podajemy tu alkoholu. Surowe nakazy religijne...

– Ależ Turcja jest państwem świeckim!

Tak, ale właściciel był muzułmaninem. Mogą zmienić lokal, parę kroków dalej jest restauracja, w której serwują alkohol.

Owszem, tylko parę kroków dalej napiją się wina, ale stracą ten zapierający dech w piersi widok Stambułu w księżycowej poświacie... Karla zastanawiała się, czy zdoła powiedzieć wszystko, o czym myślała bez alkoholu. Paulo nie wahał się ani chwili – bez problemu obejdzie się bez wina.

Kelner przyniósł czerwoną świecę, zapalił i wstawił do metalowego lampionu pośrodku stołu. Przyglądali się jego gestom w milczeniu, chłonąc piękno wokół, upajali się nim.

– Rozmawialiśmy o tym, jak spędziliśmy ten dzień. Z tego co zrozumiałam, miałeś zamiar pójść na Kryty Bazar, ale po drodze zmieniłeś zdanie. I dobrze zrobiłeś, bo ja w końcu nie poszłam na bazar. Pójdziemy tam jutro razem.

Zachowywała się zupełnie inaczej, była osobliwie łagodna, całkiem inna niż Karla, jaką zdążył poznać. Może kogoś spotkała i chciała się z nim podzielić swoimi emocjami?

– Opowiadaj. Wyszedłeś mówiąc, że chcesz uczestniczyć w jakiejś ceremonii religijnej. Udało ci się?

– Nie było to może dokładnie to, czego szukałem, ale udało się.

– Wiedziałem, że tu wrócisz – powiedział starzec na widok chłopaka w pstrokatym ubraniu. – Pewnie miałeś bardzo silne doznania w tym miejscu przesiąkniętym energią wirujących derwiszy. Chociaż, muszę podkreślić, Bóg jest wszędzie, we wszystkich miejscach na ziemi i w najdrobniejszych rzeczach: owadach, ziarnkach piasku – we wszystkim.

– Chcę poznać sufizm. Potrzebuję mistrza.

– Więc poszukaj Prawdy. Postaraj się być stale tuż obok Prawdy, nawet jeśli cię rani, milczy przez dłuższy czas lub nie mówi tego, co chcesz usłyszeć. To właśnie jest sufizm. Reszta to obrzędy religijne, które mają na celu wzmocnienie stanu ekstazy. Żeby móc w nich uczestniczyć, musisz przejść na islam, czego ci szczerze mówiąc, nie radzę, bo nie warto przyjmować wiary tylko ze względu na rytuały.

– Potrzebuję jednak kogoś, kto mnie poprowadzi ścieżką Prawdy.

– To nie jest sufizm. Napisano już tysiące ksiąg o ścieżce Prawdy i żadna z nich nie wyjaśnia dokładnie, czym ona jest. W imię Prawdy ludzie popełniali najstraszniejsze zbrodnie. Palono na stosie kobiety i mężczyzn, niszczono dorobek kulturowy innych cywilizacji, w jej imię wykluczano ze społeczności tych, którzy popełnili grzech cielesny, odtrącano tych, którzy szukali drogi Prawdy na własną rękę. Jednego z nich w imię „prawdy" ukrzyżowano. Lecz zanim umarł, dał nam wielką jej definicję. Prawda nie jest tym, co dostarcza nam pewność, co daje nam głębię, ani tym, co sprawi, że będziemy lepsi od innych, a jeszcze mniej tym, co nas trzyma w okowach utartych przesądów i uprzedzeń. Prawda daje nam wolność. „Poznacie prawdę, a prawda was wyzwoli", powiedział Jezus.

Zamilkł na chwilę.

– Sufizm nie jest niczym innym, niż analizą samego siebie, przeprogramowaniem własnego umysłu, zrozumieniem, że słowa nie wystarczą, żeby opisać Absolut i Nieskończoność.

Przyniesiono im na stół potrawy. Karla wiedziała dokładnie, o czym mówi Paulo i wszystko, co mogłaby powiedzieć, kiedy przyjdzie jej kolej, opierałoby się na tych samych refleksjach.

– Jemy w milczeniu? – spytała. Po raz kolejny jej sposób bycia zdumiał Paula. Normalnie powiedziałaby raczej: „Jemy w milczeniu!" tonem nie znoszącym sprzeciwu, bo wszystkie zdania kończyła wykrzyknikiem.

Tak więc jedli w milczeniu, podziwiając niebo, okrągłą tarczę księżyca, jego poświatę odbijającą się w wodach Bosforu, swoje twarze rozświetlone płomykiem świecy, z poczuciem, że pękają serca dwojga nieznajomych, którzy weszli razem w inny wymiar. Im więcej pozwolimy, by świat nam ofiarował, tym więcej dostaniemy w zamian – czy to w miłości, czy w nienawiści.

A jednak w tym momencie Paulo nie odczuwał ani miłości, ani nienawiści. Nie poszukiwał żadnego objawienia, nie przestrzegał żadnej tradycji, zapomniał, co mówiły święte pisma, logika, filozofia.

Był pogrążony w nicości, a nicość, paradoksalnie, wypełniała wszystko.

•

Nawet nie spytali, co im zaserwowano – niewielkie porcje na wielu półmiskach. Nie odważyli się pić tutejszej wody z dzbanka, poprosili zatem o wodę sodową – tak było bezpieczniej, choć może mniej lokalnie.

Zaintrygowany radykalną przemianą Karli, ośmielił się powiedzieć jej o swoich spostrzeżeniach, które cisnęły mu się na usta, choćby to miało zepsuć im wieczór:

– Jesteś dziś zupełnie odmieniona. Tak jakbyś spotkała kogoś i była zakochana. Jeśli nie chcesz, nie musisz mi opowiadać.

– To prawda, spotkałam kogoś i jestem zakochana, chociaż on o tym nie wie.

– To właśnie dzisiaj ci się przydarzyło? I masz ochotę mi o tym opowiedzieć?

– Tak, jak ty skończysz swoją historię. Chyba, że już skończyłeś?

– Nie, został jeszcze jeden epizod. Nie mogę jednak opowiedzieć do końca, bo jeszcze go nie znam.

– Trudno, chciałabym jednak usłyszeć resztę.

Mówiła spokojnie, bez złości, wyglądało na to, że jego uwaga, że się zmieniła, o dziwo, nie rozsierdziła jej... Skupił się na jedzeniu. Jak chyba wszyscy mężczyźni, nie miał ochoty wysłuchiwać historii miłosnych swojej towarzyszki. Wolał, żeby była obecna tu całą sobą, żeby delektowała się tą chwilą, kolacją przy świecach, księżycem oświetlającym swoim blaskiem wody Bosforu i całe miasto.

Spróbował wszystkiego po trochu: ciasta faszerowanego mięsem, przypominającego ravioli, ryżu zawijanego na kształt cygara w liście winorośli, jogurtu, świeżo upieczonej pity, fasoli, szaszłyków, tureckiej pizzy w kształcie łódki z farszem z oliwek i ostrych przypraw. Wydawało się, że kolacja potrwa całą wieczność. Ku ich zdumieniu, jedzenie szybko zniknęło z półmisków. Wszystko było zbyt smakowite, żeby pozwolili, by ostygło i straciło smak.

Kelner wrócił, zebrał puste plastikowe talerze i spytał, czy już może podać danie główne.

– Danie główne?! Nie ma mowy! Jesteśmy najedzeni jak bąki!

– Ale kuchnia już przygotowuje, nie można odwołać zamówienia.

– Zapłacimy za główne danie, ale proszę już nam nic nie podawać, bo nie będziemy w stanie iść o własnych siłach.

Kelner śmiał się i oni nie mogli powstrzymać się od śmiechu. Wiał wiatr z dalekich stron, przywiewał inne doznania, pobudzał ich zmysły nieznanymi zapachami i kolorami.

Jedzenie nie miało z tym nic wspólnego, ani księżyc, ani Bosfor, ani most – to dzień, który przeżyli był przyczyną tej przemiany.

– Możesz teraz skończyć? – spytała Karla, zapalając dwa papierosy, z których jeden podała jemu. – Mam wielką ochotę opowiedzieć ci o moim dniu i o moim spotkaniu z samą sobą.

Było jasne, że spotkała bratnią duszą. Prawdę mówiąc, Paulo mógłby już zakończyć swoją historię, ale skoro obiecał, że jej opowie do końca, musiał dotrzymać słowa.

Powrócił w myślach do zielonej sali ze spróchniałymi belkami sufitowymi i wybitymi szybami w oknach, które były pewnie kiedyś istnymi dziełami sztuki. Słońce już zaszło, pomieszczenie było pogrążone w półmroku. Mówiąc sobie w duchu, że już czas wrócić do hotelu, dalej wypytywał bezimiennego mężczyznę:

– Ale pan na pewno miał swojego mistrza?

– Nawet trzech i żaden z nich nie był muzułmaninem ani znawcą poezji Rumiego. Podczas moich nauk moje serce pytało Pana: „Czy jestem na właściwej drodze?”. On odpowiadał: „Tak”. Chciałem wiedzieć więcej: „Kim jesteś?”, a On odpowiadał: „Tobą”.

– Kim byli twoi trzej mistrzowie?

Starzec uśmiechnął się, zapalił błękitną nargile, która stała przy fotelu, zaciągnął się kilka razy, potem podsunął fajkę Paulowi, który siedział po turecku na ziemi.

– Pierwszy był złodziejem. Pewnego dnia zgubiłem się na pustyni i wróciłem do domu późno w nocy. Zostawiłem swój klucz u sąsiada, ale nie miałem odwagi go budzić o tej porze. W końcu jakiś nieznajomy przechodził obok i poprosiłem go o pomoc, a on otworzył drzwi w okamgnieniu. Byłem tym zdumiony i poprosiłem go, żeby nauczył mnie tej sztuki. Wyznał mi, że żyje z drobnych kradzieży, ale ja byłem mu tak wdzięczny, że zaprosiłem go na nocleg.

Mieszkał u mnie przez cały miesiąc. Co wieczór wychodził, mówiąc: „Idę do pracy. A ty medytuj i mocno się módl". Kiedy wracał, zawsze pytałem, czy udało mu się coś znaleźć, a on niezmiennie odpowiadał: „Tej nocy nic, ale z Bożą pomocą, jutro znów spróbuję".

Był człowiekiem szczęśliwym. Nigdy nie widziałem, żeby rozpaczał z powodu swoich porażek. Przez większość mojego życia, ilekroć medytowałem i nic się nie działo, ilekroć nie udawało mi się nawiązać kontaktu z Bogiem, przypominałem sobie słowa złodzieja: „Nie udało mi się nic tej nocy, ale z Bożą pomocą, jutro znów spróbuję". Stąd czerpałem siły, żeby się nie poddawać i iść dalej do przodu.

– Kto był pana drugim nauczycielem?

– To był pies. Szedłem sobie kiedyś nad rzekę, żeby napić się wody, kiedy podbiegł do mnie pies. Też chciało mu się pić. Kiedy stanął nad wodą, zobaczył innego psa – własne odbicie w tafli wody.

Przestraszył się, odbiegł ujadając, w nadziei, że przegoni intruza. Na nic to się zdało. W końcu, ponieważ był bardzo spragniony, postanowił stawić mu czoło i skoczył do wody. W tym momencie odbicie znikło.

Bezimienny starzec zamilkł na chwilę i kontynuował:

– No a moim trzecim nauczycielem było dziecko. Mały chłopiec szedł z zapaloną świecą w ręku do meczetu, który stał niedaleko mojej wioski. Spytałem: „Sam zapaliłeś tę świeczkę?". Dzieciak powiedział, że tak. Ponieważ zawsze się niepokoję, kiedy widzę dzieci bawiące się ogniem, dalej dopytywałem: „Chłopcze, musiał być taki moment, kiedy ta świeca się nie paliła. Możesz mi powiedzieć, skąd wziął się ogień, który ją zapalił?". Chłopiec wybuchnął śmiechem, zdmuchnął płomień świeczki i teraz on mnie zapytał: „A czy pan może mi powiedzieć, gdzie się podział ogień, który tu przed chwilą był?".

Wtedy zrozumiałem, jakim byłem do tej pory głupcem. Kto rozpala płomień mądrości? I gdzie się to światło podziewa? Zrozumiałem, że tak samo jak ta świeca, człowiek nosi czasem w sercu święty ogień, ale nigdy nie wie, jak i kiedy został rozpalony. Od tej pory zacząłem zwracać większą uwagę na wszystko, co mnie otacza: na chmury, drzewa, rzeki i lasy, na kobiety i na mężczyzn. Wszystko, co mnie otaczało, uczyło mnie tego, co musiałem wiedzieć w danym momencie. Wiedza ta znikała, kiedy jej nie potrzebowałem. Tak naprawdę, w ciągu całego życia miałem tysiące mistrzów.

Zacząłem ufać, że płomień będzie płonął zawsze, ilekroć będzie mi potrzebny. Byłem uczniem życia i ciągle nim jestem. Udało mi się karmić mój umysł nawet tym, co najprostsze i najbardziej nieoczekiwane, na przykład bajkami, które rodzice opowiadają swoim dzieciom.

I tak właśnie jest – niemal cała mądrość sufich wcale nie jest zawarta w świętych pismach, tylko w bajkach, modlitwach, tańcach i w kontemplacji.

Znowu usłyszał, jak przez głośniki meczetów, muezini nawołują wiernych do ostatniej wieczornej modlitwy. Bezimienny człowiek ukląkł, odwrócił się w stronę Mekki i zaczął się modlić. Kiedy skończył, Paulo spytał go, czy może wrócić następnego dnia.

– Oczywiście! – odparł. – Nie nauczysz się jednak więcej, niż pragnie ci przekazać twoje serce. Wszystko, co mogę ci ofiarować, to historie i miejsce, z którego możesz korzystać zawsze, jeśli potrzebujesz ciszy i kiedy akurat nie odbywa się w nim święty taniec.

Paulo odwrócił się do Karli:

– Teraz twoja kolej.

Tak, wiedziała o tym. Zapłaciła rachunek i podeszli na brzeg cieśniny. Słychać było samochody i klaksony aut na moście, ale te hałasy nie odbierały piękna tarczy księżyca, wodzie i panoramie Stambułu.

– Dziś siedziałam po tamtej stronie Bosforu i przez kilka godzin wpatrywałam się w płynącą wodę. Myślałam o tym, jak dotąd żyłam, o mężczyznach, których znałam i jak ich traktowałam. Uznałam, że to się nigdy nie zmieni. Byłam zmęczona sobą.

Zadawałam sobie pytanie: dlaczego taka jestem? Czy tylko ja byłam taka, czy są jeszcze inni ludzie niezdolni do miłości? Spotkałam wielu mężczyzn, którzy gotowi byli wszystko dla mnie poświęcić, ale w ani jednym się nie zakochałam. Zdarzało mi się myśleć, że w końcu znalazłam mojego księcia z bajki, ale to uczucie nie trwało długo i szybko nie mogłam znieść jego towarzystwa, nawet jeśli był czuły, uważny, zakochany. Nie czułam potrzeby, żeby cokolwiek im wyjaśniać, po prostu mówiłam to, co myślę. Wszyscy starali się za wszelką cenę odzyskać moją miłość, ale to była strata czasu. Kiedy próbowali mnie przytulić, dotyk ich dłoni budził we mnie odrazę.

Był nawet taki, który groził, że się zabije, ale na szczęście skończyło się tylko na groźbach. Nigdy nie czułam zazdrości. W pewnym momencie, kiedy skończyłam dwadzieścia lat, pomyślałam, że nie jestem normalna. Nigdy nie byłam wierna. Miałam kochanków, nawet wtedy, kiedy byłam z kimś, kto gotów był zrobić dla mnie wszystko. Poznałam kiedyś psychiatrę czy może psychoanalityka, nie wiem dokładnie, który zaprosił mnie do Paryża. To był pierwszy mężczyzna, który zwrócił mi uwagę na mój sposób bycia i szybko postawił diagnozę. Zarzucił mnie jakimiś frazesami, radził skonsultować się z lekarzem, podobno w moim organizmie brakowało jakieś substancji czy hormonu. Zamiast poprosić go o pomoc lekarską, wróciłam pierwszym samolotem do Amsterdamu.

Jak pewnie zauważyłeś, łatwo mi idzie uwodzenie facetów. Ale jak już któregoś zdobędę, szybko tracę zainteresowanie. Stąd ten pomysł wyprawy do Nepalu: pomyślałam nawet, że nigdy stamtąd nie wrócę, że się tam zestarzeję próbując odkryć miłość do Boga... Dotąd, wyznam szczerze, żyłam w przeświadczeniu, że kocham Boga, ale nie jestem już tego tak pewna.

A prawda jest taka, że ponieważ nie znalazłam żadnego wytłumaczenia tej mojej anomalii i wzbraniałam się przed pójściem do lekarza, wolałam po prostu zniknąć z tego świata i poświęcić moje życie kontemplacji. To było dla mnie jedyne wyjście z sytuacji.

Bo nie warto żyć bez miłości. Czym jest życie bez kochania? Jest jak drzewo, które nie owocuje. Jak sen bez snów, wręcz bezsenność. To jak żyć dzień po dniu, łudząc się, że słońce rozświetli twój pomalowany na czarno pokój, mimo szczelnie zamkniętych i zasłoniętych okien i drzwi. To jak wiedzieć, że jest klucz, ale nie mieć ochoty otworzyć drzwi i stamtąd wyjść.

Zadrżał jej głos, jakby zaraz miała się rozpłakać. Paulo próbował ją objąć, ale go odepchnęła.

– Jeszcze nie skończyłam. Zawsze byłam mistrzynią manipulacji. To dawało mi taką pewność siebie, tak wierzyłam w swoją wyższość, że podświadomie czułam, że mogłabym oddać się całkowicie tylko komuś, kto potrafi mnie poskromić, oswoić.

Spojrzała na Paula, a jej oczy, jeszcze przed chwilą pełne łez, rzucały teraz iskry.

– Wiesz, dlaczego tu jesteś, w tym bajkowym miejscu? Bo ja tak chciałam. Potrzebowałam towarzysza podróży i uznałam, że ty byłbyś idealny, pomimo twoich licznych wpadek, bo widziałam, jak tańczysz z wyznawcami Hare Kryszna, myśląc, że jesteś człowiekiem wolnym, bo poszedłeś do Domu Wschodzącego Słońca, żeby pokazać, jaki jesteś odważny, choć naprawdę jesteś uparty jak osioł, bo zgodziłeś na wycieczkę do wiatraków – wiatraków! – tak jakbyś badał planetę Mars.

– Przecież to ty tam chciałaś jechać!

Karla pomyślała, że tak naprawdę to mu to po prostu zaproponowała, ale jak widać jej propozycje traktowano jak rozkazy... Ale nie warto było tego tłumaczyć, mówiła wiec dalej:

– I właśnie wtedy, tamtego dnia, kiedy wróciliśmy z tej nieszczęsnej wycieczki i poszliśmy kupić bilety do Nepalu – co było moim celem – stwierdziłam, że się zakochałam. Bez specjalnego powodu, dzień niczym się nie różnił od poprzedniego, ty też nie powiedziałeś ani nie zrobiłeś nic innego niż w minionych dniach. Byłam zakochana. I wiedziałam, że jak zwykle nie potrwa to długo, bo nie jesteś facetem dla mnie.

Czekałam, aż mi przejdzie, ale nie przeszło. Kiedy zaprzyjaźniliśmy się z Ryanem i Mirthe, stałam się zazdrosna. Znałam już uczucie zawiści, złości, niepewności, ale skąd się u mnie nagle wzięła zazdrość? To uczucie nie należało do mojego świata. Uważałam, że powinniście poświęcać mi więcej uwagi, bo jestem taka niezależna, taka ładna, inteligentna i taka pewna siebie. I doszłam do wniosku, że nie byłam zazdrosna o inną kobietę, tylko o to, że nie byłam już w centrum uwagi.

Karla wzięła go za rękę.

– Dziś rano, kiedy patrzyłam na rzekę i przypominałam sobie noc, kiedy tańczyliśmy razem wokół ogniska, stwierdziłam, że to, co czuję do ciebie, to nie namiętność, nie flirt, tylko miłość. Po naszej wspólnej nocy, kiedy kochaliśmy się, a ty okazałeś się beznadziejnym kochankiem, dalej cię kochałam. Gdy usiadłam na brzegu Bosforu, dalej cię kochałam. Wiem, że cię kocham i wiem, że ty mnie kochasz. Możemy spędzić resztę życia razem, czy to w drodze, czy w Nepalu albo w Rio, może na jakiejś bezludnej wyspie. Kocham cię i potrzebuję ciebie.

Nie pytaj, dlaczego ci to mówię, bo zdarza mi się to po raz pierwszy. Ale mówię szczerze, co czuję – kocham cię i nie chcę moich uczuć tłumaczyć.

Obróciła do niego głowę w nadziei, że ją pocałuje. Tak zrobił, a potem zasugerował, że chyba już czas wracać do Europy, do hotelu. Ten dzień był bogaty w wydarzenia, w wielkie emocje i odkrycia.

Karla bała się.

Paulo jeszcze bardziej, bo musiał przyznać, że przeżył z nią piękną przygodę, chwile namiętności, kiedy pragnął, żeby zawsze była przy nim, ale to wszystko już minęło.

Nie, on jej nie kochał.

Podczas śniadania, kiedy wszyscy wymieniali się swoimi doświadczeniami, Karla była sama. Pytana o Paula, odpowiadała, że chce wykorzystać każdą sekundę, żeby lepiej poznać i zrozumieć słynnych „wirujących derwiszy", i każdego dnia spotyka się z kimś, kto mu wszystko wyjaśnia.

– Mówi, że zabytki, meczety, cysterny, wszystkie cuda Stambułu mogą poczekać, że zawsze tu będą. A to, czego on się uczy, może zniknąć w jednej chwili.

Wszyscy to rozumieli. Zresztą, z tego co się domyślali, między Karlą a Paulem nic nie było, po prostu wzięli w hotelu wspólny pokój.

•

W tamtą noc, kiedy wrócili z Azji, zaraz po kolacji kochali się i było im wspaniale. Karla cała ociekała potem, była szczęśliwa i gotowa zrobić wszystko dla tego mężczyzny. Tylko że on coraz rzadziej się odzywał.

Miała pewność, że on ją kocha, ale nie śmiała go o to spytać. Zapomniała o swoim egoizmie i pogodziła się z tym, że chodzi codziennie na spotkania z Francuzem, który odkrywał przed nim tajniki sufizmu, wiedziała, że dla Paula to jedyna taka okazja. Chłopak, który przypominał Rasputina, zaprosił ją na zwiedzanie

Pałacu Topkapi, ale odmówiła. Ryan i Mirthe namawiali ją na wspólną wyprawę na Kryty Bazar, tłumacząc, że tak ich wciągnęło zwiedzanie zabytków Stambułu, że zapomnieli o najważniejszym: jak żyją tutejsi ludzie? Co jedzą? Co kupują? Zgodziła się i umówili się na następny dzień.

Michael wmieszał się do rozmowy pasażerów:

– Jeśli chcecie jeszcze coś zobaczyć w Stambule, to teraz albo nigdy. Stłumiono zamieszki w Jordanii i wyruszamy jutro w drogę.

Poprosił, żeby Karla zawiadomiła o tym Paula, jakby była jego dziewczyną, kochanką, żoną.

– Jasne – powiedziała, zamiast jak dawniej zacytować słowa Kaina: „Czy jestem stróżem brata mego?".

Wszyscy byli niezadowoleni i głośno protestowali. Jak to, przecież mieli spędzić cały tydzień w Stambule? A są tu dopiero od trzech dni, a właściwie od dwóch, bo pierwszy się nie liczył – musieli przecież odpocząć po długiej podróży.

Ale kierowca był nieugięty.

– Zatrzymaliśmy się tu, bo nie było innej opcji, ale celem naszej podróży jest – i to się nie zmieniło – Nepal. Musimy się pośpieszyć, bo jak piszą gazety i jak twierdzą ludzie z firmy, która mnie zatrudnia – istnieje ryzyko, że zamieszki wybuchną na nowo. Poza tym nie zapominajcie, że w Katmandu ludzie czekają na podróż powrotną do Europy.

Decyzja była bezapelacyjna. Ten, kto nie będzie gotowy do wyjazdu jutro o godzinie jedenastej, będzie musiał czekać piętnaście dni na kolejny transport.

Karla z Ryanem i Mirthe postanowili od razu pójść na Kryty Bazar. Przyłączyli się do nich Jacques i Marie. Choć nikt nie ośmielił się słowa powiedzieć na ten temat, wszyscy zauważyli, że Karla była jakby nie ta sama, biła z niej jakaś lekkość i świetlistość. Ta dziewczyna, zawsze tak pewna siebie i niezależna, chyba się zakochała w chuderlawym Brazylijczyku z kozią bródką.

Karla także pomyślała: „Chyba wszyscy zauważyli, że się zmieniłam. Nie wiedzą, dlaczego, ale to widzą".

Jak wspaniale jest kochać! Rozumiała teraz, dlaczego miłość była tak ważna dla większości ludzi. Dla wszystkich tak naprawdę. Z bólem serca zdała sobie sprawę, jak wiele cierpienia musiała rozsiewać wokół siebie, ale cóż poradzić? Miłość już taka jest.

Pozwala nam zrozumieć naszą misję na ziemi i nasz cel w życiu. Kto działa w myśl tej zasady, tego chroni przychylna aura, ten odnajduje spokój w trudnych chwilach. Odda wszystko, co posiada, nie pragnąc niczego w zamian, oprócz obecności ukochanej osoby, która jest naczyniem dla światła, pucharem płodności, pochodnią, która rozświetla drogę.

Jeśli to prawda, myślała, świat byłby coraz bardziej szczodry dla tych, co kochają, zło przemieniłoby się w dobro, kłamstwo w prawdę, przemoc w pokój.

Miłość bowiem swą łagodnością odstrasza prześladowcę i gasi pragnienie tego, kto szuka czystej wody czułości. Miłość zostawia otwarte drzwi przed światłem i błogosławionym deszczem.

To dzięki miłości, pomyślała na koniec, czas płynie raz wolniej, raz szybciej, ale już nie tak jak dawniej, ciągle w tym samym tempie, monotonnie nie do zniesienia.

Tak, stawała się inną Karlą. Powoli, bo prawdziwe zmiany wymagają czasu. Ale zmieniała się.

•

Zanim wyszli, Marie podeszła do Karli:

– Podobno masz LSD. To prawda?

Rzeczywiście, nasączyła stronę powieści *Władca pierścieni* roztworem kwasu lizergowego.

Kartkę papieru, którą wysuszył powiew holenderskiego wiatru i która stała się na powrót jedną ze stron powieści Tolkiena.

– Chciałabym przeżyć to doświadczenie i to jeszcze dzisiaj. Urzekło mnie to miasto, ale chciałabym spojrzeć na nie innymi oczami. Tak się dzieje, prawda?

„Z pewnością. Tylko pierwszy raz równie dobrze może być rajem jak piekłem".

– Mam prosty plan. Jak będziemy na bazarze, po jakimś czasie się „zgubię", zażyję LSD z dala od wszystkich, żeby nikomu nie przeszkodzić.

„Ona nie ma pojęcia, o czym mówi", pomyślała Karla. „Chce przeżyć swój pierwszy odlot po LSD sama «nikomu nie przeszkadzając»".

W pierwszej chwili gorzko żałowała, że zdradziła wszystkim swój sekret. Gdyby Marie zapytała o książkę, mogłaby jej powiedzieć, że się przesłyszała, że chodziło jej po prostu o jednego z bohaterów powieści. Zresztą Marie nie miała pojęcia pod jaką postacią przewoziła LSD. Może powiedzieć, że nie ma zamiaru wprowadzać nikogo w świat narkotyków, tym bardziej kogoś tak młodego, bo nie chce przyciągać złej karmy. Szczególnie w chwili, kiedy jej życie zmieniło się na dobre, bo jeśli kogoś kochasz, to kochasz cały świat.

Patrzyła na niewiele od siebie młodszą dziewczynę, która miała w sobie śmiałość Amazonek, prawdziwych wojowniczek – była gotowa na spotkanie z nieznanym, stanąć oko w oko z niebezpieczeństwem – krótko mówiąc, Marie była taka jak ona. To było przerażające, a przy tym dobre, tak jak dobre i zarazem przerażające jest życie, jeśli jesteś gotów przeżyć każdą minutę, nie myśląc o tym, że na końcu drogi czeka cię to, co nazywa się śmiercią.

– Dobra, chodź do mojego pokoju. Tylko najpierw musisz mi coś obiecać.

– Co tylko zechcesz.

– Nie oddalisz się ode mnie ani na krok. Są różne rodzaje LSD, ten, który mam, jest najsilniejszy. Możesz się czuć po nim wspaniale albo okropnie.

Marie roześmiała się. Holenderka nie miała pojęcia, kim ona jest i co już przeżyła.

– Obiecaj mi – nalegała Karla.

– Dobrze, obiecuję.

Wszyscy zbierali się do wyjścia, ale wymówka „kobiece sprawy" była w tym momencie idealna.

– Za dziesięć minut będziemy z powrotem.

Karla otworzyła drzwi i z dumą pokazała swój pokój. Marie zobaczyła suszące się ubrania, otwarte okno, przez które wpadało świeże powietrze i wielkie łóżko z dwiema poduszkami, pościel w nieładzie, jakby przeszedł tamtędy tajfun. Naprawdę przeszedł, istny cyklon, który wymiótł sporo starych rzeczy i przyniósł wiele nowych.

Otworzyła plecak, wyjęła książkę i otworzyła na stronie 155. Małymi nożyczkami, które zawsze nosiła przy sobie, odcięła półcentymetrowy kwadracik.

Podała Marie i powiedziała, żeby dobrze przeżuła.

– Tylko tyle?

– Prawdę mówiąc, chciałam ci dać tylko połowę dawki, ale uznałam, że możesz nie odczuć efektów. To jest normalna dawka, taka, jaką sama brałam.

Skłamała. Kwadracik był połową dawki, ale w zależności od tego, jak Marie zareaguje i jak będzie tolerowała narkotyk, zapewni jej taki samo odlot jak cała dawka, tyle że w dłuższym czasie.

– Zauważyłaś, że powiedziałam: „jaką sama brałam"? Od ponad roku nie tknęłam LSD i nie wiem, czy jeszcze kiedykolwiek po to sięgnę. Są inne sposoby, żeby osiągnąć ten sam efekt, chociaż do tej pory brakowało mi cierpliwości, żeby je wypróbować.

– Na przykład jakie? – Marie włożyła skrawek papieru do ust i nie było już odwrotu.

– Medytacja, joga, wielka miłość i inne takie. Wszystko, co sprawia, że widzimy świat nowymi oczami.

– Jak długo trzeba czekać na efekt?

– Nie wiem. To zależy od osoby.

Zamknęła książkę, schowała ją do plecaka. Dołączyły do reszty i wyruszyli na Kryty Bazar.

Mirthe wzięła z recepcji ulotkę o Krytym Bazarze, założonym w 1455 roku przez sułtana, który odbił Konstantynopol z rąk papieża. W czasach, kiedy wielkie Imperium Osmańskie panowało nad światem, był to największy zadaszony targ, na który ludzie znosili co tylko mieli do sprzedania. Rozrastał się tak szybko, że pokrywający go dach trzeba było powiększać wiele razy.

Jednak wszystkie te informacje nie przygotowały ich na to, co zobaczyli – tysiące osób krążących po zatłoczonych alejkach pomiędzy straganami, fontannami, restauracjami, miejscami modlitwy, kawiarniami. Krótko mówiąc, było tam absolutnie wszystko, co można znaleźć w wielkich domach towarowych we Francji: złota biżuteria z filigranu, stroje we wszystkich fasonach i kolorach, buty, dywany w rozmaitych rozmiarach. Jedyna różnica – tutaj rzemieślnicy pracowali na oczach wszystkich, obojętni na tłumy, które przepływały tuż obok.

Jeden ze sprzedawców zagadnął ich, czy interesują ich starocia – mieli wypisane na czole, że są turystami, wystarczyło spojrzeć, z jaką ciekawością rozglądali się na wszystkie strony.

– Ile tu jest sklepów? – spytał Jacques.

– Trzy tysiące. Plus dwa meczety, mnóstwo fontann i setki miejsc, gdzie możecie spróbować specjałów kuchni tureckiej. Ale mam kilka ikon, jakich nigdzie indziej nie znajdziecie.

Jacques podziękował, zapewnił, że jeszcze wróci. Sklepikarz wiedział, że to kłamstwo, więc jeszcze próbował namawiać, stwierdził jednak szybko, że to mija się z celem, więc pożegnał się, życząc wszystkim miłego dnia.

– Wiecie, że był tu Mark Twain? – spytała Mirthe.

Była zlana potem i lekko przestraszona zgiełkiem i wrzawą. A gdyby nagle wybuchł pożar, którędy mają uciekać? I gdzie są drzwi, przez które weszli? Jak utrzymać zwartą grupę, skoro każdy chce iść w inną stronę?

– I co mówił Mark Twain?

– Że nie da się tego widoku opisać, ale że odkrycie Bazaru było dla niego dużo silniejszym i ciekawszym przeżyciem niż sam Stambuł. Pisał o feerii barw, o kakofonii dźwięków, o dywanach i kilimach, o ludziach zażarcie dyskutujących w alejkach, o pozornym chaosie, którym jednak rządził jakiś tajemniczy ład. „Żeby kupić buty, pisał, wcale nie trzeba biegać od kramu do kramu,

porównując fasony i ceny, wystarczy znaleźć dzielnicę szewców – długie rzędy takich samych straganów, gdzie nie ma cienia rywalizacji i gdzie nikt się nie gniewa. Wszystko zależy od talentu sprzedawcy, od tego, kto lepiej potrafi zachwalać towar".

Nie dodała, że Bazar spustoszyły już cztery pożary i trzęsienie ziemi. Ile ofiar pochłonęły te katastrofy, pozostaje zagadką, bo z oczywistych względów hotelowa ulotka o tym nie wspominała.

Karla zauważyła, że córka Jacques'a, ze wzrokiem wbitym w sufit, podziwiała belki i łukowe sklepienia z błogim uśmiechem na twarzy, niezdolna powiedzieć nic więcej ponad: „Jakie cudowne! Po prostu niezwykłe!".

Poruszali się z prędkością około kilometra na godzinę. Tam, gdzie jedno z nich przystawało, przystawała reszta. Karla z Marie potrzebowały na chwilę odłączyć się od grupy.

– Jeśli dalej będziemy się tak wlekli, nie dojdziemy nawet do końca pierwszej alejki. Przykro mi, że muszę wam przypomnieć, i żal mi tak samo jak wam, że jutro stąd wyjeżdżamy. A skoro już tu jesteśmy, to może warto wykorzystać to do maksimum Może rozdzielmy się, spotkamy się później w hotelu.

Przyjęto jej pomysł z entuzjazmem. Jacques podszedł do córki z zamiarem kontynuowania z nią spaceru po Krytym Bazarze, ale Karla powstrzymała go.

– Nie lubię być sama. Pozwól nam razem odkryć to nieziemskie miejsce.

Widząc, że Marie – która ze wzrokiem wbitym w sufit powtarzała w kółko: „Jakie to cudowne!" – nawet na niego nie spojrzała, Jacques się zaniepokoił. Może przypadkiem spotkała kogoś, kto dał jej haszysz? Ale w końcu była dorosła, może sama zadbać o siebie. Zostawił ją z Karlą, tą dziewczyną zawsze w awangardzie, zawsze próbującą udowodnić, że jest bystrzejsza i lepiej poinformowana od innych. Wydawało mu się, że od przyjazdu do Stambułu trochę – ale tylko trochę – złagodniała.

Odwrócił się na pięcie i ruszył więc w swoją stronę. Gdy tylko zniknął w tłumie, Karla chwyciła Marie pod rękę.

– Musimy stąd natychmiast wyjść.

– Nie chcę, tu wszystko takie piękne. Zobacz, jakie kolory! Jak cudownie!

Karla nie pytała, wydawała rozkazy i ciągnęła ją delikatnie do wyjścia.

Do wyjścia? Tylko gdzie było to wyjście?

Marie wpadała w coraz większy zachwyt i była całkowicie bezwolna. Karla rozpytywała wszystkich wokół, gdzie jest najbliższe wyjście i za każdym razem słyszała inną odpowiedź. Zaczęła się denerwować. Ich daremne próby wydostania się z tego labiryntu były same w sobie tak potężnym przeżyciem jak odlot po LSD, a jeśli oba te doznania się skumulują, nie wiadomo, gdzie odleci Marie.

Odnalazła swą dawną bezczelność i tupet. Miotała się na wszystkie strony, ale nigdzie nie mogła znaleźć bramy, przez którą weszli. Nie chodziło o to, żeby wrócić tą samą drogą, ale w tej chwili każda sekunda była na wagę złota, powietrze stało się ciężkie, ludzie pocili się, nikt na nic nie zwracał uwagi, poza tym, co kupuje, sprzedaje, czy o co się targuje.

Wreszcie wpadła na genialny pomysł – zamiast szamotać się na wszystkie strony, powinny trzymać się jednego kierunku i iść przed siebie. Wcześniej czy później trafią na mur dzielący tę ponoć największą na świecie świątynię handlu od świata na zewnątrz. Wyznaczyła sobie linię prostą i błagała Boga (Boga?), żeby okazała się najkrótsza. Po drodze zaczepiali je handlarze, zachwalając swoje towary, ale bezceremonialnie ich odpychała, nie myśląc, że któryś z nich może się obrazić.

Gdzieś w tłumie zauważyła młodego chłopaka, któremu niedawno sypnął się wąs. Musiał dopiero wejść na bazar, bo rozglądał się dookoła, jakby czegoś szukał. Korzystając ze swego uroku, wdzięku i zdolności przekonywania, Karla ubłagała go, żeby zaprowadził je do

wyjścia, pod pretekstem, że jej siostra ma halucynacje.

Chłopak spojrzał na rzekomą siostrę i stwierdził, że naprawdę gdzieś odpłynęła. Chciał nawiązać rozmowę, mówił coś o wujku, który pracuje na bazarze i może im pomóc, ale Karla przekonała go, że zna symptomy i wie, że tylko świeże powietrze może pomóc jej „siostrze".

Trochę wbrew sobie, świadomy, że dwie piękne cudzoziemki na zawsze znikną mu z oczu, odprowadził je do wyjścia, które, jak się okazało, znajdowało się dwadzieścia metrów od miejsca, w którym były.

•

Kiedy tylko wydostały się z bazaru, Marie postanowiła rozstać się uroczyście ze swoimi mrzonkami o rewolucji. Już nigdy więcej nie powie, że jest komunistką walczącą o wyzwolenie uciskanych robotników spod jarzma kapitalistów.

Owszem, przyjęła styl hipisów, ponieważ czasami dobrze jest nadążać za modą. Wiedziała, że jej ojciec się tym martwi i że zaczął gorączkowo szukać informacji, co ta moda oznacza. Jechali oboje do Nepalu, ale nie po to, żeby medytować w jaskiniach czy zwiedzać świątynie. Jej celem było nawiązanie kontaktu z maoistami, którzy przygotowywali wielkie powstanie przeciwko anachronicznej monarchii, na czele której stał król despota, któremu obojętne jest cierpienie własnego ludu.

Na uniwersytecie poznała nepalskiego emigranta, który przyjechał do Francji, żeby zwrócić uwagę opinii społecznej na los garstki partyzantów, prześladowanych w jego kraju.

Od tej chwili, nie było to już dla niej ważne. Szła z Karlą zwyczajną stambulską ulicą, na której nie było nic ciekawego, choć dla niej wszystko miało nadzwyczajne znaczenie. Nie dostrzegała odpadających tynków, domów ani ludzi, którzy przechodzili obok ze spuszczonymi głowami, nie patrząc na nikogo.

– Myślisz, że oni coś zauważyli?

– Nic nie zauważyli, oprócz twojego promiennego uśmiechu. Nie po to wynaleziono LSD, żeby przyciągać uwagę.

Marie jednak coś zauważyła: jej towarzyszka była zdenerwowana. Nie świadczyły o tym jej słowa, ton jej głosu, tylko emanujące z niej „wibracje". Nie lubiła słowa „wibracje", bo nie wierzyła w takie rzeczy, ale teraz musiała przyznać, że one istnieją.

– Dlaczego wyszłyśmy z tamtej świątyni?

Karla spojrzała na nią dziwnym wzrokiem.

– Wiem, że to nie była świątynia, ale takie miałam skojarzenie. Wiem, jak się nazywam, wiem, jak ty się nazywasz, wiem, w jakim jesteśmy mieście, wiem, gdzie idziemy, ale wszystko jest jakby inne, jakby...

Przez chwilę szukała odpowiedniego słowa.

– ...tak jakbym przeszła przez jakieś drzwi i zostawiła za sobą cały znajomy świat wraz z lękami, depresjami, wątpliwościami. Moje życie wydaje mi się prostsze, a jednocześnie bogatsze i bardziej radosne. Czuję się wolna.

Karla trochę się uspokoiła.

– Widzę kolory, których nigdy nie widziałam, niebo się ożywiło, chmury malują na niebie znaki, których na razie nie potrafię odczytać, ale jestem pewna, że jest tam dla mnie jakiś przekaz, którym od tej pory będę się kierować. Żyję w zgodzie z samą sobą, nie patrzę na świat z boku, bo to ja jestem światem. Mam w sobie mądrość tych wszystkich, którzy żyli przede mną, którzy pozostawili ślad w moich genach. Jestem moimi marzeniami.

Przechodziły obok kawiarni, podobnej do setek innych w tej okolicy. Marie dalej mamrotała „Jak cudownie!". Karla poprosiła, żeby zamilkła, bo miały wkroczyć na grząski grunt, do kawiarni, gdzie bywali prawie sami mężczyźni.

– Podejrzewam, że zobaczą w nas zwykłe turystki i mam nadzieję, że nie zareagują źle i nas nie wyrzucą. Tylko proszę, weź się w garść.

I tak się stało. Nikt nie zaprotestował, kiedy weszły i wybrały stolik w kącie. Mężczyźni rzucali im lekko zdziwione spojrzenia, ale uznawszy, że jako turystki nie znają miejscowych zwyczajów, wrócili do przerwanych rozmów. Karla zamówiła bardzo słodką herbatę z miętą – podobno cukier łagodzi objawy halucynacji.

Bo Marie miała halucynacje. Twierdziła, że widzi świetlistą aurę wokół ludzi, opowiadała, że jest w stanie przemieszczać się w czasie i że parę minut temu udało jej się nawiązać kontakt z duszą chrześcijanina, który poległ w bitwie w tym samym miejscu, gdzie była kawiarnia. Ów chrześcijanin, który odnalazł wieczysty spokój w raju, był rzekomo szczęśliwy, że może porozmawiać z kimś na Ziemi. Poprosił, żeby przekazała wiadomość jego matce, zrozumiał jednak, że od jego śmierci minęły całe wieki – tę informację przekazała mu Marie – więc dał spokój, podziękował i rozpłynął się w niebyt.

Piła herbatę, jakby robiła to po raz pierwszy w życiu. Zaczęła żywo gestykulować i wzdychać na znak, że jej smakowała, ale znowu Karla poprosiła, żeby się opanowała. Marie czuła „wibracje", które otaczały Holenderkę, w jej aurze widziała liczne dziury. Czy to był zły znak? Nie, to były ślady po dawnych ranach, które teraz szybko się zabliźniały. Chciała dodać jej odwagi, czuła, że może to zrobić, zacząć jakąkolwiek rozmowę i nie wyjść jeszcze z transu.

– Myślisz, że zakochałaś się w tym Brazylijczyku?

Karla nie odpowiedziała. Jedna ze świetlistych dziur zmniejszyła się trochę i Marie zmieniła temat.

– Kto wynalazł tę substancję? I dlaczego nie rozdają tego za darmo tym, którzy poszukują jedności z niewidzialnym. Przecież to takie ważne, żeby zmienić nasze postrzeganie świata!

Karla odparła, że LSD wynaleziono przypadkiem, w najmniej oczekiwanym miejscu na świecie: w Szwajcarii.

– W Szwajcarii? W tym kraju, który kojarzy się tylko z bankami, zegarkami, krowami i czekoladą?

– I z laboratoriami – dodała Karla. – Początkowo poszukiwano lekarstwa na jakąś chorobę, nie pamiętam już jaką. Po paru latach jej odkrywca, czy raczej wynalazca, postanowił sam wypróbować swój produkt, który przynosił miliony firmom farmaceutycznym na całym świecie. Połknął minimalną dawkę, pojechał do domu na rowerze – bo działo się to podczas drugiej wojny światowej i nawet w neutralnej Szwajcarii racjonowano benzynę – i nagle stwierdził, że wszystko widzi inaczej.

Entuzjazm Marie nieco osłabł. Trzeba było czymś zająć jej umysł.

– Pewnie zapytasz mnie, skąd znam tę historię. Otóż ostatnio w bibliotece czytałam o tym artykuł w pewnym piśmie. Ten naukowiec nie tylko stwierdził, że jego postrzeganie świata się zmieniło, ale też, że nie może jechać na rowerze. Poprosił swojego asystenta, żeby odprowadził go do domu. Po drodze pomyślał, że może lepiej pojechać prosto do szpitala, bo bał się, że dostanie zawału. Ale nagle – i tu zacytuję z pamięci jego słowa, może niedokładnie:

Zacząłem widzieć niezwykłe kolory i kształty, które utrzymywały się pod powiekami, nawet kiedy zamykałem oczy. Miałem wrażenie, że wpatruję się w ogromny kalejdoskop, w którym pojawiały się i znikały koła, spirale, wybuchające gejzerem kolorów, które mieszały się w jeden strumień jak rzeka radości.

– Czy ty mnie słuchasz, Marie?

– Mniej więcej. Nie wiem, czy nadążam za tobą, podajesz strasznie dużo informacji: Szwajcaria, rower, wojna, kalejdoskop. Czy nie możesz tego trochę uprościć?

Tego się Karla obawiała! Włączyła się jej syrena alarmowa i zamówiła jeszcze jedną herbatę.

– Postaraj się, Marie. Popatrz na mnie i słuchaj uważnie. Skup się. To chwilowe złe samopoczucie zaraz

minie. Muszę ci się do czegoś przyznać – dałam ci tylko połowę dawki.

Te słowa jakby uspokoiły Marie. Kiedy tylko przyniesiono herbatę, Karla zmusiła koleżankę, żeby ją wypiła. Zapłaciła i wyszły na świeże powietrze.

– I co z tym Szwajcarem?

„Nie jest źle", pomyślała Karla. Marie nie straciła wątku i to był dobry znak. Zastanawiała się, czy nie kupić jakiegoś mocnego środka uspokajającego, na wypadek gdyby wrota piekła zastąpiły bramy raju...

– LSD, które ci dałam, ponad piętnaście lat temu było w amerykańskich aptekach w wolnej sprzedaży. A sama wiesz, jak rygorystyczni są Amerykanie w kwestii narkotyków. LSD trafiło nawet na okładkę *Time*'a, dzięki swojemu dobroczynnemu wpływowi w leczeniu chorób psychicznych i alkoholizmu. W końcu zakazano stosowania LSD, bo od czasu do czasu pojawiały się nieprzewidziane skutki uboczne.

– Na przykład jakie?

– Porozmawiamy o tym później. Na razie postaraj się zamknąć wrota piekieł i otwórz drzwi do raju. Korzystaj. Nie bój się, jestem z tobą i wiem, o czym mówię. Najpóźniej za dwie godziny będzie po wszystkim.

– Zamknę wrota do piekieł i otworzę drzwi do raju – powtórzyła Marie. – Choć wiem, że to ja potrafię opanować strach, nie ty. Widzę twoją aurę i czytam w twoich myślach.

– Masz rację. W takim razie możesz w nich przeczytać, że nie grozi ci żadne niebezpieczeństwo, o ile nie przyjdzie ci fantazja, żeby wdrapać się na dach wieżowca i skoczyć, żeby sprawdzić, czy potrafisz fruwać.

– Rozumiem. Zresztą czuję, że już przestaje działać.

Przekonana, że narkotyk jej nie zabije, a jej towarzyszka nie pozwoli jej wdrapać się na szczyt wieżowca, Marie poczuła, że rytm jej serca się wyrównał. Postanowiła w pełni wykorzystać te dwie godziny działania LSD, jakie jej zostały.

Wszystkie jej zmysły – dotyk, wzrok, słuch, węch, smak – stały się jakby jednym, tak jakby była w stanie odczuwać wszystko jednocześnie. Światła przestały już być tak intensywne, choć ciągle widziała wokół mijających ją ludzi świetlistą aurę i wiedziała, kto cierpi, kto jest szczęśliwy, kto wkrótce umrze.

Wszystko było nowe. Nie tylko dlatego, że była w Stambule, ale także dlatego, że weszła w skórę innej Marie, znacznie bardziej wyrazistej i o wiele starszej niż ta, którą znała.

Niebo pociemniało, czarne chmury zwiastowały burzę, ich kształty zaczynały się zacierać i tracić swoją symbolikę, jeszcze przed chwilą tak zrozumiałą. Ona jednak wiedziała, że chmury mają swój tajemny język, którym porozumiewają się z ludźmi. I jeśli uda jej się przyjrzeć uważnie chmurom w najbliższych dniach, w końcu zrozumie ich przesłanie.

Czy powinna powiedzieć ojcu, dlaczego wybrała właśnie Nepal? Mimo wszystko głupio by było wycofać się teraz, gdy już dotarli tak daleko. Zresztą w podróży odkryją rzeczy, których później, z wiekiem, kiedy się już zestarzeją, nie będą mieli okazji zobaczyć.

Czemu tak słabo znała siebie? Przypominała sobie niektóre przeżycia, które w dzieciństwie wydawały jej się niemiłe, ale nie były już takie straszne – były po prostu przeżyciami. Czemu przywiązywała do nich tak wielką wagę aż do teraz?

A zresztą, po co szukać odpowiedzi na te pytania? Czuła, że te sprawy rozwiążą się same. Od czasu do czasu, patrząc na coś, co w jej wyobraźni ucieleśniało dusze, które ją otaczały, zobaczyła przed sobą wrota do piekieł, ale postanowiła nigdy ich nie otwierać.

W tej chwili cieszyła się światem bez pytań i bez odpowiedzi, bez wątpliwości i bez pewników – była nierozerwalną częścią tego świata. Cieszyła się światem, w którym czas nie istniał, w którym przeszłość i przyszłość stanowiły jedynie chwilę obecną i nic ponadto. Czasami miała wrażenie, że jej dusza jest bardzo stara, kiedy indziej przypominała dziecko zachwycone nowością, które przygląda się własnej dłoni i widzi, że palce poruszają się oddzielnie. Cieszyła się, że Karla jest już bardziej pogodna, jej aura odzyskała całą swoją świetlistość, była naprawdę zakochana. Pytanie, które jej zadała przed chwilą, nie miało sensu. Zawsze wiadomo, kiedy ktoś jest zakochany.

Dwie godziny później, kiedy wróciły do hotelu, Marie domyśliła się, że Karla włóczyła się z nią po mieście, czekając aż LSD przestanie działać, zanim spotkają resztę pasażerów. Słysząc pierwszy grzmot wiedziała, że to Bóg każe jej wracać do świata, bo jeszcze ma mnóstwo pracy. Zrozumiała, że powinna bardziej wspierać ojca, który pragnął zostać pisarzem, a nigdy nie napisał ani jednego słowa, oprócz prezentacji, analiz czy artykułów.

Musiała wspierać ojca, tak jak on zawsze wspierał ją, zresztą sam ją o to poprosił. Miał przed sobą jeszcze wiele, wiele lat życia, a ona pewnego pięknego dnia wyjdzie za mąż... Do tej pory nigdy o tym nie myślała, bo zawsze uważała, że ślub oznacza koniec życia bez ograniczeń i zakazów.

Pewnego dnia wyjdzie za mąż. Do tego czasu ojciec powinien być spełniony, żyć własnym życiem i realizować własne marzenia. I choć bardzo kochała matkę, której nigdy nie obarczała winą za rozwód, to szczerze pragnęła, żeby ojciec spotkał jakąś kobietę, która dotrzyma mu kroku na tej świętej ziemi.

Zrozumiała, dlaczego zakazano sprzedaży kwasu lizergowego – gdyby każdy miał do niego dostęp, świat by przestał funkcjonować. Ludzie kontaktowaliby się tylko z własną duszą, jakby byli miliardem mnichów medytujących równocześnie w swoich wewnętrznych jaskiniach, obojętni na dobry i zły los innych ludzi. Samochody by nie jeździły, samoloty nie latały, nie byłoby siewów ani żniw – wszystko byłoby jedynie olśnieniem i ekstazą. I w krótkim czasie ludzkość zostałaby
zmieciona z powierzchni ziemi przez coś, co powinno być oczyszczającym wiatrem, lecz w końcu stałoby się wichrem totalnej zagłady.

Żyła na świecie, stanowiła jego część, powinna wypełnić rozkaz, który dał jej Bóg głosem burzy – pracować dla świata, pomagać ojcu, walczyć z tym, co złe, zmagać się z codziennością jak inni.

Taka była jej misja i ją spełni. To był jej pierwszy i ostatni odlot z LSD i była szczęśliwa, że to doświadczenie ma już za sobą.

Tego wieczoru spotkali się w pełnym składzie i postanowili uczcić ostatni dzień w Stambule w restauracji z wyszynkiem, gdzie mogli napić się razem, uraczyć pysznym jedzeniem i podzielić przeżyciami z całego dnia. Obaj kierowcy, Rahul i Michael, najpierw bronili się, że to wbrew regulaminowi agencji, ale nie dali się długo prosić i dołączyli do nich.

– Dobra, tylko nie proście, żebyśmy zostali tu jeszcze jeden dzień dłużej. Tego nie mogę zrobić, straciłbym pracę.

Nie zamierzali o nic go prosić. Czekała ich jeszcze reszta Turcji, zwłaszcza Anatolia z jej, jak mówiono, przepięknymi widokami. A tak prawdę mówiąc, tęsknili już za drogą, za ciągle zmieniającym się krajobrazem.

Paulo właśnie wrócił ze swojego tajemnego miejsca, przebrał się i już dowiedział się, że następnego dnia ruszają w drogę. Przeprosił wszystkich i wyjaśnił, że chciałby zjeść kolację sam na sam z Karlą.

Wszyscy to zrozumieli i po cichu cieszyli się z ich „przyjaźni".

Obu dziewczynom z ich grupy błyszczały oczy – Marie i Karli. Nikt nie oczekiwał od nich żadnych wyjaśnień i żadna z nich nic nie wyjaśniała.

– I jak ci minął dzień?

Karla z Paulem też wybrali restaurację, w której serwowano alkohol, i właśnie opróżnili swój pierwszy kieliszek wina.

Paulo zaproponował, żeby najpierw zamówili coś do jedzenia i Karla zgodziła się. Teraz, kiedy czuła się prawdziwą kobietą, zdolną kochać ze wszystkich sił bez pomocy narkotyków, wino było dla niej czymś odświętnym.

Domyślała się, co ją czeka i co Paulo jej powie. Czuła to podskórnie już w restauracji na drugim brzegu Bosforu, kiedy wyznała mu miłość, a jego oczy nie rozbłysły, tak jak to sobie wymarzyła. Potwierdziło się to później, w nocy, kiedy się tak cudownie kochali. W pierwszej chwili miała ochotę się rozpłakać, ale w końcu pogodziła się z losem, tak jakby wszystko było już zapisane. Zawsze pragnęła w życiu jedynie serca rozpalonego miłością, a mężczyzna, który w tym momencie był w niej, dał jej to.

Nie była naiwna, a jednak osiągnęła to, czego najbardziej pragnęła w życiu. Nie czuła się już jak ktoś zagubiony na pustyni, płynęła jak wody rzeki wpadające do bezmiernego oceanu. Nigdy nie zapomni Stambułu, tego Brazylijczyka i rozmów z nim, za którymi czasem nie nadążała. On sprawił cud, ale nie musiał tego wiedzieć. Nie chciała, żeby gnębiło go poczucie winy, bo może zmieniłby swoją decyzję.

Zamówili drugą butelkę wina i dopiero wtedy zaczął opowiadać.

– Mężczyzna bez imienia był już tam, kiedy dotarłem. Przywitałem się z nim, ale on nic nie powiedział. Siedział ze wzrokiem utkwionym w jeden punkt, jakby był w transie. Usiadłem na podłodze, próbowałem oczyścić umysł, żeby nawiązać kontakt z duszami, które tańczyły, śpiewały i sławiły życie w tym właśnie miejscu. Wiedziałem, że koniec końców nadejdzie chwila, kiedy wybudzi się ze stanu ekstazy i czekałem. Choć tak naprawdę, nie „czekałem" w dosłownym tego słowa znaczeniu, po prostu poddałem się chwili, która trwała, bez żadnych oczekiwań.

Z minaretu rozległ się głos muezina, który wzywał do modlitwy, starzec wyszedł z transu i zmówił jedną z pięciu codziennych modlitw. Dopiero wtedy zauważył moją obecność i spytał, dlaczego wróciłem. Wyjaśniłem mu, że spędziłem całą noc na rozmyślaniach o naszym spotkaniu i pragnę całą duszą i ciałem poświęcić się sufizmowi.

Miałem wielką ochotę opowiedzieć mu, że po raz pierwszy w życiu naprawdę się kochałem – bo kiedy wczoraj wieczorem byłem z tobą, byłem w tobie, miałem wrażenie, jakbym naprawdę opuścił własne ciało. Nigdy nie przeżyłem czegoś takiego. Uznałem jednak, że to nie jest właściwy moment i czekałem na jego odpowiedź. „Czytaj poetów – powiedział bezimienny człowiek – to wystarczy".

Mnie to nie wystarczało, potrzebowałem dyscypliny, rygoru, jakiegoś miejsca, w którym mógłbym służyć Bogu, tak bym był bliżej świata. Zanim tam poszedłem po raz pierwszy, byłem zafascynowany wirującymi derwiszami, którzy podczas tańca wpadali w trans. Teraz pragnąłem, żeby moja dusza tańczyła razem ze mną.

Mam na to czekać tysiąc i jeden dni? Spokojnie, poczekam. Do tamtej chwili sporo już przeżyłem, pewnie więcej niż moi szkolni kumple. Mogłem więc poświęcić trzy lata życia, gdyby po upływie tego czasu pozwolono mi spróbować osiągnąć trans wirujących derwiszy.

„Przyjacielu, sufi żyje zawsze chwilą obecną", powiedział mi. „«Jutro» nie istnieje w naszym słowniku".

I to wiedziałem. Największe moje wątpliwości budziła kwestia, czy muszę przejść na islam, żeby móc dalej się uczyć.

„Nie", usłyszałem. „Musisz tylko złożyć jedną obietnicę: poddać się ścieżce, którą prowadzi cię Bóg. Musisz widzieć Jego Boskie oblicze w każdej kropli wody, którą pijesz. Słyszeć Jego Boski głos za każdym razem, kiedy mijasz żebraka na ulicy. Głoszą to wszystkie religie i to jest jedyna obietnica, którą musisz złożyć. To wszystko".

„Brak mi jeszcze dyscypliny wewnętrznej", odpowiedziałem. „Ale z twoją pomocą uda mi się dotrzeć tam, gdzie Niebo styka się z Ziemią, czyli do ludzkiego serca".

Powiedział, że jest gotów mi pomóc, pod warunkiem, że porzucę całe moje dotychczasowe życie i będę posłuszny wszystkim jego rozkazom – że będę się musiał nauczyć prosić o jałmużnę, kiedy skończą mi się pieniądze, przestrzegać postu, kiedy nadejdzie czas, służyć trędowatym, myć rany chorym. Spędzać całe dni bezczynnie, wpatrując się tylko w jeden punkt i powtarzając bezustannie tę samą modlitwę, to samo zdanie, to samo słowo.

„Sprzedaj całą mądrość", powiedział, „i kup miejsce w swojej duszy, by wypełnić ją absolutem. Bo to, co ludzie nazywają mądrością, to jedynie szaleństwo w oczach Boga".

Wtedy zwątpiłem, czy kiedykolwiek będę do tego zdolny. Pomyślałem, że może tylko sprawdza, czy jestem gotów do ślepego posłuszeństwa. Nie dostrzegłem jednak wahania w jego głosie, wiedziałem, że mówi to serio. I chociaż byłem w środku tej zielonej sali z odpadającym tynkiem i popękanymi witrażami, w tym pomieszczeniu, w którym było tego dnia jeszcze ciemniej niż zazwyczaj, wiedziałem, że nadciąga burza.

Bo chociaż moje ciało weszło do środka, moja dusza pozostała na zewnątrz, ciekawa tego, co wyniknie z całej tej historii. Czekała na dzień, w którym przez zwykły zbieg okoliczności wejdę tam i zobaczę ludzi wirujących wokół własnej osi, widząc w tym tylko balet z dobrą choreografią i nic poza tym. Wiedziałem, że nie tego szukam. Ale wiedziałem też, że jeśli nie zgodzę się na wszystkie jego warunki, następnym razem – nawet jeśli pozwoli mi wchodzić i wychodzić do woli, jak za pierwszym razem – drzwi będą dla mnie zamknięte.

Starzec czytał w mojej duszy, czuł moje rozdarcie, moje wahania, a jednak był nieugięty – wszystko albo nic. Oznajmił, że musi wracać do medytacji, ale uprosiłem go, żeby odpowiedział mi chociaż na trzy pytania.

„Czy przyjmie mnie pan na ucznia?".

„Mogę jedynie przyjąć twoje serce na ucznia, bo gdybym odmówił, z mojego życia nie byłoby żadnego pożytku. Mogę okazać moją miłość do Boga na dwa sposoby: pierwszy, to wielbić Go dniami i nocami w samotności tego miejsca, ale z tego nie byłoby żadnego pożytku ani

dla mnie, ani dla Niego; drugi sposób, to śpiewać, tańczyć i ukazywać wszystkim Jego oblicze poprzez moją radość".

„Czy przyjmie mnie pan na ucznia?", spytałem po raz drugi.

„Tak jak ptak nie może latać, mając tylko jedno skrzydło, mistrz suficki jest nikim, jeśli nie potrafi przekazać swojej wiedzy innym ludziom".

„Czy przyjmie mnie pan na ucznia?", spytałem po raz trzeci i ostatni.

„Jeśli jutro przejdziesz przez te drzwi, tak jak to robiłeś przez dwa ostatnie dni, przyjmę cię na ucznia. Ale jestem pewien, że będziesz tego żałował".

•

Karla napełniła winem ich kieliszki.

– Moja podróż tu się kończy – powiedział z naciskiem, jakby się obawiał, że nie zrozumiała, co oznaczała jego historia. – Nie mam po co jechać do Nepalu.

Przygotował się na wybuch płaczu, złość, rozpacz, szantaż emocjonalny, na wszystkie możliwe reakcje kobiety, która dzień wcześniej wyznała mu miłość.

Ku jego wielkiemu zdziwieniu ona tylko się uśmiechnęła.

•

Opróżnili kieliszki. Karla znowu je napełniła i dopiero wtedy spojrzała mu w oczy:

– Nigdy nie sądziłam, że mogę pokochać kogoś tak, jak kocham ciebie – powiedziała. – Moje serce było zamknięte, i nie miało to nic wspólnego z psychologią czy brakiem jakiejś substancji chemicznej. I nagle, sama nie wiem kiedy, moje serce się otworzyło, i nigdy nie będę umiała wytłumaczyć tej tajemnicy. Będę cię kochać do końca życia. Kiedy będę w Nepalu, będę cię kochać. Po powrocie do Amsterdamu będę cię kochać. Jeśli w końcu zakocham się w kimś innym, dalej będę cię kochać, nawet jeśli będzie to inna miłość niż dziś.

Bóg – choć nie wiem, czy istnieje, ale mam nadzieję, że jest teraz przy nas i słucha moich słów – pragnie, żebym nigdy więcej nie zadowalała się jedynie moim własnym towarzystwem. Żebym się nie bała tęsknić za kimś i nie czuła strachu przed cierpieniem, bo nie ma gorszego cierpienia niż poczucie, że twoje serce jest jak szary, mroczny pokój, gdzie ból nie ma wstępu.

I żeby ta miłość, o której tyle się mówi, którą tylu ludzi przeżywa, tylu z jej powodu cierpi, żeby ta miłość przywiodła mnie do tej cząstki we mnie, która była mi dotąd nieznana i którą dopiero teraz odkrywam. Tak jak kiedyś powiedział poeta – żeby zabrała mnie do kraju, gdzie nie ma ani słońca, ani księżyca, ani gwiazd, ani ziemi, ani smaku wina w ustach, tylko ten Inny, ten, którego kiedyś spotkam, ponieważ ty otworzyłeś mi do niego drogę.

I będę mogła iść, nie używając stóp, widzieć, nie potrzebując oczu, latać, nie prosząc o skrzydła.

•

Paulo był szczęśliwy i zaskoczony. Oboje wkraczali do nieznanej krainy pełnej strachów i cudów. Tu, w Stambule, gdzie zamiast zwiedzać zabytki, które im polecano, oboje wybrali wyprawę w głąb siebie. I nie było nic lepszego, nic bardziej pokrzepiającego na świecie.

Wstał, obszedł stół i pocałował ją, choć wiedział, że było to wbrew miejscowym obyczajom, i że inni klienci mogliby się poczuć urażeni. A jednak pocałował ją z miłością, choć bez pożądania, z własnej woli i bez poczucia winy. Bo wiedział, że to ich ostatni pocałunek.

•

Nie chciał niszczyć magii tej chwili, ale musiał zadać jej pytanie, bo nie mógł się powstrzymać:

– Spodziewałaś się tego? Byłaś na to przygotowana?

Karla tylko się uśmiechnęła i nie odezwała się ani słowem. Nigdy nie pozna odpowiedzi. I tym właśnie jest prawdziwa miłość – pytaniem bez odpowiedzi.

Paulo postawił sobie za punkt honoru, że odprowadzi ją do autobusu. Już uprzedził kierowcę, że zostaje, żeby nauczyć się tego, czego potrzebował się nauczyć. Przez krótką chwilę miał ochotę zacytować słynne zdanie z filmu *Casablanca*: „Zawsze będziemy mieli Paryż". Wiedział jednak, że to niedorzeczne i że musi się pośpieszyć, żeby wrócić do zielonej sali i do swojego bezimiennego mistrza.

Reszta pasażerów udawała, że nic nie widzi. Nikt się z nim nie pożegnał, bo nikt, oprócz Michaela, nie wiedział, że tu kończyła się jego podróż.

Karla pocałowała go bez słowa, ale on odczuł jej miłość jak niemal fizyczne doznanie, jak światło pojawiające się z coraz większą intensywnością, jak poranne słońce, które najpierw oświetla góry, potem miasta, równiny i wreszcie morze.

Drzwi się zamknęły i autobus ruszył. Jeszcze usłyszał, jak ktoś krzyknął: „Hej, nie wsiadł Brazylijczyk!" – ale Magic Bus już był daleko.

Pewnego dnia odnajdzie Karlę i dowie się, jak minęła jej podróż.

EPILOG

W lutym 2005 roku, kiedy był już znanym na świecie pisarzem, Paulo miał spotkanie autorskie w Amsterdamie. Przed południem tego dnia jeden z głównych programów telewizji holenderskiej emitował wywiad z nim przeprowadzony w dawnym hostelu, dzisiaj przekształconym w luksusowy hotel dla niepalących z małą, ale renomowaną restauracją.

Nigdy więcej nie miał wiadomości o Karli. Przewodnik *Europa za pięć dolarów dziennie* nosił teraz tytuł *Europa za trzydzieści dolarów dziennie*. Klub Paradiso był zamknięty (ponownie otwarto go parę lat później i dalej odbywały się tam koncerty). Plac Dam opustoszał, był zwyczajnym placem z osobliwym obeliskiem pośrodku, i Paulo nigdy nie wiedział – i dalej nie chciał wiedzieć – po co właściwie tam stał.

Poczuł pokusę, żeby się powłóczyć po uliczkach, którymi kiedyś szli do knajpy z darmowym jedzeniem, ale ponieważ towarzyszył mu organizator spotkania, stwierdził, że lepiej wrócić do hotelu i przygotować się do wieczornego wystąpienia.

Miał nikłą nadzieję, że Karla, wiedząc, że Paulo jest w Amsterdamie, pojawi się na spotkaniu autorskim. Przypuszczał, że i ona nie została długo w Nepalu, tak jak on porzucił pomysł, żeby zostać sufim, chociaż wytrzymał prawie rok, ucząc się rzeczy, które będą mu towarzyszyły do końca życia.

Na spotkaniu opowiedział trochę o wydarzeniach, opisanych w tej książce. I w pewnym momencie nie mógł się powstrzymać i spytał:

– Karla, jesteś tu?

Nikt nie podniósł ręki. Może nawet nie słyszała o jego przyjeździe do Amsterdamu, a może tam była, tylko wolała nie wracać do przeszłości...

Może to i lepiej.

GENEWA, 3 LUTEGO 2018 ROKU

Wszystkie osoby opisane w tej książce są prawdziwe, ale – z wyjątkiem dwóch bohaterów – mają zmienione imiona (znałem tylko ich imiona), żeby nie można ich było rozpoznać.

Wykorzystałem epizod z mojego aresztowania w Ponta Grossa (w 1968 roku) i dodałem szczegóły z dwóch innych pobytów w więzieniu w czasie dyktatury wojskowej (w maju 1974 roku, kiedy pisałem teksty piosenek).

Dziękuję mojemu brazylijskiemu wydawcy, Matinasowi Suzuki Juniorowi, mojej agentce i przyjaciółce Mônice Antunes oraz mojej żonie, artystce i malarce Christinie Oiticica, która narysowała mapę całego szlaku Magic Busu. Kiedy piszę książkę, zamykam się i praktycznie z nikim nie rozmawiam, nie lubię opowiadać o tym, co akurat robię. Christina udaje, że o tym nie wie, a ja udaję, iż wierzę, że ona naprawdę tego nie wie.

DRZEWO BABEL · WARSZAWA, WRZESIEŃ 2018 · WYD. PIERWSZE · NAKŁAD 60 000 EGZ. · PRINTED IN POLAND

Wyłączny dystrybutor:
Firma Księgarska Olesiejuk
www.olesiejuk.pl

Druk i oprawa
Druk-Serwis Sp. z o.o.
ul. Tysiąclecia 8b · 06-400 Ciechanów